좀비 3.0

ZOMBIE

이시카와 토모타케
장편소설

좀비 3.0

김은모 옮김

3.0

BOOK
HOLIC

차례

첫째 날

007

둘째 날

089

셋째 날

129

넷째 날

187

다섯째 날

223

여섯째 날

311

일곱째 날

327

에필로그

331

작가의 말

343

참고 문헌

346

첫째 날

• 본문 하단의 각주는 독자의 이해를 돕기 위한 옮긴이 주입니다.

빛이 확 번지고 얇은 눈꺼풀에 덮인 눈동자의 홍채가 수축됐다.

아침이다. 의식이 각성하는 것과 동시에 생각했다.

카츠키 유리는 5분 후에 울릴 자명종 스위치를 끄고 크게 기지개를 켠 후 미간에 주름을 잡았다.

막 일어나서인지 눈이 침침했다. 요즘 시야가 자주 흐릿해진다. 안구 건조증일지도 모른다. 허리와 어깨도 욱신욱신 쑤셨다. 하지만 일상생활에 지장을 초래할 정도는 아니었다.

화창한 일요일.

침대 매트리스를 손바닥으로 눌렀다. 평판이 좋은 저반발 타입으로 바꾸었지만, 통증 해소에 이렇다 할 효과는 없었다. 책상 업무와 운동 부족이 화근일 게 분명하다.

크게 하품을 하고 일어나 아침 식사를 준비했다. 식빵과 어제 편의점에서 사 와 먹다 남긴 샐러드를 테이블에 늘어놓고, 종이팩에

든 아이스커피를 컵에 따랐다. 혼자 살면 마음은 편하지만, 생활이 무미건조하다. 2년 전에 돌아가신 어머니의 요리를 그리워하면서 딸기잼을 바른 식빵을 먹었다.

텔레비전 리모컨을 들어 뉴스를 틀었다. 보브 커트를 한 여자 아나운서가 도쿄도 나카노구에서 발생한 살인사건을 전하고 있었다. 이틀 전 금요일에 발생한 사건이다. 범인은 아직 검거되지 않았다고 한다. 살인 같은 흉악범죄에 관한 소식을 뉴스로 접하는 일이 몹시 많아졌다.

"흉악범죄 발생건수가 1년 사이에 급증했다고 할 수 있습니다."

사회학자라는 직함을 가진 패널이 진지한 표정으로 말했다.

"작년에 비해 범죄가 압도적으로 증가했어요. 역시 큰 빈부격차와 도덕의식 결여, 의사소통 부족에서 비롯된 고립화 등에 영향을 받은 거라고 봐야겠죠."

대형 차트에 그려진 그래프가 화면에 비쳤다. 흉악범죄 발생건수의 추이였다. 기준점은 5년 전. 3년 전부터 살인과 강도 등의 흉악범죄가 조금씩 증가 추세를 보이다가 올해는 현저하게 많아졌다.

세상이 말세라고 생각하면서 채널을 돌렸다. 야생 곰이 머스캣 밭에 침입한 영상이 흘러나왔다. 뒷발로 선 곰이 머스캣을 따서 입으로 가져간다. 참 발재간도 좋다고 감탄했다.

어깨를 돌렸다.

어깨의 통증이 심해졌다. 망설이다 진통제 두 알을 먹고 빈 접시를 주방 싱크대에 올려둔 후, 준비를 마치고 집을 나섰다.

집 근처 오바역에서 직장까지는 전철로 20분이 걸린다. 일요일 아침이라 그런지 평일이면 혼잡했을 토자이선도 비어 있었다.

　백팩에서 문고본을 꺼내서 읽었다. 이 시간밖에 책을 읽을 여유가 없지만, 보름에 한 권은 읽는다. 제한된 시간을 유용하게 활용하는 셈이다.

　와세다역에서 내려 인도를 따라 걸었다. 왼쪽에 보이는 대학 캠퍼스도 전철처럼 사람이 별로 없었다.

　일터인 예방감염증연구소는 신주쿠구 토야마에 있다. 인접한 건물은 국제의료연구센터와 유명 사립 대학교다. 점심시간에는 토야마 공원도 산책할 수 있다. 신주쿠역까지는 걸어서 갈 수 있는 거리가 아니지만, 연구소 직원들이 일을 마치고 한잔할 때는 그 일대로 향한다. 이처럼 연구소는 수도 도쿄의 중심지에 있어 어디를 가기에도 불편함이 없다.

　정문에 도착했다. 역에서 도보로 10분 거리지만, 여름 햇살이 내리쬐는지라 셔츠가 등에 달라붙었다.

　장난기라고는 일절 없이 무미건조한 흰색 구조물.

　얼마 전부터 건물 보수 공사에 들어가서, 건물 부지를 뒤덮을 듯 가설 울타리를 설치해놓았다. 오늘은 일요일이라 인부들이 없구나, 하고 생각하며 사원증으로 정문 옆 보안 장치를 해제하고 안으로 들어갔다. 뒤에서 문이 잠기는 소리가 들렸다. 정문과 마찬가지로 주말과 공휴일은 사원증 없이는 아무 곳도 출입이 불가능하다.

　부지를 걸어 통유리로 된 자동문을 통과해 본동으로 들어갔다. 이때도 사원증은 필수다. 관리실 창문 너머로 관리인에게 눈인사를 보냈다.

"휴일에도 출근이라니 고생이 많으시네요."

의자에 앉아 있던 관리인 이치카와가 말을 걸어왔다. 폭삭 늙은 할아버지 같아 보이지만, 실제로는 팔팔하니 활기가 넘친다. 아직 소화기관도 튼튼한지, 스테이크 무한 리필 식당에서 스테이크를 1킬로그램이나 먹어 치웠다고 자랑할 정도다. 이야기하기를 좋아 하는 노인이다. 상사회사를 퇴직한 후 빌딩 관리회사에 재취직했 다고 사담을 나누다 들은 적이 있다. 평일은 관리인이 여러 명이지 만 오늘은 그 혼자 있는 듯하다.

이치카와는 모자를 벗고 풍성한 은발을 쓸어 올렸다. 입고 있는 유니폼의 가슴 부근에는 대규모 빌딩 관리회사의 이름이 박힌 휘 장이 달려 있다.

"월요일에 휴무를 얻을 수 있는 데다가 일도 잘 돼서 의외로 좋 아해요, 휴일 출근."

진심에서 나온 말이었다. 한 달에 한 번 정도 돌아오는 일요일 당직은 연구실에 상사도 동료도 없어서 마음이 편하다. 게다가 평 일이면 할당되던 잡일도 없어, 자기 일에만 집중할 수 있다.

"그리고 어차피 쉬는 날에 할 일도 없는걸요."

같이 놀러 나갈 친구도 함께 술잔을 기울일 동료도 없다. 옛날 부터 친구가 많은 편이 아니었거니와, 사회생활을 시작한 후로는 그 얼마 안 되는 친구들과도 소원해졌다. 혼자 지내는 시간을 좋아 하기도 하지만, 단순히 시간을 맞춰 약속을 잡는 등의 성가신 일을 피하다 보니 이렇게 됐다.

"다이어리에는 업무 일정만 적혀 있어요."

자학하는 건 아니었지만, 그렇게 보였는지 이치카와는 약간 난처한 듯한 표정을 지었다.

"그렇군요. 빨리 좋은 사람이 생기면 좋겠네요."

─좋은 사람?

한순간 무슨 소리인지 알아듣지 못했지만, 금방 감을 잡았다.

카츠키는 쓴웃음을 지었다.

"아니, 뭐……."

현재 사귀는 사람은 없고 서른 살도 코앞으로 다가왔으니 연애라도 한번 하고 싶은 마음이지만, 아쉽게도 마땅한 기회가 없다.

카츠키는 실소를 머금은 채 어깨를 으쓱하고는 관리실을 뒤로했다.

로비의 안내 데스크는 비어 있고, 평일이라면 뻔질나게 오갈 사람들도 없어서 조용하다. 이 정적이 좋다.

관내는 24시간 공기조화*를 관리하므로 시원하다. 카츠키는 이마에 맺힌 땀을 닦고 자신이 소속된 연구실로 향했다.

예방감염증연구소는 본동과 별동으로 구성되며, 두 곳은 연결복도로 이어져 있다. 본동은 생물학적 안정성 등급 2, 통칭 BSL2 이하의 연구실 서른 개, 별동은 BSL3 연구실 하나, BSL2 이하의 연구실 일곱 개로 구성되어 있다. BSL2 연구실은 음압실이라 실험 시설 내부의 공기가 밖으로 확산되지 않는다. 감염 대책을 위한 설비다. BSL3 연구실은 음압실인 데다 아예 건물의 다른 부분과 분

---

* 기계 장치를 이용하여 실내 온도나 습도 등 공기 상태를 보건에 알맞게 조절하는 일.

리된 구조다. 연결복도 너머 별동에는 이중문이 설치된 에어로크가 있고 문을 열려면 사원증이 필요하다. 출입할 때는 에어 샤워로 실험자를 살균한다.

카츠키의 연구실은 본동 2층 북쪽에 있다. 등급은 BSL1. 통상적인 의학이나 생물학 실험을 하는 곳이다.

계단을 올라가는데 위에서 누군가가 내려왔다. 감염병리부의 시모무라 쇼타였다.

"어, 오늘 당직입니까?"

동그란 안경의 위치를 바로잡으며 시모무라가 눈을 동그랗게 떴다. 어쩐지 너구리가 연상되는 얼굴이다. 자다 일어났는지 한동안 이발하지 않았을 머리칼이 잔뜩 헝클어져 있었다.

"응."

"카츠키 씨도 고생이시네요."

진심이 담긴 듯한 말투는 아니었다.

시모무라는 작년에 배치된 신입이지만 연구소 내에서는 꽤 유명인이다. 예방감염증연구소 전직 소장의 아들. 우수한 인재로 일찌감치 차기 소장이 되지 않겠느냐는 평가를 받고 있다.

"시모무라는 평소처럼 취미?"

그 질문에 그는 겸연쩍은 웃음을 지었다. 오늘도 휴일 출근이 아니라 어디까지나 본인의 취미를 즐기기 위해 회사에 나온 듯하다.

삼시 세끼 챙기는 일보다 연구하는 걸 좋아한다는 시모무라는 휴일에도 이렇게 연구소에 숨어들어 연구에 몰두한다. 지금은 분명 대학과 공동으로 에볼라 바이러스 백신을 개발 중일 것이다. 그

밖에도 여러 가지 연구에 발을 담그고 있는 모양이다. 도저히 혼자서는 처리할 수 없는 양의 업무를 완벽하게 소화하면서, 호기심 있는 분야에 착착 손을 댄다. 슈퍼맨 같은 그에게는 분명 하루가 48시간인 게 틀림없다.

겉보기에는 딱히 우수해 보이지 않지만, 그래도 풍기는 뭔가가 있는 듯하다.

카츠키가 주말 근무 수당은 신청하느냐고 물어보자 '취미니까요.'라는 의미심장한 답변이 돌아왔다. 완전히 일 중독 수준이지만, 카츠키도 그런 심정을 이해하지 못하는 바는 아니다.

연구자는 호기심과 탐구심 또는 야심을 원동력으로 살아간다. 그렇지 않고서야 이렇게 수지가 안 맞는 일로는 먹고 살 수가 없다.

"뭐, 취미라기보다도 뭐랄까……, 업 같은 거랄까요."

시모무라는 그렇게 말하고 배를 문질렀다. 끼니를 챙기는 일보다 연구를 좋아하는 건 틀림없는 듯하지만, 흰 가운 위로 눈에 띄게 도드라진 배를 보면 밥도 분명 좋아하는 모양이다.

"그럼 수고하세요."

시모무라는 가볍게 인사를 건넨 후 체격에 어울리지 않게 계단을 폴짝폴짝 뛰어 내려갔다.

카츠키는 그 뒷모습을 바라보다 계단을 마저 올라갔다.

몇몇 연구실을 가로질러 수의과학부 연구실에 들어갔다.

아무도 없는 곳에 불을 켰다.

예방감염증연구소에 취직한 모든 연구자는 어느 한 연구실에 소속된다. 그리고 연구실이 다루는 주제가 하나뿐이라면 모두 그 주제와 씨름한다. 다만 연구실에 따라서는 제각각 좋아하는 주제를 설정해 자유롭게 연구를 진행하기도 한다.

현재 수의과학부에 소속된 카츠키는 동물에서 유래한 감염증의 위험성에 관해 연구하는 중이다. 예방감염증연구소에 입사한 게 4년 전. 처음에는 세포화학부에서 광우병을 연구했지만, 부서 재편성 때 밀려나 지난달부터 수의과학부 소속으로 일하고 있다. 여기서는 아직 신입 취급을 받는다.

카츠키는 수의사 자격증을 가지고 있는데, 예방감염증연구소에서는 드문 일이 아니다. 연구원 중 30퍼센트가 수의사고, 약학부 출신이 30퍼센트, 나머지가 의학부와 생물학부 출신 연구자다. 시모무라는 약학부 출신이다.

자기 자리에 앉아 컴퓨터를 켜고 인트라넷에 접속했다.

휴일이라 업데이트된 사내 정보는 없었다. 평일에 확인하지 못했던 부분에 커서를 가져갔다. 레이아웃이 구시대적인 게시판을 잠시 살펴봤지만, 자신과 관계있을 법한 화제는 없었다.

다음으로 인터넷에 접속해 세계보건기구 WHO의 홈페이지를 확인했다. 새로운 기사 몇 개가 올라와 있었다. 번역기를 돌려 일본어로 바꾼 후, 왼쪽 상단에 WHO 마크가 그려진 홈페이지에서 새로 올라온 기사의 제목을 확인했다. 황열병 유행, 흡연자 금연 캠페인, 말라리아 원충에 관한 논문. 영어로 적힌 논문을 읽어봤지만 혁신적인 내용은 담겨 있지 않았다.

딱히 흥미를 끌 만한 기사는 없는 듯했다. 그렇게 판단한 순간 오늘 아침에 막 올라온 기사에 시선이 멈췄다.

'원인불명인 질병의 전파로 인간이 흉포화될 가능성. 당국이 경계.'

순간 인터넷 뉴스를 보고 있나 착각했다.

WHO 홈페이지와는 어울리지 않는 제목이라고 생각하며 기사를 클릭했다. 아무래도 원인불명의 질병은 일주일 전부터 발생한 듯했다.

원문을 그대로 읽어나갔다.

아프가니스탄과 시리아 등 분쟁지역에서 갑자기 기절한 사람이 약 1분 후 흉포해져 다른 사람을 습격하는 사례가 여러 번 보고됐다. 정신착란으로 결론이 나 시신은 확인할 수 없었지만, 현지 의사 에산 리하위의 보고에 따르면 악마에 쓴 듯한 상태였다고 한다. 그러나 증상 발현자가 정확히 어떤 상황에 있었는지는 확인하지 못했다는 이야기였다. 분쟁지역은 적절한 의료체제가 확립되어 있지 않고, 사람이 습격당하는 것도 일상다반사라 부검은 하지 않았으리라. 어쩌면 증상 발현자를 살해 후 불태웠을 가능성도 있었다. 분쟁지역에서는 감염증에 걸렸을 우려가 있는 환자를 치료하지 않고 죽여서 은폐하기도 한다.

광견병이나 바이러스성 뇌염 등이 발생했을 가능성을 우려해 WHO에서 조사단을 특파할 예정이라고 했지만, 실제 파견 일정은 나와 있지 않았다. 아마 WHO도 중요하게 보지 않는 듯했다.

피해자가 몇 명인지도 나와 있지 않았다. 다만 고작 몇 건 발생한 수준은 아닐 게 분명했다. 어쨌거나 WHO가 분쟁지역에 조사단을 파견하겠다고 의사를 표명했으니, 그 수가 적지 않다는 뜻이다.

기사를 읽고 제일 먼저 떠오른 건 광견병이었다. 광견병 바이러스를 병원체로 하는 바이러스성 인수공통감염증. 중추신경계에 영향을 주어 극도의 흥분과 정신착란 등의 신경 증상을 초래한다.

다만 마음에 걸리는 대목이 있었다.

ㅡ약 1분 후 흉포해져 다른 사람을 습격한다.

광견병 바이러스에 감염되면 잠복기를 거쳐 불안감과 정신착란, 환각 등의 징후를 보인다. 물린 부위에 따라 다르지만 보통 열흘에서 1년 정도가 지나야 이러한 증상이 발현된다.

바이러스의 유전자 코드가 돌연변이를 일으켜 잠복기가 대폭 짧아질 가능성은 부정할 수 없지만, 바이러스가 체내에 유입된 지 1분 만에 증상이 나타나는 건 인간의 신체 구조상 아무래도 불가능하다. 아무리 강력하고 효율적으로 숙주를 장악하는 바이러스라고 해도 한 시간에서 세 시간 정도는 걸릴 것이다. 아니, 그것도 비약한 추측에 가깝다.

카츠키는 WHO의 홈페이지를 닫고 인트라넷으로 돌아갔다.

업무 시작 시간이 지났다.

연구원들의 출근 상황을 확인해보았다. 마흔 명이 출근했다. 연구실은 각각 독립성을 유지하지만, 다른 연구실의 기재를 사용하거나 비전문 분야에 관해 조언을 얻을 때도 많다. 그래서 출근한 연구원을 즉시 파악할 수 있는 시스템을 도입했다.

예방감염증연구소의 연구원은 총 512명. 일요일인데도 8퍼센트 가량이 출근한 셈이다. 모든 연구실이 휴일 출근 체제를 시행하는 것은 아니다. 그중에는 시모무라처럼 연구가 좋아서 휴일을 반납

한 사람도 있다.

출근한 사람을 살펴보고 있는데 카세 유지라는 이름이 눈에 들어왔다.

단정한 이목구비가 머릿속에 떠올랐다.

예방감염증연구소에 근무하는 여자 연구원들에게 의학박사 카세는 흠모의 대상이었다. 훤칠한 키에 잘생긴 외모도 한몫했다. 무엇보다 그는 서른세 살이라는 젊은 나이에 수많은 실적을 남긴 수재다. 2년간 미국에서 유학할 당시, 현지에서 스카우트 제의가 쏟아졌다는 소문도 있다. 지금은 주임 연구원이지만, 머지않아 부장이 될 터였다. 당연히 차기 연구소장 후보 중 한 명이다.

잡담을 나눌 만한 사이는 아니지만, 세포화학부에 있던 시절에 업무상 대화를 많이 나누었다. 수재인 만큼 남에게 엄격한 구석이 있고, 때로는 고함을 지르기도 했다.

사내 커플을 해야 한다면 카세지만, 사귀었다가는 스트레스가 심할 것 같다는 부질없는 생각을 하며 천천히 어깨를 돌렸다. 진통제가 효과를 발휘했는지 통증이 많이 가라앉았다.

시선을 창밖으로 돌렸다.

어쩐지 소란스러운 기분이 들었다.

카츠키의 자리에서는 예방감염증연구소의 부지를 감싼 담장이 보인다. 2년 전에 테러 대비책으로 설치한 2미터 높이의 담이다.

높은 담장이 건물 주변을 감싸고 있으니 정문을 통해서만 출입이 가능하지 않느냐는 논리다. 과연 이 정도로 테러를 막을 수 있을지는 의문이지만 없는 것보다는 나으리라.

담장 건너편에는 공사 기간에만 설치해두는 가설 울타리가 있고, 그 너머에는 인접한 대학 건물이 서 있다. 강렬하게 내리쬐는 햇빛을 반사해 번쩍번쩍 빛나는 흰색 외벽.

평소와 다름없는 풍경.

하지만 뭔가 이상하다. 이유는 알 수 없지만 깊숙이 빠져들 것처럼 푸르른 여름 하늘과 느릿느릿 모양이 바뀌는 적란운조차 불안감을 부추겼다.

카츠키는 바깥 동태를 확인하기 위해 일어서서 창문을 열었다.

그 순간 사이렌 소리가 귓속으로 흘러들었다. 방음 유리에 차단됐던 소리는 소방차와 구급차, 경찰차 사이렌의 합창이었다. 비상사태가 발생한 게 분명했다. 또한 지금까지 몰랐지만 중대한 사태임을 주장하듯 심상치 않은 숫자의 헬리콥터가 날아다니고 있었다.

대체 무슨 일이 생긴 걸까. 재해라도 발생한 걸까.

그렇게 생각한 순간, 연구실 문이 열렸다.

놀라서 숨을 멈추고 돌아보았다. 문간에 시모무라가 서 있었다. 평소의 온화한 분위기는 온데간데없었다.

"자, 잠깐만 와주시겠어요?"

"……무슨 일인데?"

카츠키가 묻자 시모무라의 굳은 얼굴이 살짝 일그러졌다.

"뭐라고 설명해야 할지……. 어, 음, 그러니까, 아무튼 잠깐만 와주세요."

마땅한 어휘가 떠오르지 않아 답답한 듯한 말투였다.

"빨리요."

잇따른 재촉에 카츠키는 고개를 끄덕이고 시모무라를 따라 연구실을 나섰다.

시모무라가 향한 곳은 1층에 있는 식당이었다.

그곳에는 이미 수많은 연구원이 모여 있었다. 다들 벽 위쪽에 설치된 75인치 텔레비전을 올려다보고 있었다.

카츠키도 화면으로 눈을 돌렸다.

뉴스인 듯했지만, 비치고 있는 영상은 도무지 뉴스 영상 같지 않았다.

해괴하다는 말밖에 표현할 길이 없었다.

분명 어느 거리를 촬영한 영상이다. 촬영자도 달리고 있는지 화면이 전후좌우로 흔들렸다. 하지만 무슨 일이 일어나고 있는지는 곧 이해가 되었다.

인간이 인간을 습격하고 있었다.

여러 명이 한 사람에게 우르르 덤벼들어 마구 물어뜯고 나서 다른 목표물을 쫓아간다.

건물에서 불길이 솟아올랐고, 추돌사고도 여러 차례 발생했다.

영화나 드라마의 예고편을 보고 있는 건 아닐까 의심했다.

촬영자가 다시 달리는지 화면이 심하게 흔들렸지만, 이윽고 방금 습격당한 사람에게 초점이 맞춰졌다. 아까와는 다른 각도였다.

물어뜯긴 걸로 추정되는 사람이 쓰러진 채 괴로워하던 끝에, 몸이 굳으면서 부자연스럽게 움직인다.

심한 경련.

톱니바퀴가 고장 나서 팔다리가 따로따로 움직이는 인형처럼 보이기도 했다.

잠시 후 일순간 움직임을 멈췄다가 벌떡 일어섰다. 그러고는 이를 드러내고 사냥감을 찾듯 주변을 둘러본다. 피부가 창백해진 것처럼 보인다. 인간의 모습이지만, 인간이라고는 할 수 없는 존재로 변했음을 알 수 있었다.

시간으로 따지면 약 10초.

방금까지만 해도 평범한 인간이었다. 이렇게 짧은 시간에 저토록 변하다니 도무지 믿기지 않았다.

"⋯⋯완전히 좀비로군."

누군가가 중얼거렸다.

카츠키가 생각하기에도 그랬다. 생김새와 움직임이 영화에 나오는 좀비 그 자체였다. 좀비가 나오는 작품을 본 적이 없지만, 좀비 영화나 드라마가 유행한다는 건 알고 있었다.

습격하던 인간이 영상 촬영자를 알아차렸다.

그 얼굴이 확대된 상태로 영상이 멈췄다.

텔레비전 화면 아래쪽에 표시된 자막이 '수수께끼의 폭동 발생'에서 '좀비 발생인가'로 바뀌었다.

카메라를 바라보는 좀비. 눈이 약간 뿌옇고 탁했다.

곧 화면이 바뀌더니 스튜디오가 비쳤다. 남녀 아나운서의 표정에는 여유가 없었다. 방송국 내부도 혼란에 빠진 듯, 어쩐지 어수선한 느낌이 전해졌다.

「아주 충격적인 영상이었는데요⋯⋯. 현재 전국 각지에서 발생 중인 폭동의 원인은 아직 규명되지 않았지만, 보셨다시피 실제 상황입니다. 다시 한번 말씀드립니다. 보여드린 영상은 인위적으로 제작한 것이 아니라, 국내에서 실제로 벌어지고 있는 일입니다. 절대로 밖에 나가지 마십시오. 현재 정부가 대책 강구와 원인 규명을 위해 노력 중인 듯합니다만, 일단은 안전을 무엇보다…….」

남자 아나운서가 말하는 도중에 화면 가장자리에서 사람이 나타나 여자 아나운서에게 종이를 건넸다.

「방금 들어온 소식입니다! 어…….」

여자 아나운서가 시선을 종이에 떨어뜨린 채 입을 열었지만 말을 잇지 못했다. 종이에 적힌 내용을 믿을 수 없다는 듯한 태도였다.

남자 아나운서가 미심쩍은 시선을 보내자 여자 아나운서는 그제야 말을 이었다.

「……정부는 이번 폭동이 전국 모든 광역자치단체에서 발생했다는 사실을 확인했다고 합니다. 또한 미국, 영국, 한국, 호주, 인도에서도 비슷한 현상이 확인되었으며, 비공식적인 정보에 따르면 중국과 러시아를 포함해 더 많은 국가에서 비슷한 사태가 벌어지고 있다고 합니다. 또한 현재까지 원인은 밝혀지지 않았다고 합니다.」

여자 아나운서의 말에 남자 아나운서가 입을 뻐끔거렸다. 사고가 정지된 것이다. 그래도 투철한 직업의식과 특유의 프로페셔널함으로 재빨리 마음을 다잡은 듯했다.

「……방금 전해드린 대로 이번 폭동은 전 세계적인 현상이며 전국 각지로도 퍼져나가고 있습니다. 절대로 집에서 나오지 마시고, 밖에 계신 분들은 즉시 건물 안으로 대피해주시기 바랍니다. 사람을 습격하는 이유는 알 수 없지만, 습격당한 사람도 다른 사람을 습격한다는 사실이 확인됐습니다. 절대 밖으로 나오지 마십시오. 밖에 계신 분들은 즉시 실내로 대피하십시오. 안전한 곳으로 대피하셔야 합니다. 지금 당장 도망치십시오!」

「이거 좀비잖아요.」

다른 목소리.

화면이 바뀌어 패널의 모습이 비쳤다. 네모난 안경을 낀 뚱뚱한 남자. 경제 분석 전문가라는 직함이 화면 아래에 표시됐다.

「이거, 역시 좀비잖습니까!」

술에 절어서 거칠어진 듯한 목소리였다.

「……왜 그렇게 생각하시죠?」

여자 아나운서가 미심쩍다는 표정으로 물었다.

패널이 인상을 썼다.

「그야 어떻게 봐도 좀비니까요. 물린 사람도 좀비로 변해서 다른 사람을 덮치고요. 영화도 안 봅니까?」

여자 아나운서가 눈을 깜박거렸다.

「영화에서는 본 적이 있지만, 이건 실제 상황이라서요……. 왜 이런 일이 일어난 걸까요?」

「그야 바이러스 때문이겠죠.」

「바이러스라면 대체 어떤……?」

「저도 모릅니다. 지구온난화로 영구동토가 녹아서 미지의 바이러스가 깨어났다든가. 아니면 어느 기관이 연구 중인 바이러스가 유출됐을 가능성도 있겠죠.」

「그 바이러스가 전 세계로 퍼져나갔을 가능성을 말씀하시는 건가요?」

「신형 코로나바이러스인 COVID-19도 그렇잖습니까. 전 세계에 순식간에 감염이 확산됐어요. 그거랑 똑같습니다, 똑같아. 잠복기를 거쳐 단숨에 확 퍼졌을지도 몰라요.」

경제 분석 전문가에게 의견을 묻는 것 자체가 잘못됐다고 생각하면서도, 그만큼 사태가 혼란스럽고 심각한 모양이라고 카츠키는 추측했다.

이 패널은 바이러스설을 주장하지만, 영상을 본 바로는 약 10초만에 좀비로 변해 사람을 습격했다. 이렇듯 급속도로 인간을 변화시키는 바이러스가 과연 존재할까.

「아, 새로운 영상이 들어온 모양입니다!」

남자 아나운서가 시선을 돌리고 말하자 곧 화면이 바뀌었다.

영상이 흘러나왔다.

아까와는 달리 옥상에서 지상을 촬영하는 듯, 철망 너머 저 아래쪽에 폭동이 일어난 거리가 보였다.

달리는 좀비도 있고, 걷는 좀비도 있다.

개체에 따라 움직임에 차이가 있었다.

카츠키는 왜 저런 차이가 생기는 걸까 의문스러웠다. 그리고 그런 의문을 품을 여지조차 주지 않을 만큼 더 큰 물음이 떠올랐다.

이 현상은 대체 뭘까.

"뭐야, 이거……."

중얼거리는 소리에 시선을 들었다.

어느 틈엔가 카츠키의 오른쪽에 카세가 서 있었다.

"뭐야, 이거……."

같은 말을 되풀이했다.

놀란 표정이지만 절망한 기색은 아니다. 그리고 이 상황에 어울리지 않는 표정으로 변했다.

아아, 연구자가 업인 사람의 진짜 얼굴이 이런 모습이구나, 하고 카츠키는 생각했다.

미지의 난적과 맞부딪쳤을 때 연구자가 짓는 표정. 반드시 자신의 능력으로 굴복시키겠다는 교만함. 그 굳센 자신감을 뒷받침하고자 끊임없이 노력해왔기에 품을 수 있는 감정.

카츠키도 남의 말을 할 처지는 아니었다.

무섭기는 했지만, 그 이상으로 눈앞에 펼쳐진 의문을 파헤치고 싶다는 투쟁심이 끓어올랐다.

"좀비로군요."

카츠키 왼쪽에 서 있던 시모무라가 말했다.

"근거는?"

차가운 말투였다. 카세는 자신보다 어린 시모무라에게 경쟁심을 품고 있다. 시모무라 본인은 모르는 것 같지만, 다른 연구원들은 다 아는 사실이다.

차기 연구소장 후보이자 연구소 최고 수재인 두 사람. 자리가 하나뿐이니 충돌은 피할 수 없으리라.

"아직 근거는 없지만, 어느 보도를 봐도 전부 좀비라고 생각하는 모양이에요."

그렇게 대답하며 시모무라는 스마트폰을 조작했다. 카츠키는 옆에서 스마트폰을 들여다보았다. 인터넷 기사 여기저기에서 좀비라는 단어가 눈에 띄었다.

카세는 한숨을 크게 내쉬었다.

"뭣도 모르는 아마추어들이 원인이며 결과며 다 덮어놓고 무책임하게 단정하는 거야. 멍청이는 무슨 일이든 얼른 틀에 꿰맞추고 싶어 하거든."

"원인과 결과는 이제부터 저희가 증명해야죠. 여기는 일본에서 감염증에 누구보다 뜨거운 열정을 품은 우수한 두뇌들이 모인 곳이니까요."

명랑한 목소리로 대답하는 시모무라를 보고 카세는 불쾌하다는 듯 인상을 찡그릴 뿐이었다.

대놓고 말하기는 뭐하지만, 카츠키도 시모무라의 발언을 부정할 마음은 없었다.

예방감염증연구소는 매일 다양한 감염증을 연구해 인간에게 해를 끼치는 질병에 대응하려 애쓰고 있다. 일본에서 발생한 감염증은 전부 이 연구소의 연구 대상이며, 세계 각국의 연구기관과도 공유한다.

주위를 둘러본 카츠키는 전화를 거는 연구원이 많다는 것을 알아차렸다.

"그쪽은 괜찮아? 전부 무사해?"

가까이 있는 남자 연구원이 소리쳤다.

"휴우, 이쪽은 괜찮아. 현재 이 건물은 안전해. 절대 집에서 나오지 마! 상황을 봐서 돌아갈게. 아무 일도 없을 거야. 아이들을 부탁해!"

"다행이다. 이게 다 무슨 일이야? 어떤 공격이라도 받은 걸까. 도대체 왜 이런 일이……!"

다른 여자 연구원이 손끝이 하얘질 만큼 스마트폰을 꽉 움켜쥐고 울면서 말했다.

"학교는 괜찮아?! 너, 넌 괜찮지? 울지 마! 동아리 친구가 죽은건 충격이겠지만, 지금은 정신 똑바로 차려야 해! 살아남는 것만생각해! 어쨌든 학교에 있어! 네 목숨 챙길 생각만 하라고!"

벌벌 떨리는 목소리로 소리치는 연구원의 얼굴은 몸에서 피가다 빠져나간 것처럼 창백했다.

다들 소중한 사람의 안부를 확인하는 것이리라.

그 모습을 보고 있으니 카츠키는 조금 부러웠다. 2년 전에 어머니가 돌아가셨고, 아버지와는 6년 전에 사별했다. 친척은 있지만연락을 주고받는 사이는 아니다.

호주머니에서 스마트폰을 꺼냈다. 긴급 지진 속보 같은 안전 안내 문자는 없구나 생각하며 도로 집어넣었다.

"시모무라는 아무한테도 연락 안 해?"

"……저요?"

카츠키의 말에 시모무라는 생뚱맞은 질문을 들었다는 듯이 눈을동그랗게 떴다. 그리고 난감한 듯한 표정을 지었다.

"서로 말도 안 한 지 몇 년이나 된걸요."

알다시피 시모무라의 아버지는 한때 이 연구소 소장이었다. 그리고 시모무라는 그와 같은 길을 걷고 있다. 분명 사이가 좋을 줄 알았건만 부자 관계는 그렇지 못한 모양이다.

"카세 씨는 연락 안 하세요?"

화제를 바꾸려는 듯 시모무라가 카세에게 물었다.

"우리 집은 무슨 일이든 각자 알아서 책임을 져. 죽든 살든 자유고, 서로 간섭하지 않지."

카세는 미간에 주름을 잡고 냉랭한 말투로 대답했다.

죽든 살든 자유. 정말 그런 가정이 있을까 카츠키는 의문이었다.

"……교육방침이 아주 살벌하네요."

"맺고 끊는 게 분명한 거지."

카세는 내뱉듯이 말하고 고개를 휙 돌렸다.

시모무라가 카츠키를 힐끗 보았지만 아무 말도 꺼내지 않았다. 예전에 딱 한 번, 부모님이 돌아가셨다고 이야기했다. 그걸 기억하고 있는 것이리라.

카츠키는 안도했다. 시간이 흘렀다고는 하나 사랑하는 어머니를 잃은 건 지금도 깊은 상처로 남아 있다. 어머니가 돌아가셨다는 사실을 설명하는 것조차 고통이다.

"좀비가 여기로도 올까요?"

"지금으로서는 걱정 안 하셔도 될 것 같습니다."

시모무라가 불안을 입 밖에 꺼내놓자 뒤에서 누군가 대답했다. 돌아보자 관리인 이치카와였다. 다소 굳은 얼굴이었지만 평소와 다름없는 분위기였다.

"부지를 둘러보았는데 아무도 침입하지 않았어요. 뚫고 들어올

염려가 있는 곳도 없어 보이고요."

"테러 대응책으로 담장을 높인 게 효과를 발휘했군요."

시모무라의 말에 이치카와는 고개를 끄덕였다.

"그리고 외벽 공사를 하느라 담장을 따라 가설 울타리를 설치해 놓은 것도 한몫했을 겁니다. 침입하려는 놈도 없어요. 분명 가설 울타리가 가리개 역할을 하는 거겠죠. 가설 울타리가 없는 정문도 문짝이 높으니까 일단은 안심해도 될 것 같습니다."

카츠키는 인간을 공격하는 좀비 영상을 떠올렸다.

사냥감을 찾듯 고개를 좌우로 돌리다가 목표물을 발견한 순간, 뛰어서 덤벼들었다. 속도는 보통 사람과 비슷하거나 조금 빠른 정도였다.

그런 게 쫓아오면 다리가 얼어붙어서 제때 도망칠 수 없을지도 모른다.

"바깥 상황은 어땠습니까?"

시모무라가 달려들 기세로 물었다.

그러나 이치카와는 고개를 저었다.

"확인 안 해봤습니다. 들키면 큰일이니까요."

"하긴 그렇죠. 그럼 좀비의 목소리 같은 건 들리던가요?"

"네……, 뭐."

이치카와는 괴로운 듯 얼굴을 찡그렸다.

"좀비가 내는 듯한 그르렁거리는 소리며, 공격당하는 사람의 비명이며, 이것저것……."

"좀비는 목소리를 내나?"

카세가 대화에 끼어들었다.

조금 전, 시모무라에게 좀비라고 결론 내릴 만한 근거를 대보라고 큰소리쳤으면서도 막상 본인이 말할 때가 되자 좀비라고 부르는구나 싶었다.

"말도 할 줄 알고?"

답변을 요구받은 이치카와는 고개를 갸웃했다.

"잠깐밖에 듣지 못해 확실치는 않지만, 말하는 것 같지는 않았습니다. 그저 그르렁거리는 소리랄까, 낮은 소리를 내던데요."

카세는 손에 턱을 댄 채 미간에 깊은 주름을 잡았다.

"그쪽 회사에서 연락은?"

"전화는 연결되지 않았지만, 담당 구역에서 대기하라고 메일로 지시가 왔어요. 지원하러 올지는 불확실합니다. 그리고 경찰에 신고하려고 했는데 역시 연결되지 않더군요. 신호는 가는데 아무도 받질 않아요."

경찰과 연락이 닿지 않는다. 말이 되나 싶었지만 상황이 상황인 만큼 경찰의 통신지령실이 마비 상태인 것도 수긍이 갔다.

연락.

그러고 보니 어디에서도 예방감염증연구소로 연락을 해오지 않았다는 사실을 카츠키는 깨달았다.

예방감염증연구소에는 감염증에 관한 정보가 일본에서 제일 많고, 원인을 규명할 설비도 갖추어져 있다. 일요일이라고는 하나 감염증에 특화된 인재들도 이렇게 모여 있다. 좀비화 원인은 불확실하지만, 좀비에 물린 사람이 좀비로 변하는 현상으로 보건대 무언가에 감염된 것이라고 추측할 수 있다. 그렇다면 여기로 문의가 들어와야 마땅하지 않을까.

"카츠키, 어떻게 생각해?"

뒤숭숭한 분위기의 연구원들을 본체만체하고 카세가 물었다. 무슨 의도로 질문했는지 알 수 없어 대답을 망설이자, 카세가 안달하는 표정을 지었다.

"현재 상황을 보고 뭔가 짚이는 점은 없나?"

매서운 말투에 카츠키는 조금 기가 죽었다.

출중한 외모에 똑똑하기까지 한 연구소의 아이돌 같은 존재. 하지만 가까이하기 어려운 인상이기도 하다. 그 이유 중 하나가 그의 신경질적인 성격이다. 예민함은 연구자에게 필요한 요소지만, 카세는 그 정도가 과하다. 그래서인지 연구소에 친한 친구가 없는 모양이고, 정신적으로 몹시 스트레스를 받는 동료도 있다고 들었다.

다만 카츠키는 그런 일에 압박받거나 별로 신경 쓰지 않는 성격이었다. 그리고 시모무라 역시 그런 면에서는 둔감한 듯하다.

"짚이는 점이요……."

그렇게 중얼거리다가 문득 생각났다.

"그러고 보니 WHO 홈페이지에 올라온 기사 보셨어요?"

"WHO? 아니, 아직 안 봤는데."

카세는 그렇게 대답하며 호기심 어린 시선을 던졌다. 확실히 중대한 화제가 없는 보통 때에 WHO 홈페이지에 들어가서 기사를 확인하는 사람은 많지 않다. 카츠키도 본인이 보기 드문 부류에 속하는 걸 스스로 인정한다.

카츠키는 가볍게 헛기침을 했다.

"원인불명의 질병이 퍼져서 사람이 흉포해질 가능성이 있다는 기사가 오늘 아침에 올라왔어요. 일주일 전쯤에 확인된 모양이에요."

"……일주일 전? 그런데 지금까지 아무것도 알아낸 게 없다는 거야?"

카세는 의아해했다.

"아프가니스탄과 시리아 등 분쟁지역에서 발생한 일이라 아직 실태를 파악하지 못한 모양이에요."

분쟁지역의 의료체제와 연구기관이 어떤 상황인지는 모르지만, 적어도 안전이 충분하게 보장된 국가보다는 여러모로 미비하리라.

"폭도를 환자로 착각한 거 아닌가?"

그렇게 말하고 카세는 머리를 긁적였다.

"뭐, 일단은 그 기사를 확인하자. 분쟁지역과 일본은 조건이 많이 다르지만, 감염증에는 국경이 없으니까."

"그 전에 잠깐 옥상에 올라가 보는 게 어떨까요?"

"옥상?"

카츠키가 되묻자 시모무라는 고개를 끄덕였다.

"지금 외부 상황이 어떤지 확실히 파악해두는 편이 좋을 것 같은데요."

걸음을 옮기는 카세에게 시모무라가 제안했다.

카세의 눈이 슥 가늘어졌다. 반발심이 역력해 보이는 표정이었지만, 입에서는 동의하는 말이 나왔다.

"……그건 그래. 옥상에서 살펴보면 안전하겠지."

자신의 눈으로 뉴스에 나온 광경을 확인한다. 화면을 통해서 보던 것과는 차원이 다르겠다고 카츠키는 생각했다.

"아, 옥상은 들어갈 수 없게 문을 자물쇠로 잠가놨습니다. 제가 안내할 테니 잠깐만 기다리세요."

이치카와가 싹싹한 표정으로 말하고 재빨리 식당에서 나갔다.

카츠키는 텔레비전 화면을 보았다. 좀비가 시부야의 스크램블 교차로를 배회하는 영상 속에 '원인불명'이라는 자막이 떠 있었다.

원인불명.

사실이었다.

관리실에서 열쇠를 들고 돌아온 이치카와와 함께 엘리베이터를 타고 5층으로 가서 계단을 올랐다.

"혹시 공기 감염은 아니겠죠?"

시모무라의 말에 자물쇠를 풀던 이치카와가 움직임을 멈췄다.

"어, 공기로 감염됩니까?"

"그럴 가능성도 있습니다. 아무튼 감염 경로가 명확하지 않으니까요."

"그, 그렇군요……. 공기 감염이라."

"그렇다면 우리는 이미 늦었어."

카세가 쌀쌀맞은 투로 말하더니 문고리를 잡고 문을 열었다.

바람이 불어 들었다.

숨이 콱콱 막힐 듯한 한여름 공기. 하지만 출근했을 때와는 분명

달랐다. 가열한 것처럼 후끈후끈한 공기에는 뭔가가 타는 듯한 냄새가 섞여 있었다. 숨을 들이마시자 기도가 불타는 것 같은 착각이 들었다.

카츠키는 인상을 찌푸리며 밖으로 나갔다. 예방감염증연구소에 입사하고 4년이 지났지만, 옥상에는 처음 올라와 보았다.

철망으로 둘러싸인 공간에는 수많은 실외기가 놓여 있었다. 쌩쌩 돌아가는 실외기에서 방출되는 열기. 그래서 옥상에 발을 디딘 순간 열기와 탄내가 느껴졌나 싶었지만, 원인이 따로 있다는 걸 금방 알아차렸다.

5층에서 보이는 신주쿠 거리.

곳곳에서 연기가 피어오르고 있었다. 수많은 건물에서 화재가 발생했다. 집들이 밀집된 구역은 불이 번져서 그야말로 불바다였다. 불타는 채로 방치된 수많은 건물. 소방 인력이 부족한 게 틀림없었다.

모두 입을 꾹 다문 채 옴짝달싹 못 했다.

사람을 찾기 위해 시선을 지면으로 돌렸다.

없었다.

좀비로 추정되는 무리가 걸어가는 모습이 눈에 들어왔다. 어색한 몸놀림. 사냥감을 찾아 헤매는 듯 보였다.

차도에는 수없이 많은 차가 멈춰 있었다. 전신주 등에 충돌하거나 연쇄 추돌을 일으킨 차들로 길이 막혀 있었다. 소방차와 구급차도 있었지만, 구조를 하러 온 게 아니라 그 자리에 방치된 듯했다. 옆으로 쓰러진 차도 보였다.

"저길 보세요!"

시모무라가 좀비로 둘러싸인 차 쪽을 가리켰다. 안에 사람이 타고 있는지도 모른다. 차체를 두드리거나 앞 유리에 머리를 쿵쿵 찧는 좀비도 있었다. 좀비가 도구를 사용하려는 낌새는 없었다. 차 위로 올라간 좀비도 없었다. 그저 안에 있는 사냥감을 어떻게든 빨리 잡아먹으려는 것처럼 보였다.

움직임에서 지성 따위는 느껴지지 않았다.

연구소 건물 근처에 웅크려 있는 좀비 두 마리도 있었다.

두 눈을 의심했다.

뭘 하고 있는지 알아차리기 무섭게 카츠키는 얼굴을 돌렸다. 사람을 먹고 있었다. 온몸이 피로 물든 좀비가 사람의 내장을 먹고 있었다.

언뜻 보기에도 도망쳐 다니는 사람은 없었다. 연구원들과 마찬가지로 옥상에서 상황을 살피는 사람들도 있었다. 'SOS'라는 글자가 적힌 옥상도 있었다. 하늘을 날아가는 헬리콥터에 손을 흔드는 사람도 보였다.

지상에 있던 사람들은 모두 대피했을까.

거리에 사람의 모습은 온데간데없고 좀비만 활보하고 있다.

"저희도 무슨 방법이든 써서 여기 있다는 걸 알리는 게 좋을까요?"

시모무라의 제안에 카츠키는 동의하는 마음이었지만 카세는 반대했다.

"아직은 상황을 보는 게 좋겠어. 여기는 안전해. 무리하게 구조를 요청하기보다 이곳에 머무르는 편이 나아. 적어도 외부의 안전이 확보되거나, 대피처가 안전하다는 확실한 증거를 얻을 때까지는."

카세의 말에 모두 동의했다.

여기서 달아나고 싶은 마음도 있었지만, 도망친 곳이 안전하다는 보장도 없었다. 불확정 요소도 많고 불확실성도 컸다.

아직 여기는 안전하다. 그건 틀림없는 사실이었다.

입을 다물고 잠시 주변 상황을 관찰했다. 세상의 종말이라는 표현이 딱 들어맞는 모습이었다.

좀비. 뜯어 먹힌 시체. 거리를 물들인 피.

현실성이 없어서인지, 아니면 무의식중에 연구자의 시각으로 관찰하고 있기 때문인지 구역질은 나지 않았다.

"……좀비는 원래 사람이었잖아요."

시모무라의 말에 카츠키는 가슴이 철렁했다.

좀비를 일종의 실험군으로서 관찰했지만 원래는 인간이었다. 양복, 셔츠, 원피스를 입은 좀비들. 일요일이라고 잘 차려입고 외출했을 사람도 이제는 사냥감을 찾아 배회하는 좀비로 변해 있었다.

그래도 본체가 인간이었다는 사실에는 변함이 없다.

"좀비는 리빙 데드라고도 부르죠?"

이치카와가 중얼거렸다.

리빙 데드. 살아 있는 시체. 알맞은 표현이다. 하지만 움직이는 이상, 시체라고 볼 수는 없다. 물린 인간이 뭔가에 감염돼 한번 죽었다가 되살아나다니 말도 안 된다. 아마도 죽은 게 아니라 죽은 듯한 상태에 빠진 게 아닐까. 지성은 남아 있을까 궁금했지만, 적어도 몸놀림에서는 그 점을 확인할 수 없었다.

카츠키는 예방감염증연구소의 부지로 시선을 향했다. 이치카와 말대로 좀비의 침입은 없는 듯했다. 근처를 배회하는 좀비는 있었지만, 역시 2미터 높이의 담장과 그 바깥쪽에 설치된 가설 울타리가 가리개 역할을 톡톡히 하는 것이리라.

"……좀비의 목적은 사람을 먹는 건가."

냉정한 목소리로 말한 카세는 근처에 있는 절의 경내를 바라보고 있었다. 본당에서 나온 것으로 짐작되는 사람이 얼굴을 내밀고 바깥 동태를 살피고 있었다.

무리 지은 좀비들이 그걸 알아차리고 덤벼들었다.

습격하는 좀비를 본 그 사람은 허둥지둥 건물 안으로 들어가려 했지만, 좀비의 움직임이 더 빨랐다. 좀비들이 차례차례 침입했다.

잠시 후 본당에서 십여 명이 뛰쳐나왔다. 헐레벌떡 도망치는 사람들을 향해 좀비가 달려들었다. 현실감 없는 광경이었지만, 이 현상을 파악하기 위해 뇌에서 정보를 처리했다.

달려서 쫓아간 좀비들이 사람들을 물어뜯고, 걸어서 뒤따라간 좀비가 사냥감에 입을 댄다.

달리는 좀비와 걷는 좀비.

또한 계속 뜯어 먹히는 사람도 있고 물리기만 할 뿐 먹히지 않는 사람도 있었다. 전자는 움직일 낌새가 없지만, 후자는 잠시 후에 좀비로 변해서는 일어나 사람을 덮친다.

먹잇감이 되는 인간과 물려서 좀비로 변하는 인간. 둘 사이에는 어떤 차이가 존재하는 걸까.

현재 시점에서는 추측조차 불가능하지만 흥미가 동했다.

본당에서 나온 사람 중 아무도 달아나지 못했다.

"어, 고양이에게는 반응하지 않네요."

시모무라가 지적했다.

힘이 쭉 빠진 듯 흐느적흐느적 걸어가는 좀비 앞을 고양이가 가로질렀다. 좀비는 고양이의 움직임에 전혀 반응을 보이지 않았다.

카츠키는 뉴스 영상에 나왔던 좀비를 떠올렸다. 분명 눈이 약간 탁하고 부옇게 흐렸다. 백내장 증상과 비슷했다. 그런 눈으로 앞이 보이기는 할까. 애당초 왜 눈이 부옇게 흐려진 걸까. 그리고 그 증상에도 좀비마다 차이가 있었다. 이러한 개체차는 대체 무엇을 의미하는 걸까.

"인간은 먹이로 인식하지만 고양이는 그렇지 않다라. 고양이만 예외일까, 아니면 다른 작은 동물들도 마찬가지일까. 아주 흥미롭군."

카세는 냉정함을 잃지 않고 어디까지나 실험용 쥐를 관찰하는 듯한 시선을 던졌다. 그 모습에 카츠키는 한기를 느꼈다.

"일단 돌아가죠."

시모무라가 제안했다.

이대로 바라보고 있어 봤자 뾰족한 수가 생기는 것도 아니다. 하늘을 날아다니는 헬리콥터를 흘끗 본 후 옥상을 뒤로했다.

계단으로 5층에 내려왔다.

카츠키는 발치를 내려다보며 옥상에서 본 광경을 떠올렸다. 인간이 인간을 먹는 모습에는 현실감이란 없었다. 그 사실을 이해하기를 뇌가 거부하는 것 같았다.

그때 전화벨 소리가 들린다는 것을 알아차렸다.

사람들의 얼굴을 둘러보았다.

"전화네요……."

시모무라가 중얼거렸다.

그 말에 카츠키는 몸을 부르르 떤 후, 소리가 나는 방향으로 달려갔다.

잠시 후, 5층에 있는 총무인사부실에 도착했다. 여기는 연구실과 달리 사무 업무만 보는 공간이라서 실험대나 실험 도구는 없다. 보통 사무실처럼 책상이 죽 놓여 있다.

책상 위에 놓인 유선전화를 확인하자, '대표'라고 적힌 버튼의 램프가 빨갛게 깜박이고 있었다.

수화기를 들자 바로 목소리가 들렸다.

[겨우 받았네. 누구야?]

신경질적인 목소리. 어쩐지 카세의 것과 비슷한 느낌이었다.

"……음, 누구시죠?"

카츠키는 이름을 댈 뻔했지만 일단 상대가 어떻게 나오는지 살펴보기로 했다.

[후생노동성* 정무관 츠쿠이다.]

전화를 건 인물이 빠른 말투로 대답했다.

---

*　한국의 보건복지부와 고용노동부에 해당하는 일본의 중앙관청.

정무관. 후생노동성 장관 및 부장관 아래에 위치하는 고위직.

예방감염증연구소는 후생노동성 산하에 있으므로 기관 직원과 접촉하기는 한다. 하지만 정무관급과 이야기를 나눈 적은 없다. 적어도 그는 카츠키 같은 말단과는 엮일 일이 없는 사람이다.

이름을 대라고 재촉하길래 카츠키는 대답했다.

[책임자는?]

"……어, 책임자요?"

[연구소장은 있나?]

목소리에서 초조함이 느껴졌다.

"아니요, 없는데요."

아까 출근자를 확인했을 때 관리직급은 없었다.

그 사실을 전하자 수화기에서 혀 차는 소리가 들렸다.

[……연구소장의 휴대전화로 전화를 걸었는데 연결이 안 돼. 자네라도 상관없어. 그쪽 상황을 알려줘. 빠르고 간결하게.]

하대하는 말투에 반감이 들었지만 실제로 높은 사람이고, 이번 사태로 후생노동성도 혼란에 빠졌을 테니 이 정도면 자제 중일 것이라고 마음을 고쳐먹었다.

"출근한 사람은 저를 포함해 마흔한 명이고, 현재로서는 위험한 상황이 아닙니다."

[현재로서는? 요컨대 좀비가 침입할 우려도 있다는 뜻인가?]

후생노동성에서도 좀비라는 호칭을 사용하는 건가.

"아니요, 담장이 있고 공사용 가설 울타리도 가리개 역할을 하고 있어서 위험은 없을 것 같습니다."

정말로 안전할까 생각하며 대답했다.

"누구랑 통화하는 거야?"

옆에 서 있던 카세가 물었다.

"후생노동성 정무관요. 츠쿠이 씨라는 분이래요."

카츠키는 수화기를 손으로 막고 대답했다.

"그럼 핸즈프리로 바꿔."

그렇게 말하며 카세는 직접 전화기 화면의 마이크 버튼을 눌렀다.

"세포화학부 주임 연구원 카세입니다. 대체 뭐가 어떻게 돌아가고 있는 겁니까?"

약간 고압적인 말투로 물었다.

잠깐의 침묵 후 츠쿠이의 목소리가 들렸다.

[상황을 파악하기 위해 애쓰는 중이야.]

"상황 파악? 어쩌다 이런 사태가 벌어진 건데요? 갑자기 이런 일이 벌어지다니 이상하잖습니까."

[……이렇게 급격하게 퍼져나가다니 이해가 안 되네. 지금 테러 공격도 염두에 두고 정보를 수집하는 중이야.]

본론으로 들어가려는 듯 츠쿠이가 급하게 말을 이었다.

[현재 상황은 뉴스에서 방송한 것과 같아. 다만 상상할 수 있는 것 이상으로 최악이지. 원인은 불명확하지만 연구 시설에서 바이러스가 유출된 것 아니냐는 의견도 있고.]

"즉, 여기가 의심스럽다는 거군요."

카세가 한쪽 눈썹을 치켜세우면서 말했다.

[아니, 개인적으로는 그럴 리 없다고 생각해. 이번 일은 전 세계에서 동시다발적으로 발생했으니 불가능하겠지만, 어쨌든 확인하라는 지시가 떨어져서 말이야. 그쪽에 이상은 없나?]

"여부가 있겠습니까."

카세가 픽 하고 코웃음 쳤다.

"우리 연구소에서 보관 중인 세균과 바이러스가 몽땅 유출되더라도 사람을 좀비로 바꾸지는 못해요. 덧붙여 전혀 유출되지 않았고. 그걸 확인하려고 이 와중에 전화를 걸었습니까?"

완전히 싸움을 거는 말투였다.

[아니, 그런 게 아니라…….]

츠쿠이의 목소리에 힘이 들어갔다.

[그 건물을 사수하면서 최대한 빨리 좀비화 원인을 알아내주게. 그 말을 하려고 전화한 거야.]

"……뭐라고요?"

카세의 얼굴이 일그러졌다.

[말귀도 못 알아듣나?]

"자, 잠깐만. 사수하라니, 우리는 평범한 연구자에 불과해요. 자위대나 경찰은 안 보내주는 겁니까?"

순간 침묵이 흘렀다.

[……경찰조직이 치안을 유지하기 위해 분주히 애쓰고 있지만, 전혀 통제가 안 돼. 오히려 경찰의 피해가 커져서 조직이 무너질 지경이야.]

"권총을 사용하면 제압할 수 있지 않을까요?"

시모무라가 이름을 대고 나서 물었다.

[본체가 인간이었으니 당연히 좀비의 기동력은 인간의 기동력을 넘어서지 못해. 오히려 인간보다 뒤떨어지는 사례도 보이니까 권총을 사용하면 제압할 수 있겠지. 하지만 원래는 인간이었다는 점에서 일이 성가시다네.]

일이 성가시다니 무슨 뜻일까.

[좀비로 변해 덤벼든다고 해서 사살해도 되느냐는 문제를 제기했어, 높으신 분이.]

"그딴 소리를 하는 사이에 감염은 더 확대된다고!"

카세가 책상을 두드리며 소리쳤다.

평소 냉정한 카세가 느닷없이 격분하는 건 드문 일이 아니다. 카츠키도 업무를 보다가 그러한 장면에 맞닥뜨리고는 했다.

"높으신 분인지 나발인지는 모르겠지만 빨리 대처하란 말입니다!"

헛기침하는 소리가 들렸다.

[개인적으로는 그 말이 옳다고 생각해. 다만 국가는 국민을 보호하기 위해 존재하지. 좀비로 변했다는 이유로 국가가 아무 근거도 없이 본래 인간이었던 **국민**을 마구잡이로 죽일 수는 없지 않겠나. 애당초 좀비로 변한 인간과 그렇지 않은 인간을 명확히 구분할 방법도 없지. 어떤 기준으로 좀비라고 규정할 것인가. 누가 규정할 것인가. 과학적 근거는 있는가. 좀비로 변하는 도중이라면 좀비인가 인간인가. 그 해답조차 모르는 상태야. 따라서 중화기를 사용한 교전은 아직 허가되지 않았어. 현재 경찰은 경찰봉과 방패로 좀비와

싸우고 있다고 들었네. 그런 상황이라 경찰관도 점점 좀비로 변하고 있는 모양이야. 이해하겠나? 좀비의 본모습이 인간이라는 사실 때문에 아주 골치 아프다는 걸.]

카츠키는 묘하게 납득이 갔다.

예를 들어 좀비가 외계인이나 괴수라면 그러한 윤리적 부분은 생략할 수 있겠지만, 본디 인간이었으니 판단을 내리기가 난감하리라.

"……그렇게 느긋한 소리나 하다가는 돌이킬 수 없는 상황이 올 겁니다."

씁쓸한 목소리로 말하고 나서 카세는 머리를 긁적였다.

[그야 모르는 바가 아니지만, 법치국가란 그런 법일세. 국가는 규칙에 얽매이지. 하지만 국가가 아무것도 하지 않는 건 아니라네. 지금 자위대에 방위 출동을 요청할 수 있도록 준비 중이야. 하지만 문제도 산더미야.]

"뭐가 문제죠?"

카츠키가 묻자 앓는 듯한 목소리가 들렸다. 그런 이야기까지 할 여유는 없다는 생각과 무시할 수는 없다는 생각 사이에서 갈등하는 듯했다.

이윽고 츠쿠이는 아까보다 약간 낮은 목소리로 대답했다.

[일본이 외부에서 무력 공격을 받든지, 외부에서 무력 공격이 발생할 위험성이 현저하다고 인정되는 경우에만 자위대의 방위 출동 요건이 충족돼. 그런데 좀비가 과연 무력 공격의 결과인지 현재로서는 판단이 불가능하지 않나.]

"무력 공격 여부가 문제인 건가요?"

[규정상으로는 그렇다.]

시모무라의 질문에 츠쿠이는 즉시 대답했다.

"하지만 재해가 발생했을 때도 자위대가 파견되잖습니까. 재해 파견이라는 형태라면 괜찮지 않을까요?"

[무기를 사용하지 않아도 된다면 가능하겠지만, 그건 자위대원들에게 죽으라는 소리나 다름없지 않겠나. 방위 출동이라야 보유한 무기를 사용할 수 있어.]

안타까움이 묻어나는 목소리. 츠쿠이 본인도 속이 타서 죽을 지경이리라.

[덧붙여 여기서 외부란 국가 또는 국가에 준하는 조직을 뜻해. 이게 어느 국가의 생물학적 공격이라면 요건이 충족되지만, 현재 시점에서 정부는 그럴 가능성은 낮다고 보고 있어.]

"근거는요?"

[아직 확실한 건 아니지만 이번 현상은 전 세계 **모든 국가**에서 발생했을 가능성이 높아.]

카츠키의 눈이 동그래졌다.

아까 뉴스에서 미국과 영국 등의 나라에서도 좀비가 확인됐다고 하더니, 실태는 더욱 심각한 건가.

카츠키는 현기증이 나서 책상에 손을 짚고 몸을 지탱했다.

[전모를 파악하지는 못했지만 상황은 최악이라고 단정할 수 있지. 언제 국가가 붕괴해도 이상하지 않을 상태라고. 그래도 이 나라를 지켜야 해. 그러니 국가가 좀비에 대처할 수 있는 상태로 회복

될 때까지 자네들이 그곳을 사수해주게. 그리고 신속히 원인을 알아내.]

"……여기서 나가고 싶어도 현재로서는 나갈 수 없으니, 여기 남는 건 일도 아니죠. 하지만 사수하라니, 그런 억지가 어디 있습니까! 우리에게는 무기도 없어요. 내 목숨을 지키기 위해서라면 난 여기서 달아날 겁니다."

카세가 말했다.

[그런 마음가짐이라도 상관없어. 하지만 지금은 방어를 단단히 하는 게 살아남기 위한 최선의 방법이라는 걸 이해해주게. 총리 관저에서도 최대한 빨리 자위대를 움직일 수 있도록 노력 중인 모양이야.]

"방위 출동을 했다고 치면 여기에도 지원이 오긴 옵니까?"

[……약속은 못 해. 설령 자위대가 방위 출동을 하더라도 중요 거점을 단단히 방어하는 게 우선이야. 이미 재해 파견 형태로 일부 자위대원이 출동해 인프라 시설을 방어하고 있어. 이것들을 지키지 못하면 2차 피해가 발생할 테니까.]

이 무더위에 전기까지 끊기면 열사병 등으로 사망하는 사람도 늘어나리라. 인원을 인프라에 할애하는 건 이치에 맞다.

[인프라뿐만 아니라 원자력 관련 시설과 석유공업단지, 가연성 가스저장시설 등도 우선순위가 높아.]

"이 연구소는요?"

[……세균과 바이러스를 보관한다는 점에서는 염려해야 마땅하겠지만, 현재 침입당할 우려는 없는 모양이니 최우선은 아니지.]

아까 카츠키가 위험한 상황은 아니라고 대답했다. 그 때문에 우선순위가 낮아졌을지도 모르지만, 거짓말은 할 수 없다.

"뭐, 허울 좋은 소리를 늘어놓지 않아서 오히려 믿음이 가는군."

카세가 한쪽 뺨을 끌어올리며 웃었다.

"시키지 않아도 여기 머무를 작정이었습니다. 다만 원인 규명에 관해서는 장담 못 해요."

[……어째서?]

"원인을 규명하려면 좀비의 생체나 시체가 필요하거든요. 여기 처박혀서 그걸 어떻게 확보하란 말입니까?"

대답이 없었다. 깊은 생각에 빠진 것이리라.

[……어떻게든 해봐.]

마침내 들린 대답에는 아무 지침도 없었다.

"그렇게 나올 줄 알았지. 하지만 뭐, 그렇게 기대하는 기분도 이해는 합니다. 우리 연구소는 일본에서 감염증을 연구하기에 가장 적합한 장소니까요. 여기서 원인을 알아내지 못하면, 다른 곳에서도 못한다고 단언해도 되겠죠."

[그러니까 이렇게 부탁하는 거지 않나!]

"너무 큰 기대는 하지 마시고."

카세가 어깨를 움츠리며 대답했다.

[……알았네. 어쨌든 생존을 최우선으로 생각해. 자네들의 두뇌도 문제 해결에 필요한 요소니까. 이제부터 정기적으로 연락하려고 하는데, 만약을 위해 휴대전화 번호 좀 알려주게.]

츠쿠이의 말에 각자 전화번호를 알려주었다. 그리고 전화를 받은 카츠키가 대표자를 맡기로 했다.

[진전이 있으면 언제든지 지체 없이 연락해.]

츠쿠이는 그렇게 말하고 나서 잠깐 머뭇거렸다.

[……정에 호소하려는 건 아니지만, 내 처자식도 어떻게 됐는지 모르는 상태야. 그래도 이렇게 내 할 일을 다하고자 버티고 있지. 난 죽을 작정으로 임할 거야. 그러니 부탁하네…….]

전화가 끊겼다.

츠쿠이가 어떤 사람인지는 몰라도 필사적인 각오만큼은 전해져 왔다. 카츠키는 조금이라도 힘이 되고 싶었다.

"뒷맛 안 좋은 소리는 아예 하지를 말든가."

사람들 중 처음으로 말을 꺼낸 카세는 언짢은 듯한 표정을 지으며 걸음을 옮겼다.

다들 그 뒤를 따랐다.

식당으로 돌아왔다.

연구원들의 시선은 텔레비전에 못 박혀 있었다. 인원은 줄지 않았다. 모두 믿기지 않는다는 표정으로 텔레비전에서 흘러나오는 정보에 귀를 기울이고 있었다.

현재 공황상태에 빠져 이성을 잃은 사람은 없었다. 동요하거나 우는 사람은 있었지만 질서는 유지되고 있다.

텔레비전 화면으로 시선을 돌렸다. 이런 상황에도 보도는 멈추지 않는구나 싶어 조금 감탄했다.

「지금까지 감염증일 가능성을 전제로 말씀드렸지만, 어쩌면 하이브리드 전쟁*일 가능성도 있습니다.」

화면에 비친 패널이 말했다.

「하이브리드 전쟁이요? 그건 대체 무엇인가요…….」

아나운서가 의아해하는 표정을 지었다.

패널은 진중한 태도로 고개를 끄덕였다.

「2014년에 러시아가 우크라이나를 침공했는데요. 그때 러시아가 취한 전략이 하이브리드 전쟁이라고 할 수 있겠습니다. 간단히 말하면 사이버 공격으로 국가 기능을 마비시키고, 인프라 시설 등의 거점을 점거하는 전략이죠.」

「인프라 시설이라면 전력, 가스, 수도 설비를 말씀하시는 겁니까?」

「우크라이나 침공 때는 주로 지방정부 청사와 의회, 군 시설, 공항 등을 목표로 했죠. 소속을 나타내는 마크가 없는 위장복을 착용한 무장 집단이 우크라이나의 크림반도에 나타나 그러한 시설을 차례차례 점거했습니다. 정체가 불분명한 집단의 공격에 국민은 대혼란에 빠졌죠. 그 틈을 노려 본격적으로 침공하는 겁니다. 러시아는 전자전으로 우크라이나의 레이더를 무력화하고, 사이버 공격으로 발전소와 미디어 기기를 가로챘고, 포탄의 전자식 신관을 작동 불능으로 만들었어요. 당연히 정보망도 가로채 가짜 뉴스를 퍼뜨리고, 혼란을 틈타 점령에 들어갔습니다.」

• 재래적인 군사적 수단뿐만 아니라 정치·경제·외교·기술 등의 비군사적인 수단까지 동원하는 복합적인 전쟁 형태.

「그렇군요. 사이버 공격과 정보전을 조합한 전쟁 방식을 하이브리드 전쟁이라고 하는군요.」

「그렇습니다. 따라서 세계 각국은 사이버 공격 대책을 강화하고 있는데요. 이번에는 사람을 좀비로 만드는 바이러스를 시중에 퍼뜨려 국가 기능을 마비시켰다고도 볼 수 있겠습니다.」

「어……, 그러니까 이번에 발생한 좀비는 우크라이나 침공 당시, 위장복을 입은 무장 집단에 해당한다는 말씀이신가요?」

「그렇습니다.」

패널이 자신 있게 고개를 끄덕였다. 반면 아나운서는 반신반의하는 표정이었다.

「하지만 대체 어느 나라가 그런 짓을 할까요? 정부 발표에 따르면 선진국이라고 불리는 국가들에서도 좀비화 현상이 발생했다고 하는데요.」

「지금은 테러 조직도 결코 얕볼 수 없는 수준이니까요. 그리고 좀비화 바이러스를 보유한다면 군사력이 그다지 강하지 않은 국가도 세계 정복이 가능할 겁니다. 좀비로 변한 사람들이 알아서 다른 사람들을 죽여줄 테고, 핵폭탄과 달리 환경도 오염되지 않으니까요. 지구를 더럽히지 않고 인간을 말살할 수 있어요.」

패널의 말이 끝난 직후, 화면 속에서 비명이 들렸다. 여기저기서 외치는 소리가 겹치고 겹쳐 모든 것을 뒤덮었다. 방금 전까지 대화를 나눴던 패널과 아나운서가 경악한 표정으로 벌떡 일어나서 달아나려 했다.

카메라가 쓰러졌는지 화면이 옆으로 기울어졌다. 도망쳐 다니는 사람들의 발이 수없이 비치다가 결국 화면이 까매졌다.

새카매진 화면 한가운데에 '현재 방송되고 있지 않습니다. 방송 편성표 등으로 방송 시간을 확인해주시기 바랍니다. 비나 번개 등 날씨에 영향을 받아 일시적으로 수신할 수 없는 경우도 있습니다.' 라는 문구만 표시됐다.

"망할, 여기도 안 나오나."

연구원 중 한 명이 욕설을 내뱉으며 채널을 바꾸었지만 검은 화면이 이어졌다. 방송국도 좀비의 영향을 받은 모양이다.

"자자, 내 말 좀 들어봐!"

카세가 갑자기 손뼉을 치며 소리를 질러 사람들의 시선을 집중 시켰다.

"일단 비축품을 여기로 모은다! 다들 도와줘!"

"……왜 그래야 하는데?"

연구원 중 한 명이 물었다.

카세는 왜 말귀를 못 알아듣느냐며 상대를 나무라듯 짜증 섞인 시선을 던졌다.

"우리 연구소에는 소속 인원 500명이 사흘간 먹을 수 있는 양의 비축품이 있어. 지금 여기 있는 사람은 마흔 명. 한 달은 여유롭게 버틸 수 있지만, 비축품은 지하에 보관되어 있지. 혹시라도 엘리베 이터가 멈추기 전에 쉽게 꺼낼 수 있는 곳으로 옮기는 편이 나아. 목이 마를 때마다 가지러 가는 건 비효율적이잖아. 이런 상황이니 만큼 최대한 체력 소모를 줄여야 해."

카세의 말에 동요가 퍼졌지만 금방 잦아들었다. 그리고 연구원

대부분이 고개를 끄덕였다.

하지만 의문을 표했던 연구원은 여전히 회의적인 표정이었다.

"그런데, 계속 여기 있으려고? 구조대가 오는 거 아니야?"

"아까 츠쿠이라는 후생노동성 정무관에게 연락이 왔어. 바깥은 좀비 때문에 괴멸되다시피 한 상태고, 경찰도 피해가 막심한가 봐. 밖에 나가봤자 좀비에게 잡아먹힐 뿐이야. 여기에 머물러야 살아남을 확률이 제일 높아. 살아남아서 버티면 언젠가 구조대도 오겠지."

카세의 말에 한순간 사방이 조용해진 후, 모두가 일제히 의문을 꺼내기 시작해 식당이 시끌시끌해졌다.

"난 집에 갈래!"

한층 크게 소리친 한 여자 연구원에게 시선이 모였다. 울어서 퉁퉁 부은 얼굴. 눈에는 결연한 의지가 깃들어 있었다.

"……우리 애랑 연락이 안 돼. 집에서 기다리고 있을 테니, 난 가야겠어."

몇몇이 동의하듯 목소리를 높였다. 카츠키는 그들도 연구소 밖에 있는 소중한 사람과 연락이 되지 않는 거구나 싶었다.

카세는 희미하게 쓴웃음을 지었다. 진심으로 업신여기는 듯한 표정이었다.

"가겠다면 붙잡지는 않겠어. 마음대로 해. 최대한 협력할게."

그 말이 의외였는지 돌아가기를 희망한 여자 연구원은 얼떨떨한 표정이었다.

카세가 말을 이었다.

"저마다 싸워야 할 장소가 있겠지. 그러니 억지로 잡아두지는 않겠어. 다만 여기를 떠날 때는 아무쪼록 조심하도록 해. 일단 운 좋게도 건물 주변에는 공사용 가설 울타리가 세워져 있지. 그게 가리개 역할을 한다고 볼 수 있으니 절대로 망가뜨리지 마. 정문에는 유일하게 가설 울타리가 없으니 방어벽 역할을 하는 정문을 열 수는 없어. 나갈 거면 문을 넘어서 가. 그리고 절대로 좀비에게 들키지 않게 탈출해. 좀비가 이 건물에 관심을 가지면 골치 아프니까. 밤에 탈출하는 게 제일 좋겠지만, 그때까지 기다릴 수 없다면 지금 당장 나가도 상관없어. 내가 옥상에서 살펴보다가 좀비가 없는 타이밍을 노려서 휴대전화로 지시할게. 그러면 생존 확률이 조금은 높아지겠지."

적확한 정론이다. 하지만 잔혹하리만치 매정하고 인간미가 결여된 말투였다. 다만 지금 이 건물의 리더는 분명 카세였다. 그를 추종하는 듯한 수많은 목소리가 그 사실을 증명했다.

카세를 노려보던 여자 연구원의 눈에 눈물이 맺혔다.

"……알았어."

"여기서 나가고 싶은 사람 또 있나?"

카세가 여자 연구원에게서 시선을 돌리고 묻자, 네 사람이 반응했지만 그중 한 명은 망설임 끝에 손을 내렸다가 다시 들었다. 진균부 소속의 미야모토 요코였다.

"……생각할 시간을 15분 줄게. 그사이에 여기 남을지 밖으로 나갈지 결정해."

카세의 말이 끝나자 연구원들은 저마다 이야기를 시작했다.

카츠키는 식당 가장자리에 있는 미야모토에게 다가갔다. 나이

차가 열 살 이상 나는 선배. 남을 잘 돌봐주는 성격에 늘 얼굴에서 웃음이 떠나지 않는 여성이다. 그녀는 의자에 앉아 어깨를 축 늘어뜨린 채 얼굴을 푹 숙이고 있었다.

"괜찮으세요?"

말을 걸자 미야모토는 당장이라도 울음을 터뜨릴 것 같은 표정으로 올려다보았다.

"아, 카츠키 씨……. 나, 어쩌지?"

눈물이 가득 고인 눈에 두려움이 어른거렸다.

손을 내렸다가 다시 들었던 미야모토는 무슨 말을 해야 할지 몰라 했다.

"……연락 안 되는 분이 계세요?"

그 말에 미야모토는 쓰라린 듯한 웃음을 지었다.

"딸. 얼굴 보면 싸움만 해서 전화도 거의 한 적 없을 정도지만, 문자 메시지를 보내도 답신이 없어서……."

온몸을 짓누르는 불안을 견디듯, 스마트폰을 쥔 손에 힘을 꽉 주고 있는 것 같았다.

주변을 둘러보았다.

안도한 듯한 얼굴로 통화하는 사람이 대부분이었지만, 비통한 표정에 잠긴 사람도 있었다. 안부를 확인하고 싶지만 전화가 연결되지 않는 것이리라.

"따님하고 같이 사세요?"

미야모토는 고개를 끄덕였다.

"요츠야니까 여기서 걸어 갈 수 있는 거리야. 오늘은 쉰다고 했으니 집에 있을 테지만, 하필이면 남편도 오늘 같은 날 아침부터 골프를 치러 나가서…….”

“혼선이 생겨 통화가 안 되는 것뿐인지도 몰라요.”

시모무라의 목소리.

어느 틈엔가 뒤에 서 있었다.

“실제로 연결이 아주 힘든 상태인 것 같아요. 재해용 메시지 다이얼은 시험해보셨어요? 어떤 사람이 그걸로 연락이 됐다고 하던데요.”

지진이나 화산 분화 등의 재해가 발생하면 전화가 잘 연결되지 않는다. 재해용 메시지 다이얼은 그럴 때 전 국민에게 제공되는 음성 사서함이다.

“아까 해봤지만 딸한테서는 아무 소식도 없어. 정말 어떻게 해야 좋을까…….”

목소리가 눈물로 흐려졌다. 그 물음에 어떤 대답도 할 수 없는 카츠키 역시 괴로웠다.

“좀 더 상황을 지켜보는 게 좋겠어요. 따님은 분명 괜찮을 거예요.”

카츠키 스스로 생각하기에도 아무 근거 없는 위로였다. 그래도 어떻게든 격려하고 싶었다. 그리고 여기서 나가려는 생각을 단념하길 바랐다.

시모무라가 고개를 끄덕였다.

“좀비라고 모두 힘이 초인적인 건 아닌 듯하니, 따님이 집에 있으면 무사할 거예요. 그리고 미야모토 씨도 여기 있으면 틀림없이 안전할 테고요. 그렇지만 밖에 나가면 높은 확률로 죽을 겁니다.”

무정한 목소리는 아니었지만 약간 차갑게 느껴졌다.

그러나 진실이었다.

여기서 나가는 순간 죽음을 맞이한다는 건, 누구나 실감하고 있는 사실이었다.

"경찰이 출동해서 사태를 수습할 거예요."

카츠키의 말에 미야모토의 눈동자가 흔들렸다.

"경찰…… 하지만 조금 전에 본 뉴스 영상은 지금도 벌어지고 있는 일이잖아? 경찰이 제때 와주면 좋겠지만, 어쩌면 아이 혼자 도망 다니고 있을지도……."

"건물 안에 있으면 일단은 괜찮은 모양이던데요."

시모무라의 말에 미야모토의 얼굴이 일그러졌다.

"하지만 오늘 쇼핑하러 간다고 했어. 아직 나가지 않았으면 좋으련만……."

미야모토의 몸이 벌벌 떨렸다.

"쇼핑이라……, 어디로 간다고 하던가요?"

시모무라가 묻자 미야모토는 신주쿠라고 대답했다.

"가깝네요. 음, 다만 어디서 어떻게 찾아내느냐의 문제도 있습니다."

시모무라는 냉정한 말투로 지적했다.

그 점은 미야모토도 알고 있는 듯했지만, 그래도 밖에 나가고 싶어 하는 눈치였다.

"좀 더 기다려도 될 거예요. 전화가 연결된 후에 가도……."

"나……, 난 딸을 지키고 싶어."

미야모토가 카츠키의 말을 막고 말했다.

"딸을 잃는다는, 그런 생각은 하기도 싫어. 만약 집에서 두려움에 떨고 있다면 곁에 있어 주고 싶어."

비통한 목소리에 강한 의지가 담겨 있었다.

그때 카츠키는 깨달았다.

미야모토의 눈에 어른거리는 두려움. 좀비에게 습격당할까 봐 두려운 게 아니라, 소중한 존재를 잃을까 봐 두려운 것이리라.

갑자기 시선이 느껴졌다. 눈을 돌리자 카세가 이쪽을 보고 있었다. 정확하게는 미야모토를.

한심하다는 듯 냉담한 눈빛이었다. 카세는 무표정한 얼굴을 홱 돌리고 걸어갔다.

15분이 지났다.

최종적으로 미야모토를 포함한 남녀 다섯 명이 연구소를 떠나기로 결정했다.

준비를 시작했다.

카세와 미야모토는 서로 통화가 잘 되는지 확인했고, 다른 네 명은 각자 정문을 넘을 때 사용할 의자를 옮겼다. 무기를 준비하는 사람도 있었다. 식당 조리실에 있던 식칼을 집어 든 남자 연구원이 칼날을 불안하게 바라보았다. 하지만 얼굴에는 굳건함이 넘쳤다. 이 다섯 명의 가슴속에는 연락되지 않는 소중한 사람과 당장이라도 만나고 싶다는 일념만 자리하고 있으리라. 밖에 퍼져나가고 있는 위험성을 염두에 둘 필요가 없을 만큼 사랑하는 것이리라.

"물릴 가능성을 고려하면 긴소매를 입는 편이 낫겠군. 다만 기동성도 확보해야 하니까 이 일회용 가운이 좋겠어."

BSL3 실험실에 들어갈 때 입는 방호복이다. 두껍지는 않지만 잘 찢어지지 않고, 무엇보다 달리는 데 방해가 되지 않는다.

카세의 진심 어린 충고에 다섯 명은 순순히 따랐다.

준비가 끝났다.

모두 파란색 일회용 가운을 입었다. 라텍스 장갑을 낀 손에는 저마다 무기를 들었다. 식칼, 길쭉한 막대기. 망치를 든 사람도 있다.

다섯 명은 친한 연구원과 악수와 포옹으로 인사를 건네고, 정문을 넘기 위해 의자를 들고 밖으로 나갔다.

"저기, 미야모토 씨."

카츠키는 마지막으로 남은 미야모토에게 말했다.

"역시 좀 더 기다려보는 게……."

말끝이 목구멍으로 기어들었다.

미야모토는 각오를 다진 듯 진지한 표정이었다.

"고마워. 하지만 역시 딸이 걱정돼."

아주 희미하고 어색한 미소를 띤 채 미야모토가 밖으로 향했다.

식당이 고요해졌다.

"어쩔래?"

카세가 카츠키와 시모무라를 보았다. 카세는 옥상에서 지시를 내릴 예정이었다. 옥상에 같이 가겠느냐고 묻는 것이리라.

"아니요, 저는 사양하겠습니다."

시모무라의 의견에 카츠키도 동의했다. 동료가 좀비에게 습격당할지도 모른다. 그런 광경은 보고 싶지 않았다.

카세는 무표정한 얼굴로 혼자 옥상에 올라갔다.

식당에 있는 커다란 창문으로 정문이 보였다.

한 명이 문 옆에 의자를 놓고 올라가서 조심조심 고개를 내밀어 바깥 상황을 살피려다 얼른 집어넣었다. 좀비가 있었던 걸까.

그 모습을 보고 있던 카츠키는 시선을 발치로 떨어뜨렸다. 그들의 심정을 상상하자 가슴이 찢어질 것만 같았다.

"……역시 그만두는 편이 좋을 텐데."

카츠키는 중얼거렸다.

지금이라도 늦지 않았다. 여기에서 나가는 건 위험해도 너무 위험하다.

"이미 결심했으니 말려도 소용없을 거예요."

한 발짝 내딛은 카츠키를 시모무라가 만류했다. 고뇌로 가득한 표정이었다.

카츠키는 창밖에 있는 다섯 명을 보았다.

이제 망설임을 완전히 씻어낸 듯했다. 뭔가를 의논하는 것 같았지만 내용은 알아들을 수 없었다.

그들은 여기서 나가는 게 얼마나 위험한 짓인지 누구보다 잘 알고 있으리라. 그렇지만 목숨을 걸고서라도 만나러 가고 싶은 사람이 있는 것이다.

카츠키는 그들이 어떻게든 무사히 도착하기를 바랐다.

"카츠키 씨, 아까 이야기 어떻게 생각하세요?"

"아까 이야기라니?"

"왜, 츠쿠이 씨가 좀비화 원인을 알아내 달라고 했잖아요."

카츠키는 입을 살짝 오므렸다.

"글쎄, 카세 씨도 말했다시피 좀비의 생체나 시체가 있으면 확인할 방법이 있을지도 모르지만……. 적어도 신체조직 정도는 필요해. 하지만 이 건물에 숨어 있는 한 입수가 불가능하겠지."

시모무라가 앓는 듯한 소리를 냈다.

"……확실히 검체가 있으면 좋을 텐데요. 뉴스에서 인간을 좀비화하는 바이러스를 퍼뜨렸을 가능성이 있다고 했는데, 영 미심쩍어요. 인간을 좀비로 바꾸는 바이러스는 들어본 적도 없는걸요. 무엇보다 좀비로 바뀌기까지의 시간이 너무 짧잖아요. 신체 구조상말도 안 돼요."

부정하면서도 호기심이 묻어나는 말투였다.

시모무라는 좀비화 원인을 규명하고 싶어 마음이 조급하다. 싱숭생숭한 기분을 감추지 못한다. 연구자의 업이리라.

"흉포해진 모습을 보고 처음에는 광견병도 의심했지만요."

"광견병에 걸려도 증상이 나타나려면 열흘에서 1년은 걸리지."

시모무라는 팔짱을 끼고 시선을 저 멀리에 던졌다.

"그렇죠. 그리고 좀비 하나가 몇 명의 인간을 감염시킬 수 있는지 모르지만, 슈퍼 전파자라면 아주 위험해요."

카츠키도 시모무라와 같은 걱정을 품고 있었다.

예를 들어 바이러스의 경우, 감염자 한 명이 평균적으로 몇 명을 감염시킨다고 할 때, 슈퍼 전파자는 수십 명 단위로 감염시킬 가능성이 있다. 어떤 원인으로 좀비화가 일어나는지는 아직 밝혀지지 않았지만 감염력도 우려해야 할 점이다.

"아, 출발할 모양이네요."

시모무라가 안쓰러운 듯한 표정으로 정문을 가리켰다.

스마트폰을 귀에 댄 남자 연구원이 나머지 네 명과 얼굴을 마주 보았다. 그리고 서로 어깨를 토닥인 후 의자를 디딤대 삼아 문을 넘었다.

카츠키는 눈을 꼭 감았다. 미친 듯 뛰어대는 심장이 갈비뼈를 두드렸다.

10초쯤 흘렀을까. 조심조심 눈을 떴다. 다섯 명은 이미 사라지고 없었다.

귀를 막고 싶은 충동에 휩싸였다. 습격당한 사람들의 목소리가 들려올 것 같아서 심장이 꽉 조여드는 기분이었다.

식당에 남아 있는 다른 연구원들도 마른침을 삼키며 정문에 시선을 던졌다.

잠시 후 카세가 돌아왔다. 평소처럼 냉정함을 유지한 얼굴. 손에는 쌍안경을 들고 있었다.

"어땠습니까?"

시모무라가 묻자 카세는 어깨를 으쓱하고 나서 고개를 돌렸다.

"전부 좀비에게 당했어."

카세의 표정은 보이지 않았지만, 마치 바람직한 결과를 얻지 못한 실험 결과를 보고하는 듯한 말투였다.

"뜯어 먹히거나 좀비가 됐지. 좀비로 변하는 데 걸린 시간은 역시 10초에서 1분 정도였어."

열기가 담긴 목소리. 얼굴도 약간 달아올라 있었다. 그 당시 상황을 떠올리며 흥분한 것처럼 보이기도 했다.

식당의 분위기가 얼어붙었다.

물어본 시모무라도 딱딱하게 굳어버렸다.

"······미야모토 씨도요?"

카츠키는 떨리는 입술을 달싹였다. 말이 잘 나오지 않았다.

"응. 좀비가 되지는 않았지만 잡아먹혔지."

카세는 담담히 대답했다.

그 말을 듣고 카츠키는 그 자리에 풀썩 주저앉았다. 방금까지 함께 이야기를 나누었던 사람이 더는 이 세상에 존재하지 않는다는 사실이 큰 충격으로 다가왔다.

눈물이 펑펑 쏟아지고 이명이 들렸다.

카세는 머리를 긁적였다.

"상황을 관찰했는데, 아무래도 좀비는 눈이 멀었거나 시력이 몹시 저하된 상태인 것 같아. 달리지 않고 멀리서 조용히 걷는 사람은 알아차리지 못했어. 뿌옇게 흐려진 그 눈은 백내장인지도 모르겠군. 다만 눈이 나빠진 탓인지 청각이 조금 예민한 것 같아······. 아니, 단순히 청각에 의존할 수밖에 없는지도 몰라. 비명을 지른 사람은 바로 공격당했으니까. 그리고 좀비가 코를 킁킁거리는 것으로 보건대 후각 역시 살아 있는지도 몰라."

흥분을 억누르듯 단조롭게 말하는 카세를 바라보며 카츠키는 생각했다.

카세에게 이번 일은 수확이었다. 다섯 명을 건물 밖으로 내보냄으로써 좀비에 관해 정보를 수집하고, 여기서 탈출하면 어떻게 되는지를 실험한 걸지도 모른다.

"그리고 밖으로 나간 다섯 명 말인데, 한 명은 먹잇감으로 좀비에게 완전히 잡아먹혔지만, 나머지 네 명은 좀비로 변했어. 좀비화한 개체는 신기하게도 물리기는 했지만 뜯어 먹히지는 않더군. 그리고 증상이 나타나는 시간에 차이가 있었지. 뉴스 영상으로도 확인했지만, 가장 짧게는 물리고 나서 10초, 길어도 2분 정도였어. 그이상은 걸리지 않더군."

냉철한 어조와 관찰력. 연구자는 언제 어느 때라도 냉정하게 만사를 관찰하고 판단해야 하며, 거기에 감정을 개입시켜서는 안 된다. 동물 실험을 할 때도 동물을 가엾게 여기면 연구는 진행되지 않는다.

카세는 연구자로서 아주 우수하고 이렇듯 의연한 태도도 믿음직스럽다고 할 수 있겠지만, 카츠키는 도리어 반감을 느꼈다.

"하고 싶은 말이 있는 표정인데."

카세의 말에 카츠키는 얼른 고개를 돌렸다. 생각이 표정에 드러난 모양이다.

"그 다섯 명은 자청해서 나간 거야. 난 그걸 최대한 지원했을 뿐이고. 비난받을 이유는 없어."

사실이었다.

하지만 동의하고 싶지 않았다. 미야모토의 얼굴이 머릿속에 떠올랐다. 카츠키는 눈물을 닦고 아랫입술을 꽉 깨물었다.

"말투가 좀 차가워서 그런 거 아닐까요."

시모무라가 알려주었다.

그러자 카세는 다그치는 듯한 시선을 시모무라에게 던졌다.

"내가 잘못했다는 거야?"

"……아니요, 그런 건 아니고요."

시모무라는 기어드는 목소리로 대답하고 몸을 움츠렸다.

카세는 시모무라가 마뜩하지 못할 것이다. 언젠가 예방감염증연구소장 자리를 놓고 다툴 것이라 예상되는 두 사람이다. 시모무라는 사차원 같은 성격이라 무슨 생각을 하는지 종잡을 수가 없지만, 평소 카세가 그를 의식한 건 틀림없다.

풀 죽은 기색의 시모무라를 만족스럽게 바라보던 카세가 시선을 주변으로 돌렸다.

"자, 비축품 옮기는 걸 도와줘."

손뼉을 치며 모두를 재촉한다. 연구소에서 가장 발언력이 강한 인물인 카세의 지시에 모두 순순히 따랐다.

식당에 열여덟 명이 남고, 나머지 열여덟 명이 비축품을 옮기기로 했다.

로비를 빠져나가 계단으로 지하에 내려갔다. 좀비가 밖을 배회한다는 사실이 믿기지 않을 만큼 관내는 평소와 다름없었다.

"아까는 죄송했어요."

카츠키는 앞장서서 걸어가는 카세를 따라잡아 사과했다.

"뭐가?"

카세가 힐끗 보고 나서 물었다. 일부러 비꼬는 게 아니라, 정말로 짚이는 구석이 없는 기색이었다.

"어, 그게……."

반감을 표정에 드러낸 걸 사과할 작정이었지만, 애당초 왜 이 정도 일로 사과하려 마음먹었는지 카츠키 스스로도 의문스러웠다. 평소 같았으면 사과하지 않았을 것이다. 이렇듯 비정상적인 상황에 처한 탓에 가치관이 흔들리고 있음을 자각했다.

관리인 이치카와가 지하에 있는 창고 문을 열었다. 사용하지 않는 책상이며 의자를 보관해둔 창고 한쪽 모퉁이에 비축품이 쌓여 있었다.

"도와줘."

카세가 장기 보존 식수가 담긴 박스를 가리켰다.

카츠키는 고개를 끄덕이고 밀차에 박스를 실었다.

"비축품이 여기 있다는 걸 용케 알고 있었네요."

"일전에 총무부에서 보내온 메일을 기억하고 있을 뿐이야."

냉랭한 말투로 대답한 카세는 다른 사람에게도 지시를 내려가며 효율적으로 밀차에 비축품을 실었다.

총무부에서 보낸 메일. 본 것 같지만 기억나지 않았다.

카츠키는 밀차를 밀고 화물용 엘리베이터에 탑승해 1층으로 올라갔다. 식당으로 돌아오자 연구원들이 웅성거리고 있었다.

무슨 일이 생긴 걸까. 설마 좀비가 침입한 건가.

"왜 그래?"

"누군가가 부지 안으로 들어왔어요."

카세가 묻자 한 연구원이 대답했다.

"좀비?"

"아니요. 그게……, 잘 모르겠습니다."

애매한 답변이었다.

모두가 동태를 살피는 중인 방향을 보자, 정문 옆에 위치한 식당의 커다란 창문 앞에 한 남자가 서 있었다. 나이는 30대 중반 정도. 키가 크고 눈빛이 예리했다. 긴소매 와이셔츠의 팔을 걷어붙였다. 머리카락은 헝클어졌고 얼굴도 더러웠다. 겉옷 없이 와이셔츠와 검은 슬랙스 차림이다. 원래 흰색이었을 와이셔츠는 피로 대부분 붉게 물들었다. 피가 튄 건지, 남자의 몸에서 피가 난 건지는 알 수 없었다.

그것만으로도 심상치 않은데 표정까지 아주 험악했다. 당장이라도 창문을 깨고 침입할 것만 같았다.

남자가 들고 있는 물건을 본 카츠키는 눈이 휘둥그레졌다.

커다란 총이었다. 권총 같지는 않았다. 자세히 알 수는 없지만 기관총 종류이리라. 일본에서는 일반적으로 볼 일이 없는 총.

"저건 20식 5.56밀리 소총이네요."

이치카와가 눈을 동그랗게 뜨고 말했다.

"육상 자위대 주력 소총입니다. 전에는 '팔구'라고 불리던 89식이 주력이었지만, 2020년부터 20식이 조달되기 시작했거든요. 약 3년 만에 주력 소총이 대체된 거죠. 덧붙여 국산입니다."

"잘 아시네요."

카츠키의 말에 이치카와는 쑥스러운 듯이 머리를 긁적였다.

"무기에 관해 조사하는 게 취미라서요. 노후의 유일한 즐거움입니다. 참고로 20식의 탄약인 5.56밀리 나토탄 말인데요. 만약 좀비의 체액을 덮어쓰는 것만으로도 감염될 우려가 있다면 아주 유효한 탄약입니다. 탄이 체내로 들어간 순간 파열해서 파편으로 신체 조직을 파괴하고, 신체조직이 몸 밖으로 흩어질 우려도 적거든요."

카츠키는 이야기를 들으며 인상을 찌푸렸다. 총알이 몸속으로 들어가는 광경을 상상하자 기분이 나빠졌다.

"저 남자는 자위대일까요?"

시모무라가 묻자 이치카와는 고개를 갸우뚱했다.

"그럴지도 모르지만 위장복 2형을 입지 않았고……, 아까 전화로 정무관 츠쿠이 씨가 자위대는 아직 방위 출동을 하지 않았다고 말씀하지 않았던가요?"

이치카와의 말이 옳다. 통화한 지 한 시간 정도밖에 지나지 않았다. 즉, 좀비에게 살해당한 자위대원의 총을 손에 넣었을 가능성은 낮다.

"누구냐!"

카세가 창문 근처로 가서 크게 소리쳤다.

남자는 호주머니에서 뭔가를 꺼내 보여주었다.

"……경찰관?"

카세는 미간에 주름을 잡고 중얼거렸다.

경찰 수첩이었다. 경부보*라는 표기. 그리고 그 밑에는 이치조 마코토라는 이름이 적혀 있었다. 분명 얼굴과 사진을 비교했을 때 동일 인물이었다. 다만 지금 눈앞에 있는 귀기 어린 표정과 입을 한일자로 꾹 다문 채 카메라를 바라보는 사진 속 얼굴에는 큰 차이

---

* 한국 경찰 공무원 계급 중 경위에 해당하는 일본 경찰 계급.

가 있었다. 현재 이치조는 열에 들뜬 것처럼 보이기도 했다.

"그 총은 뭐야!"

"본부 청사에서 가져온 거다."

이치조는 카세를 쳐다보며 대답했다. 차분하고 깊이 있는 목소리. 성량이 크지 않은데도, 무슨 말을 하는지 귀에 쏙쏙 들어왔다.

"목소리를 조금 낮추는 게 좋겠어요. 좀비들에게 들킬지도 모르니까."

카츠키가 충고하자 카세는 안다는 듯이 혀를 찼다.

"그 총은 자위대에서 사용하는 것 아닌가?"

카세가 목소리를 낮추어서 물었다.

이치조는 시선을 떨어뜨리고 소총을 들어 올렸다. 쏘나 싶어 몸을 움찔했지만, 총을 금방 내렸다.

"그 말대로 자위대의 제식 소총이지만, 경시청**에서도 채택한 총기야. 난 수사1과 형사고, 이 총은 본부 청사에서 들고 나왔어."

진위는 알 수 없지만 이치조는 카세에게서 시선을 돌리지 않았다. 거짓말을 하는 것 같지는 않았다.

"정말 경시청에도 있는 총인가?"

카세가 이치카와에게 물었다.

"……음, 그럴지도 모르겠습니다."

자신 없는 대답이었다.

"20식, 경시청에도 있네요. 특무급습부대의 장비예요."

**　　일본 도쿄도를 관할하는 경찰 본부.

시모무라가 스마트폰 화면을 보여주었다. 장비품 일람에 실려 있었다.

"여기서 이야기해도 상관없지만, 놈들은 소리에 민감하게 반응해. 여기에 사람이 있다는 걸 들켜도 괜찮겠나? 질문에 관한 답이라면 안에서 할게."

이치조가 엄지손가락으로 등 뒤를 가리켰다.

카츠키는 카세가 평가하는 듯한 눈빛을 던지는 걸 알아차렸다. 상대의 진의를 파악하겠다는 시선이었다.

"아니, 들여보내면 안 돼!"

한 여자가 신경질적으로 소리쳤다. 진갈색으로 염색한 머리에 파마를 한 마츠이라는 이름의 40대 연구원이었다.

"좀비에게 물렸을지도 모르잖아!"

"맞아, 좀비일 가능성도 있어!"

마츠이의 주장에 동조하는 목소리가 차례차례 들렸다.

카츠키는 피로 물든 이치조의 옷을 보았다. 여기에 도착하기까지 수많은 난관을 헤치고 왔으리라는 건 상상하기 어렵지 않았다.

그런데 왜 예방감염증연구소로 온 걸까. 아무래도 우연히 도망쳐 들어온 것 같지는 않다. 어떤 목적이 있는 걸까.

"물렸을지도 모른다고!"

마츠이는 기를 쓰고 반대했다. 공포의 반작용이겠지만, 과잉반응 같기도 했다. 하지만 충분히 이해는 간다. 현재 이곳만 한 안전지대는 없다. 담장과 가설 울타리 덕분에 지금까지는 좀비의 침입을 허용하지 않고 안전성을 확보하고 있으니까.

다만 이곳에는 무기라 할 만한 물건이 없다. 좀비에게 대항할 수단이 없다면 방비를 굳건히 하는 것이 최선책이다.

이런 상황에서 외부인을 연구소에 들인다면, 그것만으로도 위험성이 커진다.

마츠이의 말이 들렸는지 이치조는 소총을 내리고 와이셔츠 단추를 끄르기 시작했다.

"물렸는지 당신들 눈으로 직접 확인해봐."

와이셔츠를 벗고 상반신을 드러냈다. 그리고 벨트에 손을 댔을 때 카세가 입을 열었다.

"그럴 것 없어."

그 말에 이치조가 손을 멈췄다.

연구원들이 일제히 카세를 바라보았다.

"괜찮아. 좀비로 변할 걱정은 안 해도 될 것 같으니까."

카세는 연구원들을 둘러보며 손목에 찬 시계를 손가락으로 가볍게 두드렸다.

이야기를 나눈 지 2분이 지났다는 뜻이리라.

"하, 하지만……."

마츠이가 물고 늘어지려 하자 카세는 웃었고, 카츠키는 그것이 비웃음임을 알아차렸다.

"저 사람을 안으로 들이느냐 마느냐를 판단하는 데 가장 중요한 기준이었던 좀비화 가능성은 현시점에서 부정됐어."

"하, 하지만 아직 좀비화 원인을 모르잖아. 2분 안에 좀비가 된다는 것도 통계의 모수가 너무 적어서 신뢰할 수 없고."

"그럴지도 모르지. 하지만 장점이 훨씬 많아. 이유는 크게 두 가지야."

카세의 눈매가 살짝 경련했다. 짜증을 애써 억누르는 듯했다.

"일단 여기에는 무기가 없어. 좀비가 쳐들어왔을 경우를 고려하면 그의 소총은 아주 매력적이고, 형사라면 동료로 받아들여도 손해는 없겠지. 그리고 우리는 바깥 상황을 직접 보지 못했어. 텔레비전과 인터넷으로 뉴스를 확인하고 옥상에서 거리를 내려다봤을 뿐이지. 정보를 획득한다는 의미에서도 그는 유용해."

담담한 말투였다.

"가, 강도일지도 모르잖아!"

카세는 인상을 쓰며 혀를 찼다.

"강도라고 가정해볼까? 그럼 그는 왜 저 소총으로 창문을 깨고 침입하지 않지? 저 소총에 탄약이 남아 있다면 우리 목숨은 그의 손에 달린 셈인데."

반론은 없었다.

장점과 단점을 저울에 달아 무게를 잰다면 이치조를 건물에 들이는 편이 상책이라고 카츠키는 생각했다. 연구원들도 당초의 의견을 바꾼 것 같았다.

전부 카세 말대로다. 역시 든든한 존재임을 재확인했다. 이 같은 비상사태에서 이성적인 사고를 유지할 수 있다는 것만으로도 감탄스러웠다.

"제가 문을 열어주러 갈게요."

카츠키의 말에 카세와 시모무라도 동행하겠다고 했다.

현관으로 가서 사원증으로 자동 유리문의 잠금장치를 풀었다.

문을 열자 달아오른 여름 공기와 탄내가 건물 안으로 풍겨 들어왔다. 그리고 이치조에게 엉겨 붙은 피 냄새도.

"다치지는 않으셨나요?"

카츠키는 피로 물든 옷을 바라보며 물었다.

"이건 내 피가 아니야."

무뚝뚝하게 대답한 이치조의 눈에는 아무 감정도 담겨 있지 않은 듯했다.

식당으로 돌아와 이치조를 의자에 앉혔다. 다른 연구원들은 멀찍이 둘러서서 상황을 지켜보았다.

이치카와가 물이 담긴 페트병을 가져와서 테이블에 내려놓았지만, 이치조는 손을 대려 하지 않았다. 대신 소총을 테이블에 내려놓았다.

"그거, 진짜인가요?"

각자 소개를 마친 후 시모무라가 소총을 가리키며 물었다.

이치조가 고개를 끄덕이자 시모무라는 말을 이었다.

"형사가 소총을 들고 다니다니, 경찰은 좀비와 싸우기로 결정한 겁니까?"

아까 츠쿠이와 통화한 바에 따르면 경찰은 아직 교전을 허가받지 못한 듯했다.

이치조는 숨을 한 번 고르고 나서 입을 열었다.

"좀비는 아직 시민으로 판단되므로, 경찰은 총기를 사용해서는 안 된다는 명령이 떨어졌어. 좀비를 어디까지나 폭도로 간주하고

대응하라는 거지. 최루탄은 사용할 수 있지만 별 효과가 없는 것
같더군. 놈들은 전혀 겁을 내지 않아. 오로지 사냥감을 물어뜯으려
고 덤벼들 뿐이야."

"……경찰조직은 괴멸됐습니까?"

"아니, 아직 기능하고 있어. 튼튼한 건물 안에 있으면 어지간히
방심하지 않는 한, 좀비가 침입할 수 없으니까. 지금 좀비의 정체를
명확하게 밝혀서 제거 대상으로 삼을 수 있도록 논의하는 모양이
야. 뭐, 일부에서는 이미 교전 중이라는 이야기도 있고. 경찰관도 개
죽음당하기는 싫거든. 상부의 정식 허가는 떨어지지 않았지만, 현장
에서는 덤벼드는 상대에게 권총을 사용하는 건 묵인하는 상태야."

"그럼 상황은 개선되는 방향으로 나아가고 있겠군요."

시모무라는 안도한 듯 숨을 푹 내쉬었다.

반면 이치조는 고개를 살짝 저었다.

"놈들은 권총에 맞은 정도로는 멈추지 않아. 피해는 늘어났고,
그 속도도 점점 빨라지고 있어. 우리가 줄어든다는 건 놈들의 세력
이 증가한다는 뜻이지. 게다가 놈들에게는 공포심이 일절 없어."

"죽음을 두려워하지 않는 병사라……, 강할 만도 하네요."

이치카와가 웃으면서 말했지만, 분위기에 맞지 않다는 걸 깨달
았는지 금방 웃음을 거두었다.

"아니, 그 말이 맞아. 죽음을 두려워하지 않고 덤벼드는 놈들을
상대해본 적 없는 우리는 무력했어."

이치조가 고통을 참듯 표정을 찡그렸다. 여기에 오기까지 끔찍
한 광경을 수없이 봤으리라. 하지만 그 표정도 금방 사라졌다.

"의료기관은 어떤가요? 아직 기능하고 있나요?"

"······특히 더 심각한 상황인 것 같아. 이유는 확실하지 않지만 병원은 부상자와 보호자를 받아들이니까, 거기에 좀비가 섞여 있었는지도 모르지. 뭐, 좀비에 물린 사람은 좀비가 되고, 당장은 치료법도 없으니 의사가 나설 차례는 아니야."

"······그렇군요."

시모무라는 낙담했다.

카츠키는 그 모습을 보고 시모무라가 의료기관이 무사한지 확인한 데는 다른 이유가 있지 않을까 생각했다. 의료기관 중에는 연구 설비를 갖춘 시설도 있다. 아마 좀비화 원인을 규명하려는 움직임이 있는지를 묻고 싶었던 것이리라.

"일본은 이제 틀린 걸까요."

이치카와가 머뭇거리는 말투로 물었다.

이치조는 미간에 주름을 잡았다.

"우리는 과밀국가라서 다른 나라와 비교해 좀비화가 빠른 모양이야. 게다가 경찰관은 선진국 중에서 가장 무장이 가볍고, 인구에 비해 숫자도 적지. 낮은 범죄 발생률이 화근인 셈이야. 하지만 자위대가 움직이면 어떻게든 되겠지. 아무리 죽음을 두려워하지 않더라도 중무장한 병력에는 당해내지 못할 테니까."

억양 없는 말투. 자위대가 좀비를 제압할 가능성에 어떤 희망도 실망도 품지 않는 것처럼 들린다.

"확실히 미국에서는 군이 출동해 좀비를 제압하고 있다는 기사가 떴네요."

시모무라가 스마트폰을 보며 말했다. 엄지손가락을 재빨리 움직인다. 정보를 수집하고 있는 모양이다.

"미국에서는 폭도를 진압하다 사살하는 일이 발생하기도 하니까요. 강력한 무기도 가지고 있고요. 역시 미국이라는 느낌입니다. 이걸 좀 보세요."

좀비로 추정되는 시체가 산더미처럼 쌓여 있는 사진이었다. 그 앞에서 포즈를 취한 군인. 선글라스를 끼고 있어서 표정은 알 수 없지만 입꼬리가 올라가 있었다. 아무래도 웃고 있는 듯하다.

카츠키가 보기에는 좀 과하다 싶었다. 아니나 다를까, 댓글에는 비판적인 글이 많았다. 원래 인간이었던 사람들의 존엄성을 주장하는 의견이 다수인 듯했지만, 좀비를 없앤 행위를 칭찬하는 의견도 적지 않았다.

어쨌거나 무력을 사용하면 틀림없이 좀비를 제압할 수 있을 듯했다.

눈을 돌린 카츠키는 자위대가 출동하면 사태가 개선되리라는 기대를 품었다.

"왜 여기로 왔지?"

카세가 물었다. 의자에 앉아 있던 이치조는 카세를 올려다볼 뿐 대답하려 하지 않았다.

카츠키는 잠자코 있는 이치조의 얼굴을 보고, 처음 맞닥뜨렸을 때보다 더 큰 위화감을 느꼈다.

목숨만 부지해 겨우 여기로 숨어들었다는 낌새는 일절 없다. 오히려 무슨 목적이 있어서 자신의 의지로 목적지에 당도했다는 인상. 그 목적지는 바로 예방감염증연구소.

지나친 생각일까.

"아, 기자회견이다!"

연구원 한 명이 소리치고는 텔레비전 음량을 조금 높였다.

화면에 총리 키시모토의 모습이 비쳤다. 뒤쪽의 짙은 감색 커튼에는 일본 국기가 기대어 세워져 있다. 장소는 총리 관저일까.

「어, 아까도 말씀드렸다시피 선전포고 등의 통고는 없었고, 우리나라의 방위망도 다른 국가 또는 그에 준하는 조직의 공격 징후를 감지한 바 없습니다.」

키시모토 총리는 이마에 땀이 맺혀 있었고 표정도 딱딱했다. 아무래도 기자회견 도중부터 중계되고 있는 모양이었다.

「공격이 아니라면 감염증이겠죠? 어째서 세계 각국에서 발생했을까요? 감염원 규명과 그 대응책 마련은 어떻게 진행 중입니까?」

기자가 절박한 목소리로 거의 비판하다시피 물었다.

「이번 세계적 유행의 원인에 관해서는 조사 중입니다. 현재 전국에 긴급사태선언을 발령했고, 경찰과 소방대원이 시민의 대피를 유도하며 감염자에 대응하고 있는 상황으로…….」

「경찰과 소방대원의 피해가 확대되고 있지 않습니까!」

말허리를 자르자 키시모토는 얼굴을 찌푸렸고, 간신히 분노를 억누른 듯했다.

「어……, 피해를 최소한으로 줄이고자 인원을 총동원해 상황에 대처하고 있으며, 폭도 진압용 장비로 사태를 진정시키기 위해 노력 중입니다.」

「덤벼드는 감염자에게 권총을 발포했다는 정보가 수없이 입수됐습니다! 감염자는 좀비라고 불리지만, 원래는 인간 아닙니까? 윤리적인 문제는 어떻게 되는 겁니까! 좀비를 죽이면 살인죄에 해당합니까?」

기자의 질문은 과열 양상을 보였다. 카츠키도 지금까지 총리의 기자회견을 몇 번 보았지만, 기자가 저렇게 열띤 어조로 질문하는 모습은 처음이었다. 그만큼 상황이 위태로운 것이리라.

「……중화기 사용은 허가하지 않았습니다.」

키시모토가 말했다. 그러나 살인죄 여부에 관해서는 명확한 답변을 피했다.

「하지만 실제로 사용되고 있지 않습니까!」

「그보다 왜 허가하지 않는 겁니까!」

다른 기자의 목소리가 들렸다.

그는 자신이 소속된 신문사의 이름을 밝히고 말을 이었다.

「윤리적인 문제가 있다는 것도 알겠고 인간인지 좀비인지 선을 그을 필요도 있겠습니다만, 경찰관 등 현장에서 임무를 수행하는 사람들이 습격당하고 있습니다. 혼란스러운 건 현장입니다! 조속히 지침을 결정해주시기 바랍니다!」

키시모토는 기자의 말을 곱씹듯이 입을 우물거린 후 고개를 살짝 끄덕였다.

「피해가 커지고 있다는 건 압니다. 적절한 대응을 위해 자위대와도 연계해 사태 수습에 임할 예정입니다.」

「왜 자위대가 바로 나서지 않는 겁니까! 지금은 전시나 다름없는 상황 아닙니까! 이럴 때를 위해 고가의 무기를 도입했을 텐데요!」

「물론 방위 출동이 가능하도록, 초법규적 조치에 나설 것이냐는 판단을 포함해 모든 절차를 밟고 있습니다.」

「이런 상황에 절차라니……」

「아무튼!」

키시모토가 시뻘게진 얼굴로 기자의 말을 막았다. 거의 고함에 가까웠다.

그는 눈썹을 씰룩거리며 호흡을 가다듬은 후 입을 열었다.

「아무튼 국민 여러분께서는 절대로 집에서 나오지 마십시오. 감염되지 않는 걸 무엇보다 우선해주시기 바랍니다. 밖으로 나가는 것은 위험하니 반드시 집에 계십시오. 밀집할 수록 위험이 늘어나므로 대피소는 개설하지 않을 예정입니다. 부디 집에서 나오지 마십시오. 밖에 계신 분은 즉시 건물 안으로 피신하시기 바랍니다. 꼭 구조하러 가겠습니다.」

진심이 느껴지는 말이었다. 정부도 어떻게든 이번 사태를 수습하고 싶은 것이리라.

거기서 회견이 중단되고 키시모토는 회견장을 떠났다.

화면이 바뀌고 아나운서의 진중한 얼굴이 비쳤다. 기자회견 내용에 관해 이야기했지만, 새로운 정보는 포함되지 않은 듯했다.

"……결국은 아직 아무것도 결정되지 않은 느낌이네요."

시모무라의 말이 맞으리라.

정부의 대응책이 정해지지 않아 희생자가 늘고 있다. 그건 틀림없는 사실인 듯했다.

국민이 할 수 있는 일은 밖으로 나가지 말고 감염을 피하는 것.

"일단 이 건물을 단단히 방비하는 게 좋지 않을까요? 담장으로 막혀 있기는 하지만, 불의의 사태도 고려해야 하니까요."

이치카와의 제안에 동의하는 목소리가 들렸다.

분담하여 작업에 나섰다. 침입을 방해하기 위해 식당 창문을 테이블로 막고, 커튼을 쳐서 시야를 차단했다. 또한 1층에 있는 창문도 캐비닛 등의 물건으로 막았다. 옥상에서 밖을 살펴보았을 때 자동차 앞 유리에 머리를 찧는 좀비가 있었다. 그야말로 머리가 깨져라 들이받는 수준이었다. 그 기세로 내부 침입을 시도한다면 캐비닛 따위로는 시간을 많이 벌지 못하겠지만, 없는 것보다는 나으리라.

카츠키, 카세, 시모무라 그리고 관리인 이치카와는 자연스레 행동을 함께하게 됐다.

식당 의자에 앉은 이치조는 돕기는커녕 가늠하는 듯한 시선을 연구원들에게 던졌다. 뭔가를 찾고 있는 것처럼 보이기도 했다.

할 수 있는 일을 마친 연구원들은 저마다 편한 곳에서 휴식하며 비축품인 물과 식량을 먹었다.

현재 연구소는 안전하다. 비축품도 그 양을 판단컨대, 절약하지 않아도 당분간은 버틸 수 있을 정도다. 수도도 사용할 수 있고 전기도 문제없다. 인프라 시설은 멀쩡하다는 뜻이다. 정무관 츠쿠이의 말처럼 중요 거점은 충분히 방어하고 있는 건지도 모른다.

감염이 확산되는 외부와 격리된 세계.

긴장감은 느껴지고 가족을 걱정하는 연구원도 많지만, 연락이 닿았는지 그들의 정신상태는 그렇게 나빠 보이지 않았다.

　다만 불안감에 무너질 것 같은 사람도 눈에 띈다. 아까 이치조가 나타났을 때 과잉반응을 보인 마츠이는 몸을 흔들며 병적인 시선을 주변에 던졌다. 두려움이 역력한 얼굴로 손톱을 깨물거나 팔을 긁기도 했다. 소리가 들릴 정도로 세게. 긁은 부위에 피가 배었다. 아주 위태로워 보였다.

　시계를 보자 오후 4시가 지나 있었다.

　다들 피곤한 상태였고, 몇 명은 누워 있었다.

　다행히 비축품 중에 재해용 매트리스가 있어서 잠도 잘 수 있지만, 아무래도 마음이 편하지 않은지 다시 일어나 앉거나 돌아다니고는 했다.

　식당에는 카츠키를 포함해 열 명이 남아 있었다. 다른 연구원들은 조금이라도 안전한 장소가 좋겠다며 위층으로 올라갔다.

　카츠키는 딱딱한 매트리스에 누워 스마트폰을 들여다보았다.

　어디에서도 연락이 오지 않았다.

　가족도 친한 친구도 없으니 당연했지만 조금 쓸쓸했다.

　상반신을 일으켰다.

　이치조는 소총을 테이블에 둔 채 어딘가로 사라지고 없었다.

　이치카와가 갖다준 페트병은 여전히 뚜껑도 열지 않은 상태였다. 어쩐지 기분 나쁜 남자였지만, 못된 사람으로는 보이지 않았다.

　잠시 후 이치카와가 식당으로 들어왔다.

　"역시 본사와 연락이 안 되네요."

　불안해 보이는 표정으로 보고했다. 아까부터 자신이 소속된 관리회사에 몇 번이나 연락해보았지만, 연결음만 들린다고 한다.

"난감하네……, 이제 어쩐다."

"일단 여기서 대기하면 되지 않을까요? 총리도 건물 밖으로 나가지 말라고 했잖아요."

카츠키의 제안에 이치카와는 애매하게 고개를 끄덕였다.

"그건 그렇지만……, 앞으로의 방침을 본사에 확인하고 싶어서요. 이런 상황이기는 해도 저는 일단 이곳의 관리를 맡은 입장이니까요."

그랬구나 싶어 카츠키는 눈이 동그래졌다. 이치카와의 직업의식에 감탄했다.

"가족과는 연락하셨어요?"

물어보자 이치카와는 눈을 깜박이고 나서 약간 구슬퍼 보이는 웃음을 지었다.

"10년 전쯤에 아내가 먼저 저세상으로 가버렸죠. 아이도 없어서 마음 편히 살고 있답니다."

괜한 걸 물어봤다 싶었지만, 본인은 별로 신경 쓰지 않는 것 같았다.

"사실 저는 소싯적에 상사회사에 다녔습니다. 방위나 군수 물품을 다루는 곳이었죠."

그래서 이치조가 들고 온 소총에 해박했구나. 그제야 이해가 갔다.

이치카와는 말을 이었다.

"술도 도박도 안 하고, 돈이 드는 취미도 없었죠. 그래서 이래 보여도 돈은 꽤 모아두었습니다. 돈도 있겠다, 쉰다섯 살에 조기 정년

퇴직을 신청해 아내와 둘이서 느긋하게 여생을 보내려던 차에 아내가 죽고 말았어요. 그러자 남아도는 게 시간이라 촉탁사원으로 관리회사에 입사해 지금에 이르렀죠. 그런데 이런 일이 일어나다니. 인생은 어떻게 흘러갈지 장담할 수 없다니까요."

이치카와는 조곤조곤한 어조로 말했다.

정말로 그 말이 옳다고 카츠키는 생각했다.

어제까지 별다를 것 없는 일상이 이어졌다. 그리고 그러한 일상이 계속될 것이라고 막연히 믿었다. 그런데 순식간에 세상이 딴판으로 바뀌었다. 뉴스 등을 보고 있으면 좀비 때문에 모든 가치관이 뒤흔들린 것 같은 기분이 든다.

다만 개인적으로는 아직 실감이 나지 않았다.

다행히 예방감염증연구소는 튼튼한 담장으로 보호되고 있다. 주변에 감염자도 없다. 그래서 세상이 바뀌었다고 생각하다가도 정말로 바뀐 걸까 하는 의심이 들기도 했다.

"관리실에 가서 다시 본사와 연락을 해봐야겠습니다."

돌아가려는 이치카와에게 카츠키는 식량과 물을 건넸다.

"매트리스도 가져가실래요?"

"아, 그건 괜찮아요. 관리실에 수면용 침대가 있거든요. 탄력 없이 푹 꺼졌지만요. 야근할 때 가끔 거기서 쪽잠을 잡니다."

이치카와는 웃으며 그렇게 말하고 식당을 나섰다. 관리실은 건물 입구 부근에 있지만 위험하지는 않으리라.

시선을 돌리자 노트북을 식당에 가져온 시모무라가 자판을 재빨리 두드리며 뭔가를 입력하고 있었다.

일어서서 기지개를 켠 후 다가갔다.

"뭐 해?"

카츠키가 묻자 시모무라는 힐끗 쳐다보더니 바로 시선을 화면으로 되돌렸다.

"정보 수집 중이에요. 그리고 친구인 각국의 연구자들과 정보를 공유하고 있습니다."

"연구자 친구?"

시모무라는 고개를 끄덕였다.

"유학 갔을 때 같이 공부했던 사람들과 지금도 교류하거든요. 그리고 내년에 미국 연구기관에 파견될 예정이었는데……. 뭐, 상황이 이러니 어려울지도 모르겠네요."

별달리 자랑하는 낌새도 없이 무덤덤하게 말했다. 예방감염증연구소에서는 매년 한두 명을 미국 연구기관에 파견해 식견을 넓힐 기회를 준다.

대상은 실적이 풍부하고 장래가 유망한 인재. 카세도 선발되어 다녀왔다. 서른 살이 되지 않은 시모무라가 선발된 건 역시 장래를 촉망받는다는 증거이리라.

"그렇구나……. 그래서 뭘 좀 알아냈어?"

같은 연구자로서 질투가 나지 않는 건 아니지만, 그런 마음을 겉으로 드러내지는 않았다.

"어느 연구기관도 아직 대응체제를 제대로 갖추지 못한 것 같습니다. 검체가 좀처럼 입수되지 않아 고전하는 데다, 연구자도 피해를 입어서 인원이 충분하지 못하다고 한탄하네요. 좀비에게 습격당해 포기할 수밖에 없었던 연구소도 있는 모양이고요. 여기는 그나마 복 받은 편이에요."

시모무라는 자판을 탁탁 두드리며 말했다. 화면을 보자 영어 문장이 줄지어 있었다. 아무래도 채팅으로 의사소통을 하는 듯했다.

"미국 국방부에서는 검체 확보와 해부 실험을 시작한 모양이에요. 현재 시점에서는 바이러스가 발견되지 않았다고 합니다. 아직 간이검사 단계인 듯하지만, 세균도 발견되지 않았다는 결과가 나왔고요. 한천배지에 콜로니*를 생성시켰을 텐데, 바이러스와 세균이 원인일 가능성은 낮지 않겠느냐는 견해가 많은 듯해요."

"즉, 좀비화 원인은 불확실하다는 뜻?"

"현재로서는요."

기생충과 병원체, 기생생물이 원인일 가능성도 확인할 필요가 있겠지만, 아직 하루도 지나지 않았다. 혼란스러운 와중에 바이러스설과 세균설은 그 가능성이 낮다는 사실을 알아낸 것만으로도 놀랍다.

"저희도 검체가 있으면 원인을 조사할 수 있을 텐데……."

시모무라는 아쉬운 듯이 말했다.

카츠키도 동감했다. 자신의 능력으로 이 난제에 도전하고 싶다는 생각이 마음속에서 부글부글 끓어올랐다.

안타까운 심정을 한숨으로 내뱉으며 테이블에 놓여 있는 소총을 보았다. 배회하는 좀비를 확보하기 위해 무장하고 밖으로 나간다.

• 　세균이나 곰팡이 따위의 미생물이 고체 배지에서 증식하여 생긴 집단.

가능할지는 모르지만 무모한 계책이리라.

"새로운 정보가 들어오면 알려줘."

"물론이죠."

카츠키의 얼굴도 보지 않고 고개를 끄덕인 시모무라는 다시 인터넷의 바다에 몰두했다.

텔레비전 화면에는 공항 터미널이 비치고 있었다. 공항으로 우르르 몰려든 사람들이 국외로 탈출할 방법을 찾아 우왕좌왕하고 있는 것 같았다. 하지만 해외도 좀비화의 영향 아래 있으며, 비행기는 모조리 결항이다. 비행 중인 비행기에 착륙이 허가될 것 같다고 아나운서가 전했다.

한편, 크루저를 보유한 부유층이 일본 영해 내의 외딴섬으로 대피하는 움직임도 나타나는 모양이다. 일본에는 7,000개 가까운 섬이 있다. 좀비의 영향이 없는 유인도나 무인도로 향하는 것이리라.

돈이 많은 사람들은 도주 방법도 호쾌하다고 카츠키가 감탄하고 있자니, 카세가 페트병의 물을 마시며 식당에 나타났다. 그리고 곧장 테이블로 다가와 소총을 집었다.

"그거, 어쩌려고요?"

카츠키가 묻자 카세는 한쪽 뺨을 끌어올려 웃음을 지었다.

"아까 인터넷으로 사용하는 법을 알아봤어."

카세가 이치조를 건물로 들인 이유 중 하나는 무기 확보였다. 그 목적을 완벽하게 달성했다.

"……이치조 씨한테 허락은 받았어요?"

그 질문에 카세는 입을 삐죽거렸다.

"만져보는 것 정도는 상관없잖아. 그리고 만약 좀비가 습격해서 그 형사가 죽으면 어떻게 해? 사용법을 사전에 파악해둬서 손해 볼 것도 없고."

틀린 말은 아니지만, 역시 일반인이 총을 잡자 위화감이 들었다.

카세는 소총을 들고 사격 자세를 취하며 혼잣말을 중얼거렸다. 총을 쏘기까지 거치는 동작을 확인하는 것 같았다.

"이치조 씨는 어디 갔나요?"

"연구소 내부를 둘러보는 모양이야."

흥미 없다는 듯이 대답한 카세는 소총을 다양한 각도에서 들여다보았다.

카츠키는 딱히 할 일도 없어서 스마트폰으로 WHO 홈페이지에 들어가 봤지만, 오늘 아침 이후로 업데이트되지 않았다. 다음으로 뉴스 기사를 확인했다. 당연하지만 좀비 일색이었다. 일본은 물론이고 전 세계가 큰일 났다고 요란을 떠는 기사뿐이라 우울해져서 도중에 읽기를 그만뒀다.

남자 연구원이 텔레비전 리모컨을 조작했다. 방송이 나오는 채널은 절반 이하로 줄었다. 방송국도 좀비에게 습격받고 있는 것이다.

잠시 후 이치조가 돌아왔다. 주변에 날카로운 눈빛을 던지다가 카세에게서 시선을 멈추더니, 말없이 소총을 빼앗았다.

서로 노려보던 끝에, 카세는 콧방귀와 함께 어깨를 으쓱한 후 그 자리에서 물러났다.

이치조는 소총을 테이블에 내려놓고 골똘히 생각에 잠긴 표정으로 허공을 쳐다보았다.

둘째 날

거의 한숨도 못 자고 아침을 맞았다.

카츠키의 연구실은 2층에 있으므로 창문 앞에 캐비닛을 놓아두는 등의 조치는 하지 않았다. 연구실에는 카츠키 말고 아무도 없다. 남들과 함께 있고 싶다는 기분도 들었지만, 최대한 편하게 휴식을 취하기 위해 본인 연구실에서 자기로 했다.

오전 6시 30분.

일어나려고 하자 온몸이 뻐근했다. 머리와 어깨도 욱신욱신 아팠다. 매트리스 탓이리라.

인상을 찡그리며 몸을 일으켜, 백팩에서 진통제 두 알을 꺼내 물로 삼켰다. 요즘 진통제를 먹는 빈도가 높아졌다.

가볍게 스트레칭을 하고 나서 식당으로 향했다.

벌써 식당에 와서 텔레비전을 보는 연구원들이 있었다. 그들도 잠을 푹 자지는 못했는지 피곤한 표정이었다. 스마트폰으로 통화하는 연구원도 많았다. 떨어져 있는 가족 등 소중한 사람과 서로 연락을 주고받는 것이리라.

"진전이 없네요."

시모무라가 다가와서 말했다.

"정부의 성명 발표는?"

"간사장* 등이 기자회견을 했지만, 이렇다 할 새로운 정보는 없었습니다. 라디오도 들어봤지만 정부는 반복해서 외출 금지만 요청하는 것 같고요."

카츠키는 한쪽 눈을 가늘게 떴다.

비관적인 보도가 나오지 않는 건, 상황을 확실하게 통제하고 있다는 뜻일까. 아니면 은폐하고 있다는 뜻일까.

시모무라가 비축품인 빵을 건넸다. 한 입 먹어보았다. 꽤 맛있었다.

그때 스마트폰의 수신음이 들렸다. 화면에 츠쿠이의 이름이 떴다.

"네."

[좀 어때?]

전화를 받자마자 질문이 날아들었다. 츠쿠이 본인의 목소리였다.

"일단 건물은 안전해요."

[그래…… 그런데 좀비화 원인에 관해서는? 규명할 수 있을 것 같나.]

말문이 막혔다. 역시 원하는 건 그쪽이다.

• 　당 대표의 직무를 보좌하고 당 운영을 담당하는 정당 내 고위직.

"검체를 확보하지 못하는데, 진전이 있을 리가요."

크게 한숨을 쉬는 소리가 들렸다.

[어떻게든 확보할 수 없겠나.]

무책임한 요구. 잠도 부족한 터라 카츠키는 조금 짜증이 치밀었다.

"그럼 자위대 헬리콥터로 검체를 운반해주시면 되겠네요. 그 정도는 가능하지 않나요?"

잠깐 침묵이 흘렀다.

[……헬기가 너무 부족해. 전투기를 포함해 육상, 해상, 항공 자위대에서 보유하고 있는 약 1,000대의 항공기를 총동원한 실정이야. 방위 출동 때처럼 대형 무기는 사용할 수 없지만, 재해 파견이라는 명목으로 주요 시설에 방어력을 집중하고 있어.]

카츠키는 인상을 찡그렸다.

"정말입니까? 주요 시설에 출동하는 것만으로 기동력이 마비된다고요?"

[……도쿄에 감염자가 폭발적으로 늘어나고 있고, 칸토 지역도 감염자가 많다는 보고를 받았지. 하지만 나머지 지역에서도 좀비화는 발생하고 있다고. 전국에 중요한 시설이 얼마나 많은지 아나? 그런 곳 등에 인원을 보내기도 역부족이야. 사고 차량 때문에 도로는 사용할 수 없고, 항공로만으로는 운송이 지지부진해.]

카츠키는 츠쿠이의 말이 마음에 걸렸다.

"주요 시설에 인원을 배치하는 건 이해하겠는데, 그런 곳 등은 무슨 뜻이죠? 주요 시설 말고도 인력을 동원해야 하는 곳이 있다는 말인가요?"

앓는 듯한 목소리가 들렸다.

[……숨긴들 뭐 하겠나. VIP를 안전한 곳으로 호송해야 하는 임무가 있어.]

"VIP? 정치가들 말인가요?"

피가 거꾸로 솟는 기분이었다.

[정치가뿐만이 아니야. 자위대에 남보다 먼저 도움을 요청할 수 있는 지위에 있는 사람들이지. 나도 창피해 죽겠어. 이해 좀 해줘. 그보다 먼저 해야 할 일이 많다는 것도, 이 대응이 잘못됐다는 것도 잘 안다네.]

본인도 답답하다는 듯한 츠쿠이의 목소리가 아득하게 들렸다. 고함을 지를 뻔했지만 겨우 참았다. 화풀이를 한다고 상황이 바뀌는 것도 아니고, 츠쿠이는 같은 편이다.

"……알겠어요. 검체 없이는 이쪽에서도 어떻게 할 방도가 없어요. 하지만 생각해볼게요."

묘안이 떠오를 것 같지는 않았지만, 생각은 할 수 있다. 어떻게든 돕고 싶은 기분이었고, 좀비화 원인을 밝혀내고 싶다는 마음도 변함없었다.

[미안하지만 꼭 부탁하네.]

간절히 바라는 듯한 말투. 츠쿠이도 필사적으로 발버둥 치고 있는 것이리라. 그렇게 생각하자 화가 조금 가라앉았다.

"덧붙여 말씀드리자면 시모무라가 해외에 있는 연구자들과 연락을 하고 있어요. 아직 그들도 원인은 알아내지 못했다고 하더군요. 다만 바이러스나 세균이 원인일 가능성은 낮다나 봐요."

심장이 한 번 뛸 정도의 짧은 침묵 후.

[……그 정보는 우리 쪽에도 들어왔지만, 계속해서 바이러스와 세균에 중점을 두고 조사할 모양이야. 좀비 때문에 연구기관도 제 기능을 못 하는 실정이니 놓친 게 있을지도 모르지. 그 밖에 또 무언가 궁금한 게 있으면 말해보게.]

궁금한 건 산더미처럼 많았지만 츠쿠이도 한가하지는 않을 테니 질문을 추렸다.

"자위대는 출동할 수 있을 것 같나요? 그……, 방위 출동이라고 했나요?"

[방위 출동을 명령하려면 국가 또는 그에 준하는 조직의 무력 공격이 있어야 해. 그 요건을 충족시키기 위해 제3국에서 생물학 병기를 사용해 공격한 걸로 간주하기로 했어. 총리가 그렇게 하고 성화를 부려서 내각회의는 뒤로 미루기로 한 모양이야. 이걸로 헌법 해석의 문제는 해결됐으니, 당장 오늘이라도 총리가 방위 출동을 명령할 것 같아. 틀림없어.]

키시모토 총리가 기자회견에서 초법규적 조치도 고려하겠다고 발언한 건 거짓말이 아니었던 모양이다.

"알겠어요. 그리고 좀비를 죽이면 살인죄에 해당하나요?"

[아니.]

즉시 대답이 돌아왔다.

[어디까지나 좀비로 변해서 덤벼드는 상대에 한한다는 조건이지만, 정당방위에 해당한다는 해석이야. 좀비를 죽여도 된다고 국민에게 공표할 수는 없지만 죄는 아니다. 그리고 자위대의 방위 출

동이 결정되면 일본의 화력을 총동원해 좀비를 제압할 수 있을 걸세.]

전화 저편이 소란스러워졌다. 카츠키는 전화가 끊어질 분위기를 느끼고 서둘러 말했다.

"하나만 더요. 의료기관은 어떤가요? 제 기능을 수행하는 곳이 있나요?"

이치조에게 들은 이야기가 진짜인지 아닌지 확인하고 싶었다.

[……의료기관은 완전히 붕괴됐어. 세계적으로도 비슷한 현상이 일어난 모양인데 그 원인은 확실치 않고.]

"저기, 국제의료연구센터는요?"

예방감염증연구소 옆에 있는 시설의 이름을 꺼냈다. 거기에도 연구 설비는 있다.

[……연락이 안 돼. 분명 좀비의 영향 아래 있는 거겠지.]

그 말을 듣고 카츠키는 아랫입술을 깨물었다.

어제 이치조도 의료기관의 피해가 크다고 말했다. 좀비에게 물리면 약 10초에서 2분 사이에 좀비로 변한다. 즉, 물린 사람이 의료기관에 이송된 후 증상이 나타나 감염이 확산되는 사례는 없을 것이다. 그런데 왜 병원의 피해가 클까.

병원에 좀비화를 조장하는 어떤 요인이 있는 걸까. 아니면 단순히 환자나 부상자를 받아들여야 하는 특성상 방어가 느슨해졌기 때문일까.

[미안하지만 일단 끊어야겠어. 나중에 또 연락하겠네.]

카츠키의 대답을 기다리지 않고 전화는 끊겼다.

스마트폰을 호주머니에 넣고 방금 나눈 대화를 떠올렸다. 오늘 방위 출동 명령이 떨어진다. 이 사실을 다른 연구원들에게도 알려주는 게 나을까 고민한 끝에 잠자코 있기로 했다. 츠쿠이는 틀림없다고 했지만 결정이 뒤집힐 수도 있으리라.

무엇보다 기대가 절망으로 바뀌면 정신적으로 버티기가 더 힘들어질 테니까.

문득 식당에 이치조가 있다는 걸 알아차렸다.

망설였지만 형사에게는 알리는 편이 나을 것 같았다.

"저어, 이건 비밀로 해주셨으면 하는데요."

목소리를 낮추고 방위 출동 명령이 떨어질 것이라는 이야기를 전했다.

묵묵히 듣고 있던 이치조가 의자 등받이에 몸을 기댔다.

"빨리 조치하는 게 최고지. 오래 끌면 좀비와는 별개로 다른 위험도 발생할 테니까."

의미심장한 말이었다.

"……별개의 위험이라니, 그게 뭔데요?"

카츠키가 묻자 이치조는 한쪽 눈썹을 치켜올렸다.

"뭐, 조만간 알 수 있을 거야."

그렇게 말한 후 이치조는 주변에 시선을 돌렸다. 연구원의 얼굴을 하나하나 확인하는 것 같았다. 관심사는 따로 있는 듯하다.

그때 이치카와가 식당에 들어왔다. 카츠키와 눈이 마주치자 부리나케 달려왔다.

"어, 그게……."

이치카와는 놀란 표정으로 말을 이었다.

"밖에 또 사람이 있는데요."

그 말에 주변에 있던 연구원들이 웅성거렸다.

"설마, 또 경찰관인가요?"

카츠키가 묻자 이치카와는 고개를 저었다.

"이웃 부지에 있는 대학교 학생이래요."

"……대학생?"

"네. 지금 건물 정문 앞에 있어요. 아무래도 좀비가 없을 때를 노려서 부지에 침입한 것 같습니다……. 이야기를 해봤는데, 어제는 내내 대학교 구내에 있었다면서 안에 들여보내 달랍니다."

이치카와는 설명하는 내내 어쩔 줄 몰라 하는 기색이었다. 무슨 문제라도 있는 걸까.

"아무튼 만나보죠."

카츠키는 걸음을 옮겼다. 시모무라와 연구원 몇 명이 따라왔다.

건물 현관으로 가자 이치카와가 당황한 이유를 바로 알 수 있었다.

카츠키는 침을 삼키고 유리 자동문 너머에 있는 사람을 바라보았다.

해괴한 모습이었다.

머리에는 풀페이스 헬멧을 썼다. 보안면이 투명해서 눈은 보이지만, 그 의외의 부분은 가려져 있었다. 긴소매를 내린 두 팔에는 테이프를 둘둘 감아놓았다. 발에는 축구용 양말을 신은 모양이다. 정강이 부분이 불룩한 건 보호대를 찼기 때문이리라.

그리고 손에는 금속 야구방망이를 들었다.

"앗, 나오셨군요. 안녕하세요. 시로타 류지라고 합니다."

보안면 안쪽에서 목소리가 들려왔다. 평범한 목소리였다.

"그 차림새는……."

"아, 이거요. 좀비로부터 살아남기 위한 대책이에요."

카츠키의 지적에 시로타는 장갑을 낀 손으로 가슴께를 두드렸다. 아무래도 가슴에도 보호구를 착용한 모양이다. 어깨도 불룩했다.

"텔레비전 방송에서도 그렇고, 학교 건물 옥상에서 어제 하루 동안 관찰한 결과도 그렇고, 좀비에게 물리면 100퍼센트 감염되는 모양이더라고요. 즉, 물리지 않도록 대비할 필요가 있다는 뜻이죠. 다리에는 축구 동아리방에서 슬쩍한 보호대를 찼어요. 팔에 감은 테이프도 축구 동아리 거예요. 아주 탄력 있는 테이프를 둘둘 감았으니, 만에 하나 물리더라도 좀비의 이빨을 막아주겠죠. 이 풀페이스 헬멧도 오토바이 동아리에서 멋대로 가져왔어요. 하지만 헬멧을 쓴 건 실수였어요. 시야가 좁아지더라고요. 이제 안 쓸 거예요. 달리는 좀비와 걷는 좀비가 뒤섞여 있으니 역시 기동성을 중시하는 편이 좋겠어요. 걷는 좀비뿐이었다면 좀 더 가벼운 복장으로 기동성을 더욱 높였을 거예요. 덧붙여 이 옷 밑에 얇은 긴소매를 세 장이나 껴입었고요. 이빨은 막을 수 없을지도 모르지만, 좀비의 손톱에 다치지 않기 위한 대책이에요. 손톱에 긁히기만 해도 좀비로 변하는지는 아직 확인되지 않았으니, 좀 과할 수도 있지만 유비무환이잖아요."

말을 술술 늘어놓는 시로타를 보고 신기한 감각에 사로잡혔다.

시로타는 좀비에 익숙하다. 그리고 좀비의 출현을 재밌어하는 것 같기도 했다. 분명 기동성을 살리면서 좀비에게 물리는 것에도 대비한 차림새였다.

"계속 학교에 있었니?"

"네. 그저께 동아리방에서 술을 마시고 그대로 잠들었다가 어제 낮에 일어났더니, 세상이 이렇게 변했더라고요."

"가족은?"

카츠키의 물음에 시로타는 고개를 움츠리는 시늉을 했다.

"저는 보육원에서 자랐어요. 부모에게 버려졌거든요. 지금은 혼자 살아요. 아, 참고로 저는 테니스 동아리예요. 오컬트 연구회 소속이라고 자주 오해받지만요."

시로타는 진지한 표정으로 아무래도 상관없는 정보를 덧붙였다.

"……왜 학교에 있지 않고 나왔니?"

그 질문에 시로타의 눈이 초승달처럼 가늘어졌다. 아무래도 웃은 듯했다.

"학교 건물에서 버틸까도 싶었지만, 남아 있는 학생들이 워낙 동요한 데다, 정상적인 판단이 불가능한 사람도 많았거든요. 그런 사람이 많을수록 집단은 빨리 붕괴돼요. 이건 상식이라고요."

그리고, 하고 말을 이었다.

"다들 예방감염증연구소에서 사람을 좀비로 만드는 바이러스가 유출됐다고 떠들어댔지만, 옥상에서 살펴보니 건물 안에 있는 사람들은 좀비로 변하지 않았더라고요. 따라서 예방감염증연구소가 원인이라는 가설은 틀렸다고 판단했죠. 이 건물은 높은 담장에 둘러싸여 있으니 방어에 안성맞춤이에요. 무엇보다 이 건물에는 생물학적 안정성 등급 3에 해당하는 설비가 있어요. 그런 설비는 당연히 물리적으로도 차단성이 높을 테니 안전하겠다고 생각한 거예요. 사실 도피처의 정석은 쇼핑몰이지만, 저는 살아남고 싶으니까 쇼핑몰은 제외했어요."

"……쇼핑몰?"

"아니에요, 신경 쓰실 것 없어요. 좀비 영화 마니아에게는 상식이지만, 설명하자면 길어질 테니까요."

경쾌한 목소리.

보통 사람은 아니구나 싶었다.

"……그래서 학교를 탈출해, 좀비가 돌아다니는 길을 지나, 담장을 넘어 여기로 왔다는 거야?"

"탈출했달까. 뭐, 학교 건물에 좀비가 침입하는 대참사가 벌어지는 바람에 도망쳐 나온 거예요. 여기는 정문을 넘어서 들어왔고요."

"용케 무사히 도착했네."

카츠키는 순수하게 굉장하다고 생각하며 말했다.

시로타는 자랑스럽게 가슴을 폈다.

"좀비는 후각을 사용해 사냥감을 구별하고 소리에 반응해요. 눈이 탁한 걸로 보건대 시력이 많이 약해졌을 테니 다른 감각에 의존하는 거겠죠. 뭐, 어째선지 눈이 탁하지 않은 좀비도 많지만요……. 어쨌든 폭죽을 터뜨려서 좀비를 다른 곳으로 유인했어요. 좀비와는 싸우지 않고 도망치는 게 최선의 전략이거든요. 이것도 상식이에요. 덧붙여 폭죽은 중화요리 연구 동아리에서 얻었고요. 왜 그걸 동아리방에 눠뒀는지는 의문이지만요."

동아리가 참 다양하다고 생각하면서도 한편으로는 좀비와 싸우지 않는 것이 최선책이라고 단언하는 시로타가 신기하게 느껴졌다. 자신감 넘치는 모습이다.

"빨리 안에 들여보내 주시면 안 될까요? 이 꼴을 하고 있으니 더워서요."

카세가 한 발짝 앞으로 나섰다.

"그건 안 돼. 이점이 없으니까."

이점.

어제 받아들인 이치조는 소총이라는 강력한 무기를 소지했을뿐더러 경찰관이라는 직업 특성상 그에게서 우리가 모르는 정보를 얻을 수 있으리라는 이점이 있었다. 시로타도 뭔가를 알고 있겠지만 새로운 정보는 아닐 것이라 추측되고, 무기도 금속 야구방망이 하나뿐이다.

시로타가 알아들었다는 표정으로 헬멧의 보안면을 밀어 올렸다.

"물론 선물이 없는 건 아니에요."

그렇게 말하더니 어깨에 걸친 웨스트파우치를 열고 검은색 물건을 꺼냈다.

권총이었다.

"……그거, 진짜야?"

카세가 묻자 시로타는 고개를 끄덕였다.

"제복 경찰관이 소지하는 회전식 권총이에요. 총알은 다섯 발, 꽉 차 있고요. 여기 오는 도중에 발견했죠. 좀비에게 먹힌 경찰관의 것이겠죠. 먹히는 사람과 좀비가 되는 사람이 있다니 참 희한해요. 그래서 생각해봤는데요. 좀비가 등장하는 영화나 드라마에서, 좀비에게 뜯어 먹힌 인간이 다음 장면에 바로 좀비로 변해 등장하는 건 이상하지 않나요. 방금 좀비 밥이 되어 먹힌 건 뭐냐는 거죠. 여태껏 그런 걸 전혀 염두에 두지 않았지만, 지금 와 다시 생각해보니 너무 부자연스럽더라고요."

시로타는 즐거운 듯이 자신의 생각을 늘어놓았다.

손목시계를 들여다본 카세는 시로타를 맞아들이기 위해 사원증으로 문의 잠금장치를 풀었다.

권총을 카세에게 넘긴 시로타는 신기하다는 듯 연구소 내부를 둘러보며 식당으로 들어갔다.

의자에 앉아 헬멧을 벗었다. 땀으로 머리카락이 축축하게 젖어 있었다.

"엄청나게 많네요."

시로타는 식당 구석에 쌓아놓은 비상식량 박스를 가리키며 말했다.

"500명이 사흘간 먹을 수 있는 양이니까."

시모무라가 물이 담긴 페트병을 건넸다. 시로타는 고개를 꾸벅 숙여 인사한 후 물을 단숨에 절반쯤 마셨다.

다른 연구원들은 상관하기 싫다는 듯이 다가오지 않았다.

이치조는 보이지 않았다. 어디에 간 걸까.

"권총을 넘겨줘도 되겠니?"

시모무라가 물었다.

"제 것도 아니고, 권총을 다루어본 적도 없어서 정확히 조준해서 쏘지 못할 거예요. 권총보다는 이게 더 든든해요."

시로타는 기대어 세워둔 금속 야구방망이를 가리켰다.

"이건 야구 동아리에서 가져온 거야?"

"아니요, 경음악 동아리방에 널브러져 있던 걸 빌려 왔어요. 돌려줄 예정은 없지만."

물어본 시모무라도, 대답한 시로타도 웃었다.

그 후에 시로타가 외부의 정보를 들려주었는데, 여전히 수많은 좀비가 돌아다니고 있으며 구조대나 자위대의 모습은 보이지 않았다고 했다.

"정부의 공식 발표는 아닌 모양이지만, 라디오에서 듣기로는 어제부로 도쿄도 전체 인구의 2퍼센트가 감염됐다고 하더라고요."

도쿄도 전체 인구의 2퍼센트 이상. 20만 명에 가까운 인간이 좀비로 변한 셈이다.

"좀비의 숫자는 지금도 계속 늘어나고 있겠지?"

시로타는 고개를 끄덕였다.

"아마도요. 기본적으로는 다들 건물 안에서 나오지 않는 것 같지만, 이동을 시도하는 사람도 있는 모양이니까요. 가족 등을 찾으러 나서는 거겠죠. 학교 건물에 숨어 있던 학생 중에도 그런 사람들이 있었어요."

그 말을 듣자 카츠키는 여기서 나간 다섯 명의 연구원이 떠올랐다. 그들도 소중한 사람을 만나기 위해 밖으로 나갔다. 비슷한 생각과 비슷한 행동을 하는 사람이 더 있어도 이상할 것 없다.

"다만 건물 안에 있다고 해서 꼭 안전한 건 아니에요. 저희 학교도 부지 안에 좀비가 걸어다녀서 건물 출입구를 모조리 폐쇄하고 좀비의 침입을 막았어요. 그런데 어떤 등신 같은 녀석이 서바이벌 게임 동아리방에 있던 전동 건을 들고 와서 좀비를 향해 쏘기 시작했죠. 게다가 시끄러운 음악까지 틀어놓는 바람에 좀비가 점점 모여들어서……."

당시 상황이 떠올랐는지 시로타는 몸을 부들부들 떨었다. 아주 무서운 체험이었으리라.

"결국 좀비가 건물에 침입한 거야?"

"네."

"하지만 출입구를 막아놨다면서."

시모무라가 지적했다.

"그랬죠. 하지만 좀비는 사냥감을 발견하면 무시무시한 기세로 덤벼들어요. 처음으로 달려온 놈들은 건물에 부딪히고 끝이지만, 다음 놈들은 처음 놈들의 위에 올라타고, 그다음 놈들은 그 위에 올라타죠. 마침내 2층 높이까지 다다라서 좀비가 침입한 거예요. 그때부터는 학생들이 차례차례 습격을 당하고, 좀비로 변한 학생이 다른 학생을 덮치는 식으로 일이 진행됐죠. 구획이 나누어져 있어서 아직 버티는 사람들도 있는 모양이지만, 저희 학교도 위험 지대로 변해버렸어요."

"……좀비들이 협력해서 벽을 타고 넘었다는 거야?"

"아니요, 우연히 그렇게 된 것 같아요."

그런 현상도 일어나는구나.

예방감염증연구소는 2미터 높이의 벽에 둘러싸여 있어서 안심했지만, 이곳에 사냥감이 있음을 들키는 순간 시로타네 학교와 같은 운명에 처할지도 모른다.

"하지만 역시 지능은 없겠죠. 원인은 모르지만 어떤 이유로 뇌가 망가진 게 아닐까요? 그게 통설이고요. 그리고 아침까지 좀비의 움직임을 관찰해봤는데, 놈들은 한숨도 자지 않고 그저 사냥감만 찾아 돌아다니는 것 같았어요. 잠을 자지 않는 것도, 뭐, 통설이죠."

─통설.

"어떻게 그렇게 좀비에 대해 잘 알아?"

카츠키는 의문을 입에 담았다.

아까부터 시로타는 상식 혹은 통설이라는 단어를 사용했다. 기대감이 부풀었다. 어쩌면 좀비에 관해 자세한 정보를 얻을 수 있을지도 모른다.

"저는 좀비 오타쿠거든요."

그게 무슨 뜻인지 이해하지 못해 카츠키는 고개를 갸웃했다.

"아, 좀비라고 해도 창작물 속 좀비지만요. 조지 로메로 감독의 〈시체들의 새벽〉이라는 영화가 엄청 유명하잖아요. 그걸 보고 좀비에 푹 빠졌어요. 뭐, 고전적인 좀비도 좋아하지만, 개인적으로는 〈28일 후〉에서 좀비가 전속력으로 달리는 장면이 최고로 멋졌어요. 〈월드워Z〉도 오십 번은 봤고, 〈부산행〉은 정말 쇼킹했죠. 물론 〈워킹 데드〉와 〈Z 네이션〉 시리즈, 〈지금 우리 학교는〉 같은 드라마도 좋아하고 〈새벽의 황당한 저주〉, 〈좀비랜드〉, 〈기묘한 가족〉처럼 코미디가 가미된 좀비물도 사랑해요. 신개념 좀비물도 물론 즐

겁게 보고 있는데, 〈안나와 종말의 날〉과 〈웜 바디스〉는 스트리밍 사이트에서 조회수가 제법 높았어요. 아, 이 사이트는 제가 만든 거예요. 누구나 들어와서 볼 수 있죠."

어리둥절해하는 카츠키의 표정을 알아차렸는지 시로타는 헛기침을 했다.

"……어, 저는 옛날부터 그런 영화나 드라마를 많이 봐서 좀비에는 빠삭해요."

그런 거였구나, 하고 카츠키는 이마를 긁적였다. 그리고 뭘 기대한 거냐고 자책했다. 시로타 같은 대학생이 지금 벌어지고 있는 현상을 해명할 수 있을 리 없다.

하지만 시모무라의 생각은 다른 것 같았다.

"그런 좀비물에 좀비화 원인도 나오니? 생각나면 좀 알려줘."

"원인이요?"

시로타는 팔짱을 꼈다.

"흠, 예를 들면 제약회사가 좀비 바이러스를 만들었다는 설정이 유명하죠. 그리고 정석은 세균이고요."

"그런데 실제로 바이러스나 세균이 원인일 가능성은 낮은 모양이야."

"앗! 그런가요?"

시모무라의 말에 시로타는 놀라서 소리쳤다. 하지만 예상과 달리 눈이 반짝거렸다.

"이미 원인 규명이 시작된 건가요? 여기서 연구하고 있는 거예요? 좀비를 가지고 실험 같은 것도 하고요?"

잇달아 질문이 날아들었다.

"아니, 검체가 없어서 아직 시작하지 못했어. 하지만 연구할 예정이기는 하지."

시모무라의 말투에서는 결연한 의지가 배어났다.

"그렇군요!"

잔뜩 들뜬 목소리. 시로타는 마치 꿈 이야기에 푹 빠진 어린아이 같았다.

"그럼 다른 원인은?"

"다른 원인이라……, 어디 보자. 우주에서 방출된 방사선 때문에 좀비로 변한다는 설정도 있어요."

"음……, 그건 현실적이지 못하군. 만약 그렇더라도 일본 우주항공연구개발기구 JAXA나 미국 항공우주국 NASA의 영역이로군."

"그럼 화학병기나 독가스는 어떨까요?"

시모무라는 머리를 천천히 왼쪽으로 넘겼다가 다시 오른쪽으로 넘겼다.

"VX*나 신경가스에 노출되면 몇 초 만에 의식을 잃지만, 좀비에 물려서 좀비로 변하는 현상을 설명하지는 못해. 그 밖에는……."

"자, 잠깐 끼어들어도 괜찮을까?"

카츠키는 대화를 중단시키고 시모무라를 쳐다보았다.

"대체 뭐 하는 거야?"

작은 목소리로 묻자 시모무라는 진지한 표정으로 답했다.

●   액체와 기체 상태로 존재하는 독성이 매우 강한 화합물.

"좀비화 원인을 물어보는 중인데요."

"하지만 영화 같은 창작물 속 이야기잖아? 그걸 물어봐서 어쩌려고?"

"그래도 힌트가 되지 않을까 싶어서요."

"힌트?"

시모무라는 고개를 끄덕였다.

"적어도 우주 방사선이나 화학병기, 독가스가 지금 발생 중인 좀비화 현상의 원인에 해당하지 않는다는 건 인식했죠. 그리고 약을 만들든, 묻혀 있는 진실을 연구로 알아내든 상상력은 불가결한 요소예요. 즉, 설령 픽션이라 하더라도 좀비를 해결했다면, 그 원인은 한번 짚어볼 여지가 있겠죠."

농담하는 낌새는 일절 없었다.

카츠키는 눈이 번쩍 뜨이는 기분이었다.

좀비를 해석해 픽션에 녹여 넣은 사람들은, 좀비라는 존재가 무엇인지 철저히 고찰했을 것이다. 그런 의미에서 과거에 설정된 원인을 하나씩 검증해나가는 작업은 이치에 맞다고 볼 수 있다. 적어도 검체가 입수되지 않은 현재 시점에서는 유효한 작업이리라.

"미안. 계속해."

시모무라는 대답한 후, 시로타에게 이야기를 재촉했다.

"말로 감염되는 패턴이나 마법, 초자연적인 빙의, 무기력증 같은 패턴도 있어요. 아무래도 이번 현상에는 들어맞지 않는 것 같지만요."

"……음. 확실히."

시모무라는 동의했다.

"그 밖에는 생물에 의한 감염이랄까요? 원숭이나 박쥐. 아, 이건 바이러스나 세균설에 해당하죠. 거미줄 같은 균사로 인간을 감싸서 기억과 유전정보를 빨아들이는 패턴도……, 하지만 이건 SF네요. 아, 기생생물이라는 패턴도 있었어요."

"기생생물이라. 흠……."

시모무라는 인상을 찌푸린 채 턱을 쓰다듬었다.

"동충하초라든가?"

카츠키는 떠오른 생각을 그대로 입 밖에 내보냈다.

동충하초는 자낭균류로 버섯의 일종이다. 겨울 동안 곤충 등의 숙주에 기생해 숙주를 영양소로 삼아 체내에서 균사를 늘리고, 여름에 숙주의 외피를 찢고 자라나는 버섯이다.

"인간에게 기생하는 동충하초요? 기생생물 하면, 바퀴벌레를 새끼의 보육소로 삼기 위해 기생해서 의사결정 능력을 빼앗는 는쟁이벌, 개미를 조종하는 흡충, 숙주인 귀뚜라미를 물속으로 끌어들이는 연가시 등도 있죠."

"장르로 따지면 좀비물이 아니라 SF지만, 포자가 인간의 뇌 속에 기생해서 행동을 통제하는 작품도 있어요."

시로타의 말에 시모무라는 턱을 쓰다듬으며 천천히 고개를 끄덕였다.

"……가능성은 있어. 하지만 설령 그러한 기생충이나 포자의 돌연변이가 인간을 숙주로 삼게 됐다고 쳐도, 물리자마자 감염되고 10초에서 2분 사이에 증상이 나타나지는 않을 거야."

카츠키도 같은 의견이었다. 숙주의 의식을 장악하는 기생충은 있지만, 감염 경로와 감염 속도를 설명하지는 못했다.

"미국 국방부에서 해부를 시작했다고 했지?"

카츠키는 물었다.

"네. 친구와 채팅할 때 들었습니다. 군과 공동으로 연구하는 녀석이라 확실한 정보일 거예요."

"그렇다면 더더욱 기생충은 아닐 것 같은데. 해부하면 금방 밝혀지겠지."

인간을 좀비로 만들 만한 기생생물의 영향을 받고 있다면, 해부하자마자 알아낼 수 있을 것이다. 기생생물은 아닌 건가. 아니면 놓치고 넘어갈 만큼 미세한 걸까. 놓치고 넘어가더라도 신체 상태의 변화로 뭔가를 추측할 수 있을 테지만, 이번만큼은 몸을 절개해보지 않으면 판단이 불가능하다.

기생충이 원인일 가능성도 제로는 아니지만, 증상이 나타나는 속도에는 선례가 없다. 무엇보다 사람을 무는 것만으로 기생생물이 숙주를 옮겨 다닐 수 있는지도 의문이었다. 인간에게는 뱀 같은 송곳니도 없거니와, 뭔가를 체내에 주입할 만한 다른 기관도 존재하지 않는다.

"아무튼 검체 없이는 확인할 방법이 없어."

카츠키는 기지개를 켜고 나서 일어섰다.

"관내를 잠깐 산책하고 올게."

"저도 같이 갈까요?"

"아니, 괜찮아. 혼자 가도 돼."

시모무라의 제안을 거절하고 식당을 나섰다. 혼자서 생각을 정리하고 싶었다. 걸으면서 시로타가 말한 내용을 곱씹었다.

창작물 속에서 인간이 좀비로 변하는 원인은 다양하지만, 그중 무엇으로도 현재 발생하고 있는 좀비화는 설명이 안 된다.

ㅡ 검체가 있으면 지금보다는 상황을 자세하게 파악할 수 있을 텐데.

역시 원인을 확인하고 싶다.

그 충동을 억누르지 못해 마음이 초조해졌다.

마음을 진정시키려고 심호흡을 하며 건물을 돌아다녔다.

어제부터 식당에 죽치고 있는 연구원도 있지만, 대부분은 자기 연구실로 돌아간 듯하다. 유리창 너머로 보이는 연구원들은 전화를 하거나, 라디오로 뉴스를 듣거나, 인터넷으로 정보를 수집하고 있는 모양이었다.

5층에는 연구실이 없고, 관리부문인 총무부와 업무관리부 외에 기획조정주간이라는 연구에 관한 사업 기획과 실지 조정을 담당하는 부서가 있다. 이쪽은 휴일에 출근하지 않으므로 고요했다.

기분 탓인지 다른 층보다 기온이 낮게 느껴졌다.

인체 감지 센서가 꺼진 긴 복도에 시선을 주었다. 가볼까 망설이다 계단을 내려가기로 했다. 좀비가 숨어 있을 것 같지는 않았지만, 굳이 인기척 없는 곳에 갈 필요는 없다.

발걸음을 돌리는 것과 동시에 소리가 들렸다.

몸을 돌려 시선을 모았다. 연구원이 있는 걸까.

이대로 물러가도 상관없었지만, 묘하게 마음에 걸렸다. 그리고 카츠키는 마음에 걸리는 건 확인하는 성격이었다.

복도를 나아갔다. 그러자 바로 인체 감지 센서에 불이 들어왔다.

소리가 난 건 어느 방일까.

시선을 옮기며 걷다가 총무부로 통하는 문 앞에서 걸음을 멈췄다.

불은 켜져 있지 않았지만, 캐비닛이 열려 있었다. 열쇠를 사용하지 않고 억지로 연 듯했다.

그리고 컴퓨터가 작동 중이었다.

문을 열고 방으로 들어갔다.

"누구 있나요?"

"나야."

열린 문 뒤편에서 나타난 건 이치조였다. 소총을 들고 있었다.

카츠키는 놀라서 펄쩍 뛸 뻔했다.

이치조의 날카로운 눈빛이 바로 무덤덤해졌다.

"간 떨어질 뻔했잖아요……."

가슴 부근을 손으로 눌렀다.

"뭐 하고 계셨어요?"

물어보자 이치조가 카츠키의 얼굴에 시선을 주었다. 무슨 생각을 하는지 전혀 알 수가 없었다. 게다가 눈 속을 집요하게 들여다보는 것만 같아 거북하기도 했다.

"……저어, 무슨 일 있었나요?"

침묵을 견디다 못해 다시 말을 꺼냈다.

드디어 이치조가 시선을 돌렸다.

"아까 풀페이스 헬멧을 쓴 남자, 건물에 들어왔나?"

"네?"

카츠키는 눈을 깜박였다. 몇 초 후에야 시로타를 이야기한 것임을 알아차렸다.

"아, 그 대학생요. 처음에는 안 된다고 카세 씨가 거절했지만, 권총을 넘기는 조건으로 들여보냈어요."

"권총?"

"여기 오는 도중에 주웠대요. 좀비에게 먹힌 경찰관의……."

실언했음을 깨닫고 입을 다물었다. 형사인 이치조에게 할 이야기는 아니다 싶었지만, 이치조는 별로 개의치 않는 것 같았다. 그러냐고 한마디 중얼거릴 뿐이었다.

"여기서 뭐하고 계셨어요?"

다시 묻자 카세는 등을 돌렸다.

"이 연구소에 관한 정보를 자세히 알고 싶어서. 그리고 직원에 관한 정보도."

"……왜요?"

이치조는 소총을 책상에 내려놓고 열려 있는 캐비닛을 닫았다.

"구조대가 올 때까지 여기서 버티는 수밖에 없으니까. 건물 구조와 특징을 미리 알아두면 만에 하나라도 문제가 발생했을 때 대응할 수 있지 않겠어?"

여기서 문제란 좀비가 담장을 돌파해 침입하는 것을 뜻하리라. 시로타의 이야기를 들어본 바에 의하면, 실내에 있다고 반드시 안전한 건 아닌 듯하다.

확실히 구조를 알아두면 이득이다.

다만 다른 한 가지는 왜 알고 싶어 하는지 의도를 알 수 없었다.

"직원 개인정보는 왜 궁금한 건데요?"

한순간 침묵이 흘렀다.

"난 형사라서 궁금한 건 못 참아. 운명공동체에 관해 조목조목 알아두고 싶을 뿐이야."

그럴싸한 대답이었다. 진위를 확인하고 싶기도 했지만 소용없으리라. 형사에게 심리전으로 이길 수는 없을 듯했다.

"……인사부는 옆방이에요. 분명 거기에 인사기록카드가 있을 거예요."

지금 같은 상황에서 개인정보 보호를 따진들 의미는 없다.

카츠키는 조금 망설였지만, 이치조의 뜻에 따르기로 했다. 소총을 가진 이치조를 같은 편으로 삼고 싶다는 타산도 있었고, 형사라는 직업을 향한 신뢰도 한몫했다.

다만 이치조의 설명이 사실일까, 하는 의심을 완전히 지우지는 못했다.

이치조를 인사부실에 남겨놓고 식당으로 돌아왔다.

텔레비전을 보는 몇몇을 제외하고 나머지 사람들은 드러누워 스마트폰을 들여다보거나, 불안한 듯한 표정으로 이야기를 나누고 있었다.

"방송에 새로운 정보는 나왔어?"

시모무라에게 물었다. 이치조의 움직임을 알릴까 고민하다 이내 그만뒀다.

"밖으로 나가지 말라는 말만 되풀이할 뿐, 새로운 건 없네요. 보도 규제 조치가 내려진 거겠죠."

시모무라는 시시하다는 듯한 표정으로 텔레비전을 보았지만, 바로 눈을 반짝였다.

"하지만 인터넷은 아주 열띤 분위기예요. 다들 좀비 영상을 올리거나 하더라고요. 사이트 운영진도 좀비에게 습격을 당했는지는 모르겠지만, 현재까지는 삭제되지 않은 것 같고요. 아주 끔찍한 영상도 고스란히 볼 수 있어요."

"……그런 동영상을 보는 게 재미있어?"

그 질문에 시모무라는 장난감 총에 맞은 비둘기처럼 놀라며 눈을 깜박거렸다.

"아니요, 전혀요. 속이 거북해질 뿐이죠. 하지만 좀비에 관한 정보는 수집할 수 있거든요."

그렇게 말하고 노트북 위에 올려둔 공책을 가리켰다. 거기에는 좀비의 특징이 빼곡하게 적혀 있었다.

"그 밖에도 좀비화 원인을 만든 게 누구인지 토론하고 있더군요."

카츠키는 미간에 주름을 잡았다. 좀비화 원인을 탐색한다면 이해가 가지만, 누가 그 원인을 만들었는지 토론하다니 어찌 된 걸까. 이번 현상이 인위적으로 발생했다는 증거라도 나온 걸까.

"가장 많이 언급되는 건 제약회사예요."

시모쿠라가 화면을 아래로 내렸다.

"실험 중이던 동물이 달아나서 사람을 깨물었다는 둥, 정부와 결탁해 좀비 병기를 만들던 제약회사에서 약품이 유실되어 감염이

116

확산됐다는 둥. 좀비를 사용하면 토양오염 없이 적국을 침략할 수 있다는 설이 인기인 것 같네요."

"……근거는?"

"제가 조사한 바로는 없어요."

당연하리라.

인간을 좀비로 만들 이점도 없거니와, 좀비를 침략 수단으로 사용한다는 것도 어불성설이다. 토양오염은 핵폭탄을 상정한 이야기겠지만, 기존의 생물병기를 사용하면 그만이다. 탄저균과 천연두 등은 좀비로 바뀐 인간이 또 다른 인간을 물어뜯어서 감염시키는 방법보다 훨씬 효율적이다.

"아, 그건 〈바이오하자드〉라는 게임의 영향일 거예요."

시로타가 화제에 끼어들었다.

"캡콤이라는 게임회사에서 나온 게임인데요. 거기서 제약회사가 암암리에 활동하거든요. 할리우드에서 영화로도 제작된 작품이에요. 좀비는 원래 부두교의 '은잠비(NZambi)'에서 유래했는데요. 처음에는 무덤에서 기어 나오거나 죽은 자가 좀비로 되살아나 인간을 깨물어 좀비를 늘리는 게 주류였어요. 하지만 〈바이오하자드〉가 발매된 후로는 초자연현상이나 주술, 마법 대신 바이러스와 세균이 좀비화의 주류로 자리 잡죠. 초자연현상과 마법으로 좀비화하는 게 원조, 이를테면 '좀비 1.0'이고 바이러스와 세균으로 좀비화하는 게 '좀비 2.0'이랄까요. 하지만 이번 좀비화 원인은 바이러스나 세균이 아니라면서요. 그렇다고 원조인 초자연현상이나 마법 때문이라고 볼 수도 없으니 이건 '좀비 3.0'이라고 불러야 할지도 모르겠네요. 좀비라는 개념에 명확한 건 없어요. 하지만 애매모호한 까닭에 점점 진화하죠. 좀비는 걷거나 기어 다닌다는 기존 상식을 깨고 그들을 전속력으로 질주시킨 〈28일 후〉라는 영화는 누가 뭐래도 한계점을 돌파한 작품이고, 개인적으로는 달리는 좀비가 더 박진감 넘쳐서⋯⋯. 아, 죄송해요. 계속하세요."

흥분한 어조로 떠들던 시로타는 혼자 너무 앞서나갔음을 깨달은 듯 입을 다물었다.

카츠키는 한숨을 쉬었다. 상상력이 왕성하다고 해야 할까.

시모무라가 다시 화제를 되돌렸다.

"음모론 말인데요, 제약회사설과 비등비등한 게 보험회사설이에요."

"보험회사?"

"네. 오늘 미국에서 가장 큰 보험회사에서 '좀비 보험'을 발표했어요. 인터넷으로 신청을 받는 모양이더군요."

"⋯⋯그런 보험을 드는 사람이 있어?"

"가입자가 쇄도하는 모양이에요."

카츠키는 믿기지가 않았다.

좀비화 현상은 어제부터 세계적으로 퍼져나갔다. 고작 하루 만에 보험 상품을 낸단 말인가. 시로타의 상상력이 왕성하다면, 이쪽은 장삿속이 왕성하다고 해야 하리라.

"피보험자가 좀비로 변했다는 사실이 입증되면 보험금을 지불한다는군요. 면책 사항은 피보험자가 좀비로 변하고도 계속 활동 중일 것, 수령인은 1촌 이내일 것 그리고 수령인이 좀비로 변하지 않았을 것이고요. 인터넷으로 가입을 완료할 수 있는 모양이에요."

"좀비로 변했는지는 어떻게 판단하는데?"

인간과 좀비를 구분하는 기준은 아직 없다. 설마 겉모습만으로 판단하는 걸까.

"그 보험회사의 설명에 따르면 미국 정부와 WHO의 견해에 따라 종합적으로 판단한다는데……, 정말 애매하네요."

카츠키 생각에는 보험금을 지불할 생각이 없어 보였다.

"저 개인적으로는 국가 주도의 바이러스 살포설이 주류가 아닐까 싶었는데, 그런 의견은 거의 없네요. 세계 어느 나라든 좀비화의 영향이 심각해서 어느 쪽에도 이점이 없는 상태예요."

"그렇게 심각해?"

"네. 아주 위험한 모양이에요. 인도와 브라질은 감염자가 전체 인구의 10퍼센트를 넘어선 듯하네요. 인도 인구가 13억 명, 브라질 인구가 2억 명이라고 치면 좀비가 1억5000만 마리나 있는 셈이에요. 일본 인구를 훌쩍 뛰어넘는 수준이죠."

"해외에 감염자가 이렇게 많을 줄이야. 아무래도 도쿄 감염자가 도쿄도 전체 인구의 2퍼센트뿐이라던 조금 전 라디오 발표는 거짓 같네요."

시로타의 말에 시모무라는 동의했다.

"세계 각국의 움직임은 빠릅니다. 인도 육군 100만 명과 아쌈 라이플* 33개 대대가 출동해 중화기로 좀비를 진압 중인 상황이고, 브라질 육군도 좀비를 즉각 격파할 대상으로 설정해 마구 사살하

---

* 인도 내무부 소속의 준군사조직.

는 중이라는 기사가 올라왔으니, 아직 제대로 대처조차 못하고 있는 일본의 감염자 비율이 더 높다고 봐도 되겠죠."

도쿄의 감염자 수가 20만 명이라고 해도 무서운데, 그보다 많단 말인가. 카츠키는 암담한 기분에 사로잡혔다.

"반대로 미국의 감염자 수는 전체 인구의 1퍼센트 수준이라고 존스홉킨스대학교에서 발표했어요. 대규모 군사작전 전개와 총기를 소유하는 사회라는 점이 좀비화 억제에 영향을 준 것 같습니다. 자기 몸은 자기가 알아서 지킨다는 사상을 실천한 거겠죠. 다만 미국에서는 다른 문제가 발생 중이라는 보도가 있었어요."

시모무라는 페트병의 물을 마시고 나서 설명을 계속했다.

"좀비로 인한 혼란에 편승해 각지에서 폭동과 약탈이 일어나고 있어요. 쇼핑몰을 점거한 집단도 있고, 좀비는 구세주라고 주장하는 집단이 적극적으로 좀비가 되자고 호소한다는 기사도 났고요. 그렇게 감염되러 가는 걸 좀비 피크닉이라고 부르는 모양이에요. 일본도 혼란이 오래가면 좀비 말고 다른 문제가 발생할지도 모르죠."

카츠키는 침을 꿀꺽 삼켰다.

─오래 끌면 좀비와는 별개로 다른 위험도 발생할 테니까.

이치조가 중얼거린 말이 뇌리를 스쳤다. 그때는 의미심장한 말이라고만 생각했는데, 분명 이런 현상을 지적한 것이리라.

"중국과 한국은 어때요?"

시로타가 물었다.

"음, 중국은 감염이 확인됐지만 별문제 없다는 견해야. 한국은 징병제의 효과인지 피해가 그렇게 커지지 않은 모양이고. 일본은 자위대가 출동하면 상황이 개선되리라는 기사가 실렸어.”

“역시 자위대 출동이 관건이로군요.”

이해했다는 듯 고개를 끄덕인 시로타는 자신의 스마트폰 화면으로 시선을 돌렸다. 인터넷에 올라온 좀비 동영상을 보는 듯했다.

“다른 이야기인데, 좀 걱정되는 점이 있어요.”

시모무라가 카츠키를 올려다보았다.

“해외에서 일하는 연구자 친구와 연락을 주고받다가 들었는데, 좀비에게 물리지 않고도 좀비로 변할 우려가 있다는 보고가 들어왔대요.”

“……그게 무슨 소리야?”

무슨 말인지 이해가 잘 되지 않아서 되물었다.

“명확한 이유는 모르겠지만, 좀비에 물린 사람이 감염되어 10초에서 2분 사이에 좀비로 변하는 건 틀림없는 것 같아요. 그런데 좀비를 확인하는 과정에서 물린 자국이 없는 좀비도 발견된 모양이에요. 그리고 좀비가 없던 지역에서 좀비가 발생하는 사례도 확인된 모양이고요.”

“……왜 좀비가 없던 지역에서 좀비가 발생하는데? 보균자가 섞여든 건가?”

“그럴지도 모르지만, 현지 책임자는 보균자가 있었을 가능성은 없다고 단언했대요. 완전한 안전지대라고 주장하면서요.”

“그렇지만 발생했다는 거지?”

“뭐, 그렇죠.”

안전지대에서 증상 발현. 좀비가 없던 지역에서 좀비화가 발생했으니 접촉에 의한 감염은 제외해도 되리라.

"……비말핵 감염 가능성은?"

말을 꺼내자마자 카츠키는 오한이 나서 몸을 떨었다.

물리적인 접촉이 좀비화 원인이라면, 감염이 확산되는 속도가 어느 정도 예측되고, 확산을 저지하기도 비교적 쉬우리라. 하지만 비말핵 감염이라면 불가능하다. 비말핵이란 비말의 수분이 증발한 작은 입자인데, 이걸 들이마심으로써 감염된다. 비말은 수분을 포함하고 있으므로 체내에서 방출되어도 무게 때문에 금방 땅에 떨어지지만, 비말핵은 수분이 없으므로 오랜 시간 공기 중을 떠돌며 바람 등을 타고 멀리까지 날아갈 우려가 있다. 이 때문에 감염자에게서 거리를 두어도 감염된다.

특효약이나 대처법을 조속히 찾아내지 못하면 좀비화 제동에 문제가 생길 우려가 있다.

"비말핵 감염이라면 저희도 늦었을지 모르지만, 아직 확실한 건 아니니까요."

시모무라의 목소리는 비관의 낌새 없이 밝았다. 무조건 희망적으로 관측하려는 게 아니라, 근거 없는 추측에 고민할 생각이 없는 듯했다.

"또 다른 특징으로, 물린 자국이 없는 좀비는 사고 등으로 큰 상처를 입었을 가능성이 높다는 보고가 각지에서 올라오는 모양이에요. 인과관계는 불확실하지만요."

카츠키는 미간에 주름을 잡았다.

상처를 입어서 좀비가 됐다는 건가.

다치면 면역력이 항진되어 염증이 발생한다. 염증이란 신체가 치유되기 위해 일어나는 생체 반응이다. 그 과정에서 열이 나고 붓는다. 이러한 반응이 과도해지지 않도록 코르티코스테론 등의 호르몬이 분비되어 면역력을 어느 정도 제어한다. 이 작용은 온몸에 영향을 미치므로, 다친 곳 이외에는 면역력이 저하된다.

좀비화와 면역력 저하 사이에는 어떤 관계가 있을까. 아니면 다친 것 자체에 어떤 의미가 있는 걸까. 전혀 모르겠다. 하지만 만약 그게 사실이라면 병원이 붕괴된 이유는 이해가 간다. 부상자가 실려온 후 좀비로 변하면 병원 내부에서 감염이 확산된다. 아무리 방어를 단단히 한들 부상자를 받지 않을 수 없는 게 병원이다.

느닷없이 텔레비전 음량이 높아졌다. 카츠키와 시모무라는 화면으로 시선을 돌렸다.

총리 키시모토가 화면에 비쳤다. 공식 발표가 시작된 모양이다. 배경은 여느 때와 다름없이 짙은 감색 커튼. 관저는 좀비의 영향을 받지 않은 모양이다. 아니면 커튼만 똑같을 뿐 다른 곳에서 방송하는 건지도 모른다.

[일본 정부는 국가의 존립이 위태로운 사태에 직면했음을 엄숙하게 받아들여, 현재 긴급사태선언을 발령 중에 있습니다.]

키시모토가 시선을 떨어뜨렸다. 억지로 큰 소리를 내는 듯 기묘한 말투였다. 아주 피곤한지 안색도 안 좋았다.

아무래도 손에 든 원고를 읽고 있는 듯했다.

[감염자가 급증하고 치안 유지에 임한 경찰과 소방 인원에 막대한 피해가 발생해 이제 더는 지체할 수 없습니다. 이번 감염증과 폭

발적인 감염 확산은 전 세계에서 동시다발적으로 발생하고 있습니다. 테러 공격일 가능성은 아주 낮지만, 누군가의 무력 공격일 가능성도 부정할 수는 없습니다. 따라서 무력 공격 사태 및 존립 위기 사태에 처했을 경우, 우리나라의 평화와 독립 그리고 국가 및 국민의 안전을 확보하기 위한 법률을 적용하기로 결정을 내렸습니다.]

헌법 해석 문제가 결론 난 듯하다. 카츠키는 기대에 찬 마음으로 키시모토의 말을 기다렸다.

키시모토가 시선을 카메라로 옮겼다.

[사태대처법*을 적용해 사태대책본부를 설치하고, 자위대에 방위 출동을 요청했습니다. 이로써 자위대는 보유한 모든 전력을 사용해 감염자에 대처하게 됩니다. 아까 G7의 정상들과 화상회의로 의견 합치를 보았습니다. 지금부터 드리는 말씀을 잘 들어주시기 바랍니다.]

키시모토는 일단 말을 끊고 인상을 찡그렸다.

다음 말을 꺼내기가 정신적으로 상당히 괴로운 모양이다.

[감염자는 좀비로 칭합니다. 좀비는 더 이상 인간이 아닙니다. 위협적인 존재입니다. 공격해오는 좀비는 중화기를 사용해 무력화하겠습니다. 좀비와 인간을 구분할 명확한 과학적 근거는 없습니다만, 덤벼드는 상대라면 사살하는 것을 허가합니다. 가족이 감염됐을 경우, 당장 격리하고 절대로 접촉하지 마십시오. 감염자는 인간이 아닙니다. 이미 죽은 걸로 여기십시오. 그들은 좀비입니다. 감

•   일본의 존립이 위협받는 '존립위기사태'에 자위권을 행사할 수 있다고 규정한 법률.

출 경우에는 무력으로 대처하겠습니다. 또한 저항할 경우에는 사살도 불사할 각오로 사태에 임하겠습니다.]

그 말에 카츠키는 충격을 받았다.

좀비로 변한 인간을 사살하는 건 예상했던 시나리오였지만, 좀비를 숨긴 사람에게도 무력을 행사하겠다는 건 상상 이상의 대처였다. 좀비로 변한 가족을 지키는 건 예측 가능한 당연한 행동이다. 하지만 그럴 경우에도 사살하겠다고 키시모토는 공언한 것이다.

일본 정부는 좀비로 변한 인간이 치료법으로 치료가 가능할지 검증도 되지 않은 단계에서 제거를 결정했다. 다시 말해 검증할 여유도 없을 만큼 절박한 상태라는 뜻이다. 이러한 조치도 G7이 합의한 결과라면, 세계는 착실히 붕괴하는 길로 나아가고 있는 것이리라.

[좀비의 특징을 말씀드리겠습니다. 일단 눈이 뿌옇게 흐리고, 피부가 건조하며, 염증이 생긴 상태입니다. 다만 결코 겉모습만으로 판단하지는 마십시오. 눈이 뿌옇지 않은 좀비나 피부 염증이 심하지 않은 좀비, 즉, 겉모습이 보통 사람에 가까운 좀비도 있습니다. 다만 그들의 공통점은 인간을 습격해 물거나 먹는다는 것입니다. 이러한 징조가 나타난 인간에게는 절대로 접근하지 마십시오. 자위대는 일단 덤벼드는 좀비, 중요 거점을 탈환하기 위해 제거할 필연성이 있다고 판단한 좀비를 사살할 예정입니다. 위협사격은 하지 않습니다. 국민 여러분, 절대 건물에서 나오지 마십시오. 또한 자위대에 저항하지 말기를 부탁드립니다. 지금 이 방송을 듣고 계신 분들과, 소중한 사람이 감염된 모든 분, 부디 이해와 협력을 부

탁드립니다……. 지금 이 시각부로 북부 및 동북부·동부·중부·서부 방면구의 전 주둔지 및 분둔지*의 육상 자위대를 총동원하고 무기를 사용해 사태를 타개하겠습니다. 국민 여러분, 지금은 어떻게든 살아남는 것만 생각해주시기 바랍니다.]

말을 마친 키시모토가 머리를 숙였다.

솔직히 카츠키는 놀라움을 금치 못했다. 평소 정치가는 불신의 대명사였고, 뉴스에서 말하는 모습에서도 신뢰하기 어려운 분위기가 배어나는 것처럼 보였다. 하지만 방금 키시모토의 태도는 진실했으며, 이야기도 듣는 사람의 마음에 와닿았다. 이 전대미문의 사태를 필사적으로 타개하고자 하는 성의가 느껴졌다.

다른 연구원도 같은 기분이었는지 성명 발표가 끝난 뒤에도 텔레비전 화면에서 눈을 떼지 못했다.

그때 밖에서 어렴풋이 천둥소리 같은 것이 들린 듯했다.

"지금 이거, 자위대일까?"

카츠키의 중얼거림에 시모무라가 고개를 끄덕였다.

"아마 그렇겠죠. 작전이 시작된 모양이에요."

그렇게 말하고 노트북 화면을 가리켰다.

동영상 사이트에 새로운 동영상이 속속 올라왔다. 대부분이 생방송인 듯했다.

"아, 10식 전차도 출동했네요."

시로타가 기쁜 듯이 목소리를 높였다.

---

* 주둔지와는 다른 곳에 위치하지만 주둔지의 일부로 취급하는 시설.

스마트폰 화면에 전차가 익숙한 일본 거리를 달려가는 영상이 비쳤다. 집 안에서 창문 너머로 촬영한 영상인 듯 했다.

옥상에 공격 거점을 마련한 자위대원이 돌아다니는 좀비에게 총을 쏘는 동영상도 있었다. 그 압도적인 조직력과 화력에 좀비가 제거된다.

카츠키는 시선을 창문 쪽으로 돌렸다.

어렴풋한 천둥소리 같았던 소리가 점점 뚜렷해졌다.

작은북을 두드리는 듯한 소리. 폭발음. 땅울림.

이제 감염을 억제할 수 있다.

과학이 아니라 무력으로.

이미 감염된 사람은 제거된다. 훗날 논쟁거리가 될 조치지만, 더이상 상황을 악화시킬 수는 없다.

다만,

아까 시모무라가 한 말이 머리에서 떠나지 않았다.

-좀비에게 물리지 않고도 좀비로 변할 우려가 있다는 보고가 들어왔대요.

좀비화 원인은 대체 무엇일까.

찜찜한 예감이 들었다.

오후 7시.

다시 보도 발표가 나왔다. 육상 자위대의 방위 출동으로 사태가 급속히 수습되고 있다는 내용이었다. 신속히 좀비를 제거한 후 구조대도 투입할 예정이라고 했다.

그 소식을 들은 연구원들은 좀비가 나타나고 처음으로 환히 웃었다.

좀비는 전멸하고 조만간 구조대가 온다.

모두가 그렇게 믿어 의심치 않았다.

셋째 날

1

밤이 지나고 다음 날 이른 아침.

어제 보도된 성명 발표로 희망을 품었던 연구원들의 얼굴에는 초조함과 절망의 빛이 역력했다. 거의 모든 연구원이 식당에 모여 저마다 불안을 토로했다.

하늘을 날아다니던 비행기와 헬리콥터가 홀연히 자취를 감추었다. 자위대가 교전하는 듯한 소리도 전혀 들리지 않는다.

상황이 악화됐다는 정보가 인터넷에서 조금씩 보이기 시작했다. 일본뿐만 아니라 세계 각국도 마찬가지 상황이었다.

세계 제일의 군사력을 자랑하는 미국조차, 군부대에서 다수의 인원이 좀비화해 수습이 불가능하다는 정보마저 있었다.

예방감염증연구소는 동요에 휩싸였다.

"뭐가 어떻게 된 거야."

내뱉듯이 말한 카세는 허리 언저리에 손을 댔다. 벨트에 매단 작은 가방에 권총을 넣어두었다. 걸을 때마다 흰 가운 틈새로 권총 손잡이 부분이 어른어른 보였다.

"상황이 개선됐다고 그 자식이 그랬잖아!"

그 자식이란 키시모토 총리를 가리키는 것이리라.

분명 어제저녁 그는 자위대가 좀비를 압도하고 있다고 발표했다. 그 소식을 알리는 당사자의 표정도 밝았다.

하지만 자정에 발표된 보도에 따르면 상황은 모조리 달라졌다. 화면에 비친 키시모토는 내내 찌푸린 얼굴로 자위대에 다소 피해가 발생했음을 알렸다.

다소가 어느 정도냐고 기자가 질문해도 확인하는 중이라며 얼버무렸다. 그래도 기자가 물고 늘어지자 결국 벌겋게 달아오른 얼굴로 화를 내더니, 당장 입을 다물든가 꺼지라고 폭언을 내뱉었다.

일본의 상황은 어떠한가. 각 자치단체에 육상 자위대를 출동시켰는데, 성과는 얼마나 올렸는가. 집에 얼마나 더 머물러야 하는가. 식량은 어떻게 보급하는가. 언제 국민들을 구조하러 나설 것인가. 자기 몸을 지키기 위해 좀비를 죽였을 경우 책임 소재는 어떻게 되는가. 세계의 상황은 어떠한가.

다른 기자의 질문에 관해서도 키시모토는 명확한 대답을 피하더니, 집에서 한 발짝도 나가지 말고 어떻게든 버텨달라는 말만 되풀이했다.

"집에서 마냥 버티기도 쉽지 않을 텐데요. 이 연구소는 괜찮지만, 보통 가정집에서 식량을 며칠 분이나 비축해두지는 않으니까요."

시로타가 비축품인 비스킷을 먹으며 말했다. 손에는 재해 발생시 무상으로 음료를 제공한다는 자판기에서 꺼낸 캔 커피를 쥐고 있었다.

좀비가 발생한 지 사흘째.

예방감염증연구소는 업무 특성상 비상 물품을 풍부하게 비축해 놓았지만, 일반 가정이라면 그렇지 않다. 식량을 찾아 밖으로 나간 사람이 좀비에게 습격당해 좀비로 변한다. 당연히 그런 사례도 있을 것이다. 하지만 그게 자위대원의 피해가 늘어나는 요인은 아닐 것이다. 무엇이 상황을 악화시키고 있는 걸까.

"이것 좀 보세요."

시모무라가 인터넷에 올라온 동영상을 전체 화면으로 재생했다. 생방송이 아니라 저장된 영상인 듯했다.

기업 빌딩 옥상에서 좀비를 사격하는 자위대원의 모습이 비쳤다. 아무래도 고층맨션의 상층부에서 촬영한 듯하다. 어느 지역인지는 알 수 없었다. 내려다보는 앵글이라 자위대원들이 뭘 하고 있는지 잘 보인다. 저격수 두 명에, 관측수 한 명. 계속해서 좀비를 저격한다.

"뒷부분으로 옮길게요. 문제가 되는 부분은 4분이 지나고 나서 나오거든요."

시모무라는 그렇게 말하며 재생 바의 커서를 조작했다.

다시 동영상이 재생됐다. 단안경을 들여다보고 있던 관측수가 느닷없이 쓰러지더니 경련하며 팔다리를 내뻗다가 구부리기를 반복했다. 그 사실을 알아차린 저격수 두 명이 당황한 듯 관측수에게 다가가 상태를 확인했다. 이윽고 경련이 멈춘 관측수가 일어섰다.

각자의 표정은 확인할 수 없었지만, 두 저격수는 이변을 감지한 듯 뒤로 물러났다. 바로 그 순간, 관측수가 저격수 한 명에게 덤벼들었다. 다른 저격수는 도망치려다가 넘어지고 말았다. 관측수는 첫 번째 저격수를 물었지만 먹지는 않고 넘어진 두 번째 저격수에게 달려갔다. 저격수가 권총을 쏘자 관측수는 쓰러졌지만, 아까 물린 저격수가 좀비로 변하더니 넘어진 저격수에게 덤벼들었다. 이번에는 뜯어먹기 시작했다. 위장복을 입은 좀비가 빌딩 옥상을 배회한다.

영상은 그렇게 끝났다.

창을 닫은 시모무라는 불안한 표정이었다.

"이거, 어떻게 생각하세요?"

"나한테 물어본들……."

카츠키도 혼란스러움에 등에서 식은땀이 났다.

뭐가 어떻게 된 건지 알 수가 없었다.

안전지대인 옥상에서 실시된 저격.

주변에 위험 요인은 없었다. 옥상이라 당연하지만 탁 트인 곳에서 일어난 일이다. 영상으로 확인한 바, 옥상에 좀비는 없었다. 또한 동영상을 촬영하고 4분이 지난 후에야 관측수가 좀비로 변했으니, 동영상을 찍기 전에 물린 것도 아니리라.

"비말핵 감염도 아니라는 건데……."

카츠키가 중얼거리자 시모무라는 고개를 끄덕였다.

"그렇습니다. 좀비는 땅에 있고 자위대원은 건물 옥상에 있었으니까요. 비말핵으로 감염될 가능성은 없다고 봐도 되겠죠. 게다가 어째선지 관측수만 증상이 나타났어요."

시모무라는 답답한 듯 목울대를 손가락으로 문지르고 나서 말을 이었다.

"두 가지 가능성으로 나누어 생각해볼 수 있겠네요. 첫 번째는 이 동영상이 촬영되기 전에 관측수만 비말핵으로 감염됐고, 비말핵 감염은 직접 물릴 때보다 늦게 증상이 나타날 수도 있다는 가능성. 두 번째는 좀비화 증상이 발현되는 전혀 다른 요인이 있을 가능성이요."

전자이길 바라면서도 후자를 검토하는 것이 현실적일 듯한 기분이 들었다.

그러나 할 수 있는 일은 아무것도 없었다. 현재로서는 좀비화 원인도 모르거니와, 좀비화 증상이 발현되는 요인도 알아내지 못했다. 이런 상황에서 방금 본 영상의 내용을 해석하기는 불가능하다.

"연구하고 싶다……."

카츠키의 진심에서 우러나온 말이었다.

인간이 좀비로 변한다는 비현실적인 현상을 자신의 지식을 총동원해 해명하고 싶다는 그 욕구를 억누를 수 없어 머리가 저릿저릿했다.

미지의 질병은 얼핏 보면 우연의 산물로 발생한 것처럼 느껴진다. 하지만 무슨 일이든 논리가 있으며, 일련의 이유와 원인이 존재한다. 그건 해명할 수 있는 영역이다.

"해봅시다!"

시모무라가 눈을 반짝였다.

"원인을 알아냈다는 해외의 연구자 친구들 연락은 현재까지 없었어요. 정부와 자위대가 죽을힘을 다해 상황을 타개하려 애쓰고 있지만, 피해는 커지고 있고요. 인류는 지금 좀비와 싸우고 있지만, 역시 좀비화 원인을 알아내지 못하면 승리하지 못할 거예요."

열기로 가득한 목소리가 약간 들뜬 것처럼 들렸다.

"제가 예방감염증연구소에 취직한 건 인류에게 해를 끼치는 감염증을 없애고 싶었던 이유도 있지만, 언젠가 발생할 새로운 감염증에 맞서고 싶었기 때문이에요. 세계를 구하고 싶었기 때문이라고요. 제가 지금까지 공부해온 건 분명 지금 같은 일이 벌어졌을 때를 위해서였을 거예요."

시모무라는 사심을 감추지 않고 말했다.

자만하다고는 느끼지 않았다. 카츠키 본인도 같은 생각이었기 때문이다.

연구자의 업. 호기심과 탐구심 그리고 야심.

인류가 존속하는 한, 새로운 감염증은 발생하기 마련이다. 지금까지 페스트, 스페인 독감, 신형 인플루엔자 등이 인류를 덮쳤지만, 인간은 그러한 감염증을 극복해왔다.

원인을 규명하고 대처법을 확립할 수 있었기 때문이다. 그리고 이 모든 게 가능했던 건 감염증과 대치해온 연구자들 덕분이다.

연구자는 감염증과 싸워 인류를 지킬 의무가 있다. 그러한 자부심과 긍지를 뒷받침하는 것은 지금까지 꾸준히 쌓아온 노력이리라.

감염증에 맞서기 위한 무기는 지식 그리고 지혜다.

주변에 다른 연구원들도 모여 있었다. 다들 입을 모아 원인을 규명하기 위해 힘쓰고 싶다고 목소리를 높였다.

"어떻게든 검체를 입수해야 해."

카츠키는 말했다.

검체가 없다는 걸 핑계로 삼았지만, 이대로 내버려 두면 세계가 붕괴될지도 모른다.

일본에서 감염증에 관해 제일 잘 아는 연구원들과 함께, 일본에서 감염증 연구 설비가 가장 잘 갖추어진 건물에 있다.

검체를 입수할 계획을 세우고 당장 실행해야 한다.

그렇게 결심했을 때, 건물 안에서 뭔가가 깨지는 소리가 들렸고 식당에 있던 연구원들은 움직임을 멈췄다. 유리가 깨지는 듯한 소리였지만 크지는 않았다. 컵이나 비커 여러 개가 동시에 떨어져 깨진 듯한 소리.

위층이다.

탁, 쿵, 탁!

연구원들은 천장을 올려다보았다.

딱딱한 물건이 부딪히는 듯한 소리가 이어지다 갑자기 멎었다.

"……뭐지?"

다들 겁먹은 듯 움직일 낌새가 없었다.

하는 수 없이 카츠키와 시모무라 그리고 카세가 상황을 보러 가기로 했다.

카츠키는 계단을 올라가며 머리를 굴렸다.

이 건물은 완전히 폐쇄되어 외부와 차단됐다. 그리고 거의 모든 연구원이 식당에 모여 있었다. 거기 없던 사람은 누구일까 생각하다 바로 답을 찾았다.

연구원 마츠이와 형사 이치조다. 이치조는 건물 구조와 연구원의 개인정보를 파악하려고 했다. 뭔가를 꾸미는 것처럼도 느껴졌다.

건물 안에서 무슨 일이 일어난 걸까. 이치조를 안으로 들이지 말자고 주장하던 마츠이의 모습이 머릿속에 되살아났다. 이치조가 나타나자 마츠이는 과도한 거부 반응을 보였다. 좀비가 나타난 뒤로 다들 심한 불안에 휩싸였으니, 남을 의심하는 건 이해가 간다. 단순히 마츠이도 좀비가 너무 무서워서 그런 반응을 보였으리라 생각했는데, 어쩌면 다른 이유가 있었던 걸까.

선두는 시모무라, 가운데는 카세. 제일 끝에 선 카츠키는 카세가 제일 안전한 위치를 차지했구나 싶었지만, 입 밖에 내지는 않았다.

연구실을 하나씩 확인했지만 이상은 없었다.

딱, 탁, 쿵쿵, 딱!

고요한 관내에 울려 퍼지는 불규칙한 소리. 안쪽에 자리한 연구실에서 나는 게 분명했다.

복도를 나아가자 제일 끝에 있는 연구실의 문이 활짝 열려 있었다. 분명 마츠이가 소속된 면역부 연구실이다. 그리고 거기는 식당 바로 위였다.

세 사람은 저절로 발소리를 죽이고 살금살금 걸었다.

맨 앞에 있는 시모무라가 문 앞에 섰다.

"……마츠이 씨?"

목소리가 떨렸다.

카츠키도 연구실을 들여다보았다. 생물안전작업대와 실험대 사이에 사람이 엎어져 있었다. 그 주변에 어지러이 흩어진 유리. 역시 실험 기재가 깨진 모양이다. 유리창은 무사해서 외부와 차단된 상태를 유지했다. 외부의 침입은 없었다는 증거다.

카츠키는 입에 고인 침을 삼켰다. 얼굴은 보이지 않았지만 분명 마츠이였다.

보통 쓰러진 사람이 있으면 부축해서 일으킨다. 쓰러진 사람이 아는 사람이라면 더더욱 그럴 것이다. 하지만 다가갈 수 없었다.

마츠이의 몸에 경련이 일었다.

바들바들 떠는 정도가 아니라 버둥거리는 수준이다. 크게 움직이는 팔다리가 실험대에 부딪히는 이 소리가 울려 퍼진 것이리라.

간질 발작이 아니라는 건 한눈에 알 수 있었다.

요 사흘간 몇 번이나 본 경련이다. 그렇지만 왜 건물 안에서 갑자기…….

"이거!"

카세가 목소리를 내자 마츠이는 움직임을 멈췄다.

그러고는 벌떡 일어나 세 사람을 보았다. 눈이 약간 뿌옇고, 얼굴 피부가 불그스름하니 건조해진 것처럼 보였다. 무엇보다 표정이 이상했다. 먹잇감을 노리는 야수의 얼굴과 이성 없이 본능에 따라 행동하는 짐승처럼 사나운 표정.

"도, 도망쳐요!"

시모무라의 말을 신호 삼아 세 사람은 냅다 뛰었다.

뒤에서 그르렁거리는 소리가 다가왔다.

마츠이였던 것이 무섭게 쫓아왔다. 팔다리를 마구잡이로 움직이며 사냥감에게 달려들려고 한다.

"망할, 달리는 좀비잖아!"

카세가 욕을 내뱉었다.

제일 키가 큰 카세는 달리기도 빨라서 선두로 달렸다. 제일 느린 건 시모무라였다.

복도를 빠져나와 계단을 뛰어 내려갔다.

좀비는 방향 전환에 실패해 자세가 무너지며 벽에 세게 부딪혔지만, 아파하는 낌새는 전혀 없었다. 사냥감을 찾아 계단을 내려온다. 넘어져도 곧장 일어나서 쫓아온다.

카츠키가 계단을 다 내려왔을 때 로비에 연구원 두 명이 나타났다.

"대체 무슨……."

말이 끝나기도 전에 좀비를 본 모양이다. 눈을 부릅뜬 채 굳어버렸다.

"좀비예요! 도망쳐요!"

카츠키는 소리쳤다.

두 연구원은 그 목소리에 얻어맞은 것처럼 몸을 부르르 떨고는 달아나려 했지만, 좀비가 더 빨랐다.

좀비가 한 연구원에게 덤벼들었다.

관내에 비명이 울려 퍼졌다. 좀비는 연구원을 물고는 살을 뜯어 먹기 시작했다. 하지만 곧 먹는 걸 멈추더니 다른 한 명을 쫓기 시작했다. 물린 연구원이 몸을 덜덜 떨었다.

좀비화 징후다.

현재, 적어도 좀비 두 마리가 관내에 발생했다.

"뭐 해, 가자!"

카세의 목소리가 들렸다. 카츠키는 허둥지둥 카세와 시모무라 쪽으로 달렸다.

식당으로 돌아가 문을 잠갔다.

모두가 불안한 표정으로 쳐다보았다.

"연구소 내부에 좀비가 발생했어."

카세의 설명에 사람들이 웅성거렸다.

"바, 발생했다는 건!"

"연구원이 좀비로 변했어!"

"어, 어떻게 된 거죠? 좀비가 침입해서 습격한 건가요?"

질문이 날아들었다.

카세는 고개를 저었다.

"모르겠어. 연구실에 혼자 쓰러져 있다가 우리 눈앞에서 좀비로 변했지. 밖에서 좀비가 침입한 흔적은 없었어. 그리고 우리가 도망치는 도중에 아마도 연구원 두 명이 물렸을 거야. 그 밖에 식당 바깥에 있는 사람은……."

거기까지 말했을 때 식당 앞에 좀비 두 마리가 나타났다. 하나는 마츠이고, 다른 하나는 로비에서 공격당한 연구원이다. 남은 하나는 달아난 걸까.

식당의 쌍여닫이문이 유리라서 좀비의 모습을 똑똑히 확인할 수 있었다.

둘 다 입을 크게 벌려서 이를 드러냈다. 좀비가 되기 전의 인상은 일절 남아 있지 않았다. 얼굴은 피투성이였고, 피부가 붉게 물들었다.

식당에 있던 연구원들이 비명을 지르며 창문 쪽으로 달아났지만 출입구가 하나뿐이니 식당에서 나갈 수 없다.

비명에 반응했는지 좀비들의 움직임이 격해졌다.

좀비 두 마리를 보고 있던 카츠키는 이상함을 느꼈다. 왜 이 두 마리는 서로를 잡아먹지 않는 걸까.

그때 일찍이 마츠이였던 좀비가 유리문에 머리를 찧기 시작했다. 어중간한 건 있을 수 없다는 듯, 두피와 머리뼈가 손상되든 말든 상관없다는 식으로 세게 들이받았다.

거듭된 박치기로 유리문에 금이 한 줄 가기 시작했다. 그것을 인식한 순간, 유리는 깨졌고 좀비가 침입했다.

깨진 유리에 피부가 찢어져도 좀비는 전혀 아파하지 않았다.

식당에 침입한 좀비가 돌진해왔다.

그 순간, 갑작스러운 귀울림에 카츠키는 귀를 막고 얼굴을 찡그렸다. 시선을 이리저리 돌리다 카세가 권총을 쐈다는 걸 알아차렸다.

권총을 앞으로 내민 카세.

그 눈빛에는 아무 감정도 담겨 있지 않았다.

눈앞에 있는 좀비는 방금까지 인간이었다. 조금은 머뭇거리거나 망설일 법도 하건만, 그런 기색은 일절 없었다.

좀비는 가슴에 총을 맞은 반동으로 바닥에 푹 엎어졌지만, 바로 일어서서 카세에게 달려들었다.

"머리를 노리세요! 머리요!"

시로타가 소리쳤다.

그 목소리에 응하듯이 카세는 정확하게 좀비의 머리를 쐈다.

마침내 좀비가 움직임을 멈췄다.

하지만 그르렁거리는 소리는 사라지지 않았다.

다른 한 마리도 안으로 들어오려고 식당 문을 두드리고 있었지만, 좀처럼 진전이 없는 듯했다. 마츠이였던 좀비가 깨고 들어온 쪽으로는 들어와 보려는 시늉조차 하지 않는다. 사고 능력이 저하된 걸까.

그리고 움직임도 그렇게 격렬하지 않았다. 개체차가 상당하다.

"……저거, 어쩌죠?"

시모무라가 물었지만 대답하는 사람은 없었다.

그때 가벼운 총소리가 두 번 들리더니, 식당 앞에 있던 좀비가 옆으로 쓰러졌다. 움직이지 않는다. 정확하게 머리를 꿰뚫린 모양이다.

총알이 날아왔을 방향에서 이치조가 나타나 험악한 표정으로 식당을 바라보았다.

카츠키는 부랴부랴 달려가 유리 조각에 주의하며 문을 열었다.

"무사하셨군요."

식당으로 들어온 이치조는 아무 대답 없이 주위를 둘러보았다.

"……좀비의 수는?"

나지막한 목소리로 물었다.

"그것보다 당신, 대체 어디 갔었던 거야?"

카세가 비난하듯 말했지만 이치조는 무시했다.

"좀비의 수는?"

다시 물었다.

"어, 그러니까……."

시모무라가 중얼중얼하며 연구원들을 둘러보았다.

"건물을 관리하는 이치카와 씨도 계시니까, 어제까지 이치카와 씨와 이치조 씨, 시로타를 포함해 서른여덟 명이 연구소에 있었어요. 지금 여기에 서른다섯 명이 있으니 세 명이 식당 밖에 있는 셈이네요. 방금 두 명이, 그……, 좀비로 변해서 죽었으니까 남은 건 한 명이에요."

이치조는 바닥을 노려보았다.

"시체 한 구를 1층 구석에서 발견했어. 좀비에게 목을 물리고 배가 갈라져 있었지. 내장은 먹힌 모양이야."

"……잡아먹힌 건가요?"

"응, 말 그대로."

감정이 전혀 실려 있지 않은 말투.

카츠키는 고개를 갸우뚱했다.

물려서 감염되어 좀비로 변하는 개체가 있는 반면, 먹히기만 하는 개체도 있다.

움직임에도 명백한 차이가 있었다. 마츠이였던 좀비는 전속력으로 쫓아왔고, 식당 유리문을 깰 때도 온 힘을 다해 박치기를 했다. 마치 행동을 제한하는 능력이 사라진 듯한 동작뿐이었다.

반면 또 다른 좀비는 움직임은 빨랐지만 몸동작이 약간 어색했고, 세찬 기세도 없었다. 동영상에는 걷기만 하는 좀비도 있었다.

이러한 차이는 좀비화 원인과 어떤 관련이 있는 걸까.

"세 발인가."

카세는 가방에 권총을 넣고 나서 중얼거렸다. 권총에 남은 총알의 숫자를 말하는 듯했다.

"용케 좀비를 쐈네요. 저라면 주저했을지도 몰라요."

시모무라가 카세에게 말했다.

"죽인 게 문제가 되나? 자위대도 죽였잖아?"

카세는 같잖은 소리를 들었다는 듯한 반응을 보였다.

"어……, 아니요. 딱히 문제가 있다는 건 아닙니다."

매서운 눈빛을 받은 시모무라는 맥없이 카세의 곁에서 물러섰다. 그 모습을 보며 카츠키는 바짝 마른 입술에 손가락을 댔다.

일본 정부는 국민에게 좀비를 죽여도 되는가에 관해 명확한 기준을 제시하지 않았다. 자위대가 좀비를 죽이고 있으니, 우리가 좀비를 죽여도 죄를 묻지는 않으리라. 다만 국가가 국민에게 좀비를 죽여도 된다고 공언하는 건 여전히 섣부르다고 판단한 듯 보였다.

이렇듯 미묘한 상황에서는 보통 시모무라같이 반응할 것이라고 카츠키는 생각했다.

좀비가 원래 인간이었다는 사실은 바뀌지 않는다. 그것이 망설임으로 이어지고, 그 우유부단함이 좀비에게 습격당할 빈틈을 만든다.

카츠키는 좀비에게 습격당할 것 같으면 망설이지 말고 죽이기로 다짐했다. 살아남아서 좀비화 원인을 밝혀내야 한다.

카츠키는 식당 한가운데에 놓인 의자에 앉아 있는 시로타에게 다가갔다. 여전히 스마트폰으로 좀비 관련 동영상을 보고 있었다.

"아까는 네가 충고한 대로였어."

자기에게 말을 건넨 걸 몰랐는지, 시로타는 잠시 후에야 놀란 표정으로 바라보았다.

"……충고요?"

의아한 얼굴로 되물었다.

"왜, 좀비의 머리를 쏘라고 가르쳐줬잖아? 과연 좀비 오타쿠답게 잘 아는구나."

그래도 의아해하는 표정을 거두지 않았다.

"……좀비를 쏠 거면 헤드샷. 그건 상식이에요."

상식. 진심으로 그렇게 생각하는 것이리라. 장난치는 기색은 없었다.

시로타는 콧등을 긁적였다.

"하지만 그 회전식 권총이 머리뼈를 관통해 뇌를 파괴할 수 있을 지는 솔직히 미지수였어요. 좀비라고 해도 머리뼈는 인간의 것과 똑같으니까요. 하지만 겉모습이 부패한 것처럼 보이니까 뼈가 약해졌을지도요. 아, 하지만 좀비로 변한 지 얼마 안 됐잖아요? 그럼 약해지지 않았을지도 모르니까, 아마도 총알이 박힌 각도가 좋았던 거겠죠……."

그 후로도 뭐라고 중얼중얼하며 혼자 고찰하길래 가만히 놔두기로 했다.

카츠키는 좀비의 시체를 확인했다.

위를 보고 쓰러졌다. 뇌 조직이 외부로 튀지 않은 것으로 보건대, 미간 중심을 뚫고 들어간 총알은 머릿속에 남아 있는 것이리라.

흘러나온 붉은 피가 조금 전까지 인간이었음을 증명했지만, 겉모습에는 사람의 인상이 전혀 남아 있지 않았다. 입을 크게 벌린 채, 먹잇감을 잡아먹으려는 본능에만 사로잡힌 듯 사나운 표정으로 숨이 끊어졌다.

총상을 확인한 후 몸을 관찰했다. 식당에 들어올 때 유리에 찢긴 것으로 추정되는 상처 말고는 없는 듯했다.

큰 상처를 입어도 좀비로 변할 가능성이 있다고 했지만, 그 요인이라 할 만한 상처가 없었다.

좀비에게 물리는 것과 큰 상처를 입는 것 말고도 다른 감염 요인이 있다는 건가.

생각하면 생각할수록 구렁텅이에 빠져드는 기분이었다.

카츠키는 머리를 내저으며 생각을 멈췄다.

어쨌거나 검체를 입수했다. 이걸로 좀비화 원인을 규명하면 된다.

"일단은 해부부터 해볼까."

카츠키는 중얼거렸다.

BSL2 구역에 해부실이 있다. 보통 인간을 해부할 때도 결핵균이나 혈액을 매개로 감염되는 바이러스, 프리온 그리고 전염성 질환 병원체 등에 의한 생물재해가 발생하지 않도록 주의할 필요가 있으므로, 해부실은 BSL2 구역의 제일 안쪽에 위치한다.

해부 순서와 참여할 멤버를 생각하고 있는데 호주머니에 넣어둔 스마트폰이 울렸다.

화면을 확인하자 츠쿠이였다.

"카츠키입니다."

[무사한가?]

초조함이 섞인 목소리가 들렸다.

"그럭저럭요."

[피해는 어느 정도지?]

카츠키는 연구원 두 명이 좀비로 변했고, 나머지 한 명이 좀비에게 먹혔다는 사실을 보고하면서 이미 대처가 끝났다는 말도 덧붙였다.

무기로 쓸 만한 물건은 있느냐고 묻기에 소총과 권총이 있다고 대답했다. 또한 연구원 외에 형사와 대학생도 가세했음을 알렸다.

[형사?]

"이치조라는 사람이에요."

[……이치조.]

이름을 되뇌었지만 딱히 뭔가를 더 묻지는 않았다.

"그것보다 어떻게 된 건가요? 좀비에게 물리거나 크게 다치지 않은 사람도 좀비가 됐는데요."

[그런 현상이 발생했다는 건 우리도 파악했어.]

"이유는 무엇인가요?"

[모르겠네. 현재 확인하는 중이야.]

예상한 대답이었지만 카츠키는 낙담을 감출 수 없었다.

"……자위대의 상황은 어때요? 어제저녁 발표에서 총리가 상황이 개선됐다고 말하던데, 좀비를 확실히 제거하고 있는 건가요?"

제거라는 말이 자연스레 나와서 카츠키 본인도 놀랐다. 이미 좀비를 인간이 아니라, 쓰러뜨려야 할 대상으로 인식하고 있다는 뜻이니까.

[……처음에는 정부가 보도한 대로 순조로웠지. 하지만 자위대

원 중에서 좀비로 변하는 인원이 속출해서 지금은 조직 전체가 혼란에 빠진 상태야. 물론 모두 다 좀비로 변한 건 아니라네. 신기하게도 좀비로 변하지 않는 사람도 있어. 다만 무작위로 좀비화가 발생한 탓에 내부부터 붕괴되고 있는 모양이야.]

한 번 입을 다물었다가 말을 이었다.

[직접 들은 건 아니지만 미군도 완전히 와해됐다는 소문이야. 미군은 각 군사 거점을 중심으로 청정 구역을 확대해나가는 작전을 펼쳤지. 본토에서 펼치는 작전이라 대형 병기를 사용할 수 없어서 인해전술 같은 방법으로 사태를 진압한 모양인데, 안전해야 할 청정 구역에서 다수의 인간이 좀비로 변하는 바람에 내부부터 무너지고 있는 듯해. 좀비화가 병사에게까지 영향을 미쳐서 군이 통제력을 잃었다고 들었어. 아무튼 좀비화 원인을 규명하지 않고서는 혼란을 수습할 방법이 없다고 봐야겠지.]

카츠키 입장에서도 상상하기 어렵지 않았다.

좀비로 변하지 않기 위해서는 좀비에게 물리면 안 되고, 크게 다치지도 말아야 한다. 그러한 조건이라면 대처할 수 있고, 어느 정도 통제도 가능하다. 하지만 원인불명의 좀비화 현상은 공포 그 자체다. 옆에 있는 사람이 언제 좀비로 변해서 덤벼들지 모르기 때문이다. 서로 등을 맞댈 수 없는 상태로는 제대로 싸우지도 못하리라.

세계 최강 군대인 미군이 고전 중이라면 자위대도 마찬가지일 것이다.

원인불명의 좀비화 현상이 나타난다는 사실이 알려지면 전 세계가 혼란에 빠질 것이 뻔하다. 건물 안에 숨어 있어도 안전하지 않은 셈이니까.

다만 카츠키는 이러한 상황이 그렇게 두렵지 않았다. 실감이 나지 않는다는 것이 주된 이유겠지만, 자신은 괜찮다고 근거 없이 낙관하는 측면도 있었다.

그리고 무엇보다도 원인을 밝혀내고 싶다는 에너지가 불안을 압도했다.

"지금 여기에 검체 두 구가 있어요. 일단 해부해서 조직을 확인해볼게요."

한때 동료였던 사람을 바로 검체라고 지칭했지만, 정이 없다고는 생각하지 않았다. 평소에도 죽은 사람은 해부 대상이었다.

[부탁하네.]

쥐어 짜낸 듯한 목소리. 그제야 츠쿠이가 어떤 상황에 있는지 물어보지 않았음을 깨달았다. 후생노동성은 가스미가세키의 중앙합동청사에 있을 것이다.

"그쪽 상황은 어떤가요?"

[그쪽?]

"정무관 님이 있는 곳요."

[……여기? 가스미가세키에도 좀비가 돌아다니고 있어. 솔직히 내가 있는 합동청사도 안전하다고는 보기 힘들어. 좀비에게 장악된 건물도 있다고 들었어. 창밖을 보고 있으면 일본이 착실하게 종말로 다가가고 있다는 기분이 들지. 뭐, 그래도 난 내 할 일을 할 뿐이네.]

곤경에 빠졌지만 희망을 잃지는 않았다. 복잡한 감정이 뒤섞인 츠쿠이의 미소를 본 듯한 기분이었다.

"저희 지식을 총동원해서 좀비화 이유를 알아낼게요."

[잘 부탁해. 그때까지는 이쪽에서도 버틸 테니까. 어려운 상황이지만, 국내에 좀비화 원인을 규명하고자 노력 중인 다른 연구기관이 있다길래 접촉하는 중이야. 물론 예방감염증연구소에도 기대가 커.]

츠쿠이가 말을 이었다.

[아까 이름이 나온 이치조라는 형사 말인데, 어쩌면…….]

그때 갑자기 전화가 끊겼다.

강제로 통화가 중단된 것 같은 느낌이었다.

불길한 예감이 들었다. 스마트폰의 통화 내역에서 츠쿠이의 이름을 찾아 전화를 걸어보았지만 연결되지 않았다. 다른 번호에 걸어도 마찬가지였다.

"……휴대전화 기지국에 문제가 생긴 건지도 모르겠네."

카츠키의 말을 듣고 시모무라가 스마트폰을 조작해보았지만 결과는 마찬가지였다.

"동영상도 재생이 안 돼요."

시로타가 소리쳤다.

연구원들도 스마트폰을 만지작거리다가 고개를 저었다.

"어, 아무 방송도 안 나오는데."

연구원 한 명이 리모컨을 들고 말했다. 텔레비전 화면에 '현재 방송되고 있지 않습니다'라는 문구가 표시됐다.

기지국과 방송국에 좀비가 침입해 사냥감을 쫓는 과정에서 설비가 파손된 걸까, 아니면 설비를 유지하는 사람이 전부 좀비로 변한 걸까.

어쨌거나 좀비의 영향력이 커지고 있다고 봐도 무방했다.

식당을 나선 카츠키는 제일 가까이 있는 연구실로 가서 유선전화 수화기를 들고 버튼을 눌렀다. 이쪽도 연결이 끊겼다. 하지만 연구실의 랜선에 연결된 컴퓨터를 조작하자 인터넷에 접속됐다. 이 라인이 언제까지 유지될지는 모르지만 현재로서는 괜찮은 듯했다.

식당으로 돌아가 컴퓨터 통신은 살아 있다고 알렸다. 안도하는 연구원도 있었지만, 대부분은 바깥에서 일어났을 비참한 상황을 상상하는지 암담한 표정이었다.

"라디오도 되는 모양이에요."

시모무라가 비축품 사이에 있던 라디오를 들고 말했다. 라디오에서 목소리가 흘러나왔다. 좀비에 관한 정보를 말하고 있다.

"와이파이도 연결이 안 되네요. 유선랜을 사용할 수 있는 컴퓨터에서만 인터넷 접속이 가능한 모양이에요."

노트북 자판을 두드리며 설명했다. 예방감염증연구소에는 와이파이 설비가 없다. 시모무라 개인의 휴대용 와이파이 단말기를 시험해본 것이리라.

현재 시점에서 사용 가능한 건 유선랜에 연결된 컴퓨터와 라디오뿐. 그렇지만 앞으로 컴퓨터와 라디오를 계속 사용할 수 있다는 보장도 없다.

빨리 행동해야겠다고 카츠키는 생각했다. 카세와 눈이 마주쳤다. 아무래도 같은 생각인 듯했다.

"검체 두 구를 입수했어. 이제부터 좀비를 해부한다. 여기 드러누운 좀비는 내가 집도할게. 카츠키가 조수를 맡아."

카세 마음대로 조수를 맡겼지만 싫은 기분은 아니었다. 카츠키는 이의가 없음을 나타내기 위해 말없이 고개를 끄덕였다.

"다른 한 구도 나처럼 의사 면허를 소지했고, 인체 해부 경험이 있는 사람에게 맡기고 싶은데."

그 말에 두 연구원이 손을 들었다. 둘 다 의사 면허 소지자였다.

"좀비를 옮기는 걸 도와줄 사람은 필요하지만, 해부를 맡은 네 명 이외에는 인터넷으로 좀비에 관한 정보를 수집해줘. 가짜 뉴스인지 아닌지는 신경 쓸 것 없어. 일단 최대한 많은 정보를 모아놓고, 언급된 횟수가 많은지 적은지로 판단하자. 정보를 종합하는 건⋯⋯."

"제가 할게요."

시모무라가 천장을 향해 똑바로 손을 뻗었다.

"아, 저도요. 그런 자잘한 작업을 좋아하거든요."

시로타도 지원했다.

해부 담당 네 명.

나머지 서른한 명은 정보 수집을 담당한다.

연구원들은 모두 감염증에 지식이 해박하다. 카세는 의학박사, 시모무라는 약학박사 그리고 카츠키는 수의사다. 전문지식과 예방감염증연구소의 설비를 활용해 좀비화 원인을 파악한다. 수수께끼에 맞서기에는 더할 나위 없는 환경이다.

관리인 이치카와는 관리실에서 계속 본사와 연락을 시도하기로 했다.

카츠키는 식당을 둘러보았다. 이치조는 자신이 쏴 죽인 좀비의 시체를 조사하는 듯했다. 옷을 젖히고 신체 표면을 관찰한다.

좀비로 변한 인간을 관찰한다기보다 뭔가를 찾는 듯한 눈빛이었다.

대체 뭘까.

잠시 후 이치조는 일어서서 식당 문 앞을 떠났다.

그 모습을 바라보던 카츠키는 츠쿠이가 마지막으로 꺼낸 말을 떠올렸다.

ー이치조라는 형사 말인데, 어쩌면······.

무슨 말을 하려던 걸까.

후생노동성 정무관이 경찰 쪽까지 소상히 알 리는 만무하다. 츠쿠이 나름대로 뭔가 짚이는 구석이라도 있었던 걸까.

이치조 마코토.

보기 드문 성씨다. 어딘선가······.

"그럼 정보 수집을 시작하겠습니다. 뉴스 기사는 물론이고, 좀비를 향한 개인의 발언, 음성, 동영상 등도 확인해주세요. 좀비의 특징 등을 모으다 보면 뭔가가 보일지도 모릅니다."

시모무라의 말을 신호로 각자 움직이기 시작했다.

2

유튜브 생방송.

계정: 마사루 CH.

일본.

"여러분, 안녕하세요. 마사루 채널의 마사루입니다."

낮고 탁한 목소리가 들린 후, 마사루의 얼굴이 비쳤다. 마사루는 볕에 탄 뺨을 문질렀다. 뺨 아래쪽이 불룩한 얼굴이다.

"그리고 남동생 카즈입니다."

테너에 가까운 목소리로 말한 그는 얼굴이 갸름했다. 새빨갛게 충혈된 눈이 여전히 젖어 있다. 울어서 부은 것이 분명했다.

"잠을 전혀 못 자서 그런지 다크서클이 장난 아니네요. 뭐, 일단 방송을 시작해볼까 합니다. 하기야 좀비가 밖을 어슬렁거리고 있어서 방콕 방송이지만요."

마사루가 말하면서 방의 상황을 보여주었다. 아주 어질러진 상태였다.

헛기침을 내뱉은 그가 다시 말을 이었다.

"어, 좀비가 발생한 지 사흘이 지났네요. 어제는 자위대가 총을 쏘아대며 좀비를 쓰러뜨렸는데, 조금 전부터 조용해지더니 다시 좀비들만 거리를 돌아다니고 있어요."

화면이 창밖을 향했다.

지상을 내려다보는 각도.

좀비가 도로를 돌아다니고 있었다. 그리고 건물이나 전신주에 충돌한 차가 즐비했다. 개중에는 전차도 있었다. 움직이지 않는 걸로 보아 방치된 듯하다. 빌딩에서 연기가 솟았고, 불타고 남은 목조 주택의 잔해도 군데군데 보였다.

"스마트폰이라 화질은 좋지 않지만, 보시다시피 삿포로의 거리는 괴멸된 상태입니다. 인터넷에 올라온 이런저런 글들을 보면 자위대도 두 손 두 발 다 든 것 같아요. 뭐, 인터넷발 정보라 진위는 불확실하지만, 위장복을 입은 좀비도 늘어난 건 틀림없어요. 분명 자위대겠죠. 도쿄는 통신망도 피해를 입은 모양인지, 휴대전화가 먹통이라는 정보도 있네요. 역시 과밀 지역은 좀비 숫자가 많아서 힘든 모양입니다."

"삿포로도 남 말 할 처지는 아니지만."

카즈가 옆에서 끼어들자 마사루는 고개를 끄덕였다.

"삿포로도 완전히 끝난 느낌이에요. 첫째 날은 비명 소리가 하도 많이 들려서 정신이 이상해질 지경이었다니까요. 지금은 좀비가 그르렁거리는 소리뿐이네요. 그건 그것대로 정신이 나갈 것 같지만요."

억지로 웃음을 짓는 듯한 얼굴.

"저희는 맨션에 숨어 있어서 현재까지는 무사해요. 아오모리에 사는 지인과 구마모토로 이사 간 친구와는 연락이 됐는데, 양쪽 다 비슷한 상황인 모양입니다. 전국이 좀비 천지네요. 아무래도 일본은 망할 느낌이에요. 망했다고 하니 생각났는데, 첫째 날에 외딴섬으로 도망간 부자들이 화제가 됐잖아요. 그쪽도 아주 끔찍한 상황인 모양이더라고요. 쿠릴 열도, 오키나와, 아마미오 섬 그리고 오가사와라 제도 같은 곳으로도 크루저를 타고 대피했다는데, 도망친 곳에도 좀비가 있었나 봐요. 아니면 어젯밤부터 좀비 증상을 보이는 사람이 나왔든지. 도망칠 곳이 없어서 바다로 뛰어들어 익사하는 사례도 있나 보던데요. 외딴섬으로 대피한 사람이 동영상과 사진을 SNS에 올렸으니 자세한 건 해당 게시물을 확인해주세요. 처음에는 부자라서 좋겠다고 부러워했지만, 이번만큼은 부자가 아니라서 다행이다 싶습니다…… 뭐, 여기 있다고 100퍼센트 안전한 건 아니지만요."

화면이 움직여 컴퓨터 모니터가 비쳤다.

"인터넷 게시판입니다. 다들 하고 싶은 말을 올리고 있죠. 좀비화의 원인 말인데요. 도쿄에 본사를 둔 제약회사에서 위험한 약물이 유출됐다는 의견이 현재로서는 제일 힘을 얻고 있는 모양이네요. 도쿄가 제일 위험한 상황이라는 게 그 이유고요. 그리고 감염된 제약회사 사원들이 여행이나 출장을 통해 전국에 퍼뜨렸다는 가설이에요. 하지만 별다른 근거가 발견되지 않았고, 원인이 뭐든 저하고는 상관없죠."

다시 화면이 움직였다.

남동생 카즈의 온몸이 비쳤다. 긴소매 후드티에 운동복 바지 차림새다. 등에는 백팩을 멨다.

"먹을 것도 다 떨어졌고, 어제부터 맨션 안에도 좀비가 돌아다니는 상황입니다. 덧붙여 두 시간 전에 물이 끊겼어요. 엄마와도 한나절이나 연락이 안 됐고요. 어차피 여기 있어봤자 굶어 죽을 테니밖에 나갈 겁니다. 무기는 이거예요."

높은 곳에 있는 가지를 치는 데 사용하는 길쭉한 전지가위가 화면에 비쳤다. 가위 부분에 식칼이 달려 있었다. 칼자루 부분을 접착테이프로 둘둘 감아놓은 듯했다.

"전지가위를 개조했어요. 옛날에 엄마가 경품으로 받아온 물건이죠. 저희 집은 맨션이라 쓸 일이 없다며 벽장에 처박아 놨는데, 드디어 쓸 때가 왔네요. 뭐, 이게 얼마나 도움이 될지는 모르겠습니다. 그래도 일단 이건 카즈가 들고, 저는 야구방망이를 사용할 겁니다."

마사루는 그렇게 말하고 야구방망이를 쳐들었다.

"실은 못을 박고 싶었는데 정작 못이 어디에도 없다는 말씀."

마사루는 희미하게 웃었지만 바로 진지한 표정을 되찾았다.

"요 사흘간 관찰하고 정보를 수집한 결과, 달리는 좀비와 걷는좀비가 있다는 것, 그리고 머리를 노리는 게 제일 효과적이라는 걸알아냈습니다. 다만 저희 힘으로 좀비의 뇌를 박살 내기는 어려울 거예요. 무기도 고작 이런 거니까요. 기다란 전지가위도 야구방망이도 좀비가 쫓아올 때 거리를 두기 위한 수단이고, 기본적으로는 달려서 도망칠 작정입니다. 이래 보여도 고등학교 졸업하면 소방관이 될 생각이었는지라 체력에는 자신이 있고, 카즈도 도내에서 손꼽히는 장거리 선수예요. 카즈는 분명 도쿄의 유명 대학에 스카우트돼서 하코네 역전 경기에도 출전할 겁니다. 그때가 오면 집에서 방송을 보며 응원해주세요. 물론 저도 길가에서 응원할 생각입니다. 깃발을 마구 흔들면서요."

"그런 이야기를 지금 왜 해?"

"뭐 어때서. 제 동생 이름은 이시하라 카즈시입니다. 정말로 발이 빠르고, 체력도 뛰어나고, 저보다 머리도 좋죠. 자랑스러운 동생이에요."

"엄마는 무사할까."

카즈가 마사루의 말을 무시하고 중얼거렸다.

"당연히 무사하지."

목소리가 높아졌다. 자기 자신을 달래는 듯한 말투였다.

"나흘 전에 싸우다 할망구라고 한 거 아직 사과 못 했는데……. 정말로 이렇게 될 줄 알았으면 싸우지 말 걸 그랬어."

잠시 침묵이 흘렀다.

"빨리 만나러 가자."

마사루가 스스로에게 용기를 불어넣는 듯한 목소리로 말했다.

"그래."

준비를 마친 카즈가 스마트폰을 들자 화면에 마사루가 비쳤다.

위아래로 검은 운동복 차림이었다.

"내가 확실히 잘 나오게 찍어. 특히 얼굴."

마사루의 요청에 카즈가 상반신에 초점을 맞추었다.

마사루는 헛기침을 한 후 허리를 쭉 폈다.

"어, 이 생방송은 종료된 시점에 아카이브에 저장되어, 음, 이 세상에 남을 겁니다. 얼마나 남아 있을지는 모르지만, 어쨌든 한동안은 볼 수 있을 거예요. 따라서 이 영상이 저희가 살아 있었다는 증거가 될지도 모르니까, 조금 진지한 이야기를 할게요. 저는 고등학교 3학년이고 카즈는 1학년. 두 살 차이입니다. 아빠는 동생이 태어나자마자 집을 나갔다는데, 저도 전혀 기억이 안 나요. 이른바 한부모 가정이고 가난해요. 하지만 지금까지 큰 아쉬움 없이 살아왔습니다. 아마라기보다, 분명 엄마가 애써준 덕분이에요. 정말이지 늘 바보 같은 짓만 해서 엄마를 애먹였지만, 역시 엄마는 대단하다고 생각합니다. 그리고 지금 이 순간도 엄마와 함께 있고 싶네요. 정말로 보고 싶어요. 별소리를 다 한다 싶을지도 모르지만, 죽는다면 진심으로 같이 죽고 싶습니다⋯⋯. 고등학생이 이런 소리를 한들 가슴에 와닿지는 않겠지만 여러분, 소중한 사람이 있다면 소중히 아끼도록 하세요. 저는 멍청해서 그렇게 단순한 것도 몰랐답니다. 좀비가 발생하고 나서야 깨달았어요. 진짜 뒷북이라니까."

마지막은 눈물 어린 목소리였지만, 마사루는 코를 훌쩍였을 뿐 눈물은 흘리지 않았다.

"웬 주책이래⋯⋯."

카즈의 목소리가 떨렸다.

"……이 정도는 괜찮잖아. 만약을 위해서야."

"만약의 경우는 생각하지 마……."

"물론 어떻게든 살아남을 거야. 엄마랑 합류해서 좀비를 몽땅 쓰러뜨리고, 일상이 되돌아오면 이 동영상을 보는 거지. 평화로워진 다음에 보는 거야. 그럼 엄청 웃기겠지? 이 자식들, 죽을 각오였나 보네. 지금도 이렇게 살아 있는데 오버하기는, 그러면서. 자, 같이 찍자."

마사루가 스마트폰을 빼앗았다.

카메라에 대고 브이 자를 그린 마사루는 억지로 웃고 있는 듯했다. 그 옆에서 울면서도 카메라를 바라보는 카즈. 두 사람은 서로 아주 닮았다.

"자, 준비도 끝났으니 나가자."

한껏 밝은 목소리.

"밖에 나가면 동영상을 찍을 여유가 없을 테니, 카즈가 달리기할 때 사용하는 암 밴드에 스마트폰을 넣을게요. 영상이 나가면 시청자들이 어지러울 테니, 음성만 들리도록 설정하겠습니다."

화면이 어두워지고 소곤대는 목소리가 들렸다.

"다 됐어요. 이제 음성만 나갑니다. 자, 이제 집을 나설 건데요. 저희 집은 시로이시역 근처고, 엄마 직장은 삿포로역에서 걸어서 약 10분 거리에 있어요. 바로 그곳이 목적지입니다. 선로를 따라가기로 할게요. 거리를 걸어가면 사방에 주의를 기울여야 하지만, 선로를 따라 걸으면 기본적으로 앞뒤만 신경 쓰면 되니까요."

"이만 가자."

재촉하는 카즈의 목소리.

"오케이. 내가 먼저 나갈게."

자물쇠를 푸는 소리.

"지금 집에서 나왔습니다."

마사루가 목소리를 낮추었다.

"좀비는 없는 것 같네요. 가자."

희미한 발소리와 옷이 버스럭대는 소리.

"아, 스톱. 좀비 한 마리가 있어. 돌아서 갈까?"

"저거, 달리는 좀비려나?"

카즈의 목소리.

"글쎄……. 지금은 움직임이 느릿느릿하지만, 사람을 보면 달릴지도, 에이씨! 들켰다."

"아, 괜찮아. 걷는 좀비야."

"좋아. 그렇다면."

커다란 발소리.

딱딱한 것이 딱딱한 것에 세게 부딪친 듯 둔탁한 소리.

"좋아. 날아차기 한 방에 쓰러지네. 걷는 좀비라면 대처할 수 있겠어."

숨이 약간 거칠어진 마사루가 말했다.

"저거, 3층 아저씨 아니야? 왜, 집주인 몰래 고양이 다섯 마리를 키우는."

"……그런가? 뭐, 괜찮아. 일단 발로 찼을 뿐이니까."

발소리.

"밖으로 나왔습니다. 야단났네. 좀비 천지야."

"서두르자."

급한 발소리로 아주 빠르게 달리고 있다는 걸 알 수 있었다.

가쁜 숨소리.

"……겨우 시로이시역에 도착했네요. 안에 좀비는 없는 것 같아요. 제법 많은 좀비에게 들켰지만, 걷는 좀비뿐이라서 떨쳐낼 수 있었습니다."

마사루가 숨을 헐떡이며 말했다.

"이제부터 선로를 따라 삿포로역까지 가서 엄마와 합류하겠습니다. 한 정거장이니까 달리면 금방 도착할 거예요. 그 후로는 어떻게 할지 생각해봐야겠지만, 일단 육상 자위대의 마코마나이 주둔지로 가는 게 제일 낫지 않을까 싶어요. 자위대가 아직 있다면 안전할 겁니다. 아마도."

발소리가 이어진다.

"……저기, 카즈. 우리 아빠는 어떤 인간이었을까?"

"몰라."

"그야, 모르는 건 알지만, 어떤 인간이었을지 생각해보자는 거지. 어린 우리를 놔두고 집을 나갔으니 인간쓰레기였을 거야."

"그거, 지금 이야기해야 해?"

"음……, 지금이니까 이야기하고 싶을지도."

"……엄마한테 딱 한 번 들었는데, 약한 사람이었대."

"약한 사람……. 그렇겠지. 약해빠진 놈이야. 도망쳤으니까. 뭐, 아빠가 없어도 엄마가 있었으니까 난 좋았어. 한 번은 그 말을 꼭

하고 싶었어."

발소리가 멎었다.

"앞에 전철이 멈춰 있어."

"형!"

찢어지는 듯한 목소리.

"젠장! 도망쳐! 전철 안에 좀비가 바글바글해!"

허둥거리는 발소리.

"나왔다!"

"위험해! 달리는 좀비야!"

"빨리 도망쳐!"

스마트폰에 뭔가 둔탁한 소리가 잡혔다.

"형! 도와줘!"

"빨리 일어나! 아아, 제길! 제길! 기다려!"

외치는 소리.

울부짖는 소리.

"카즈를 놔! 쌍! 이 새끼야! 놓으라고! 컥!"

"형! 형……, 엄마!"

갑자기 조용해졌다.

3

유튜브 생방송.

계정명: Mr. Burton

미국.

"세상의 종말이 시작된 지 사흘째. 변함없이 좀비와의 전투는 계속되고 있어. 어때, 다들 살아 있나?"

경쾌한 목소리.

"미스터 버튼은 지금도 살아 있어. 속이 좀 안 좋지만. 자, 좀비 사냥을 시작하자."

화면 앞에 엄지손가락을 세웠다.

"촬영 환경에도 익숙해졌어. 좀비에게 잡아먹힌 주방위군의 헬멧 대신 총에 고프로 카메라를 달았지. 어제는 도중에 카메라가 떨어졌지만, 단단히 고정했으니 오늘은 문제없어. 어제 달린 댓글을 보고 각도도 조정했지. 1인칭 슈팅 게임을 하는 느낌이지? 총구는 제대로 보여? 이거면 여러분이 직접 좀비를 향해 총을 쏘는 것처럼 박진감이 느껴질 거야. 총기를 소유하지 못하는 나라에 사는 여러분, 이게 미국의 힘이라고.

자, 처음 시청하는 사람들을 위해 간단히 자기소개를 할까. 난 퇴역 군인이야. 빌어먹을 아프간 파견 때 군에 염증이 나서 때려치 웠지. 그리고 뉴저지에서 식당을 개업한 지 반년. 빚까지 지면서 개고생했는데 세상이 망하고 말았어. 운이 없지. 하지만 이 꼴이 났으니 은행도 내가 돈을 빌린 걸 잊어버릴 거야. 비상사태도 선포됐겠다, 그런 고로 식당은 휴업하고 지금은 연방군과 주방위군을 돕기 위해 좀비를 사냥하고 있어. 군과 고용 계약을 맺었냐고? 아니, 아니, 내 멋대로 돕는 거야. 좀비를 죽이면 조회수도 늘어나니까. 광고 수입이 들어올지는 모르겠지만 가끔은 자선사업도 해야지. 좀비는 꼴 보기도 싫지만, 신부님 뺨치는 자기희생 정신을 발휘하는 거야. 그러고 보니 자기희생을 하면 천국에 갈 수 있던가? 천국에서 유튜브를 하면 떼돈 벌겠네."

돌아다니는 좀비를 향해 사격한다. 정확하게 머리를 노려 명중 시킨다.

"참고로 이 총은 잡아먹힌 군인의 물건이야. M4A1 카빈. 좋은 총이지. 탄창도 잔뜩 있지만, 마구잡이로 총알을 퍼붓기보다 반자동으로 쏘는 게 내 취향이야. 특히 좀비에게는 헤드샷이 제일 효과적이거든. 한 방으로 단번에 한 놈을 잡아내는 수준은 아니지만, 이래 보여도 사격 실력은 좋은 편이야."

그 발언을 뒷받침하듯 좀비 세 마리의 머리를 연달아 명중시켰다.

"망할, 좀비는 영화에 나오는 걸로 족하다고……. 그러고 보니 미국인은 상어와 좀비를 참 좋아해. 이유를 알아? 그건 나도 알고 싶다. 아무튼 좀비 영화며 드라마를 수도 없이 만들고 시청하니까, 좀비가 실제로 나타났을 때도 그냥 '아아, 역시 나타났구나.' 싶더라. 그리고 깨달았어. 좀비물을 펑펑 만든 건 이때를 위해서가 아니었겠느냐 하는 걸. 즉, 좀비가 진짜로 나타났을 때 신속하게 대처할 수 있도록, 미리 좀비에 익숙해지게 교육한 거야.

어디서 그런 짓을 하느냐고?

뭐, 백악관이니 CIA니 펜타곤이니, 그런 곳에 떡하니 앉아 있는 놈들 아니겠어?

어쨌거나 확실히 예습한 상태에서 좀비가 나타난 거지. 처음에는 피해가 컸지만, 좀비를 향해 마음의 준비가 된 덕분인지 바로 반격에 나설 수 있었어. 이틀간은……, 말하자면 떠들썩한 축제에 가까웠어. 부활절이나 핼러윈 파티를 수백 배로 키운 듯한 분위기였달까.

그리고 광란이 시작됐어. 좀비에게 죽고, 좀비를 죽이고, 마음 내키는 대로 폭동을 일으키고 약탈했지. 좀비와 인간이 싸우고 인간과 인간이 싸우는 와중에도 좀비들은 서로 싸우지 않아. 아무래도 놈들은 동료를 소중히 아끼는 모양이야. 그런 점에서는 우리 호모 사피엔스보다 우수한지도 모르지.

아무튼 인류는 싸우기를 선택해서 좀비를 죽이고 있어.

좀비도 원래는 인간이니까 인권이 있다고? 물론 그런 주장을 하는 단체도 있기는 해. 다만 극소수지. 살면서 벌레 한 번 안 죽여본 놈이나 좀비로 돈벌이하려고 설치는 놈들 말고, 대다수는 좀비와 인간이 동일한 존재가 아니라는 걸 알아. 공통적으로 그렇게 인식했기 때문에 연방군도 주방위군도 대응이 빨랐던 거야. 앗, 좀비? 헤드샷. 탄창 하나로 몇 마리까지 죽일 수 있는지 내기하자! 그런 식으로 물 흐르듯 진행된 거지."

그는 타임 스퀘어에 도착했다.

"봐봐. 사람이라고는 없어. 평소 같으면 고급 양복으로 무장하고 잘난 척 돌아다닐 양키들도 전혀 보이지 않아. 있는 거라곤 좀비뿐이야. 요 이틀간 핼러윈 분장을 한 것 같은 좀비들에게 사탕 대신 총알을 먹여주며 즐길 때만 해도 이곳엔 사람이 있었어. 그런데 오늘 아침부터 상황이 싹 달라졌지 뭐야. 처음 이틀간은 영화처럼 좀비에게 물려서 감염되는 정석적인 패턴과, 크게 다쳐서 좀비로 변하는 변칙적인 패턴이 있다는 게 통설이었어. 크게 다치면 좀비로 변한다는 것도 영문 모를 수수께끼지만, 아무튼 이 두 가지 패턴만 조심하면 됐지.

그런데 어젯밤에 원인불명의 좀비화 사례가 다수 보고된 후로 형세가 뒤집히고 말았어. 이걸 좀비 3.0이라고 부르는 놈도 있더라. 물려서 좀비로 변하는 버전 1과 다쳐서 좀비로 변하는 버전 2와는 별개의, 좀비화 버전 3이라는 거겠지. 어쨌든 세 번째 패턴이 나타난 후로 좀비로 변하는 군인이 속출하는 바람에 군이 와해됐어. 중요 거점에는 수비대를 남겨둔 모양이지만, 거기도 작살난 것 같아. 좀비는 숫자가 점점 늘어날 뿐만 아니라, 물자도 휴식도 수면도 필요 없지. '겁쟁이로 사느니 죽음을 선택하겠다.'라는 신조를 가진 네팔 구르카 용병보다 더 지독하다니까.

미국의 플랜 A는 인해전술로 좀비를 전멸시키는 작전이었던 것 같아. 일단은 잘 진행됐지만, 결국은 완전히 실패로 끝났지. 이제는 백악관도 좀비 소굴이 되어버렸다니까. 대통령? 어디 있으려나. 핵 가방에 든 핵미사일 버튼을 어루만지며, 부자들과 함께 좀비가 없는 지역에서 바캉스를 즐기고 있지 않을까?

아무튼 연방군도 주방위군도 열세에 처했어. 시가전이라 시민도 고려해야 하니까 SMAW−NE 열압력탄은 사용할 수 없지. 무기에 관해 잘 모르는 평화 국가의 시청자에게 설명할게. SMAW는 견착식 다목적 공격무기의 약자, NE는 신형 폭약의 약자야. 열압력탄은 입자가 작은 가연성 안개를 공중에서 점화하는 폭탄이고. 폭발하면 불덩어리가 발생하면서 넓은 공간의 산소를 빨아들이기 때문에 가까이 있는 사람은 불타 죽거나 질식사해. 열압력탄을 사용하면 건물에도 자체 무게로 무너질 정도의 충격을 줄 수 있지. 시가전용 소형 열압력탄도 개발됐지만, 인간에게 사용해서는 안 된다는 게 개인적 견해야. 다만 좀비에게는 팍팍 써먹어도 돼. 미국은 멍청하지 않으니까 플랜 A가 실패한 현재, 플랜 B를 준비 중일 테고 비밀 작전도 세워놨을 거야. 개인적으로는 그러한 작전에 열압력탄 공격이 포함되지 않기를 바랄 뿐이야. 설마하니 핵폭탄은 어림도 없을 테고."

버튼은 좀비를 차례차례 사살해나간다.

이야기하는 사이에 죽인다기보다 죽이는 중간중간 이야기한다는 인상이다.

"어때. 타임 스퀘어는 잘 감상했나? 뉴욕 관광 안내는 아직 끝나지 않았어. 자, 지난번 생방송 때 댓글로 많이 달린 질문에 대답할게. 내가 어떻게 살아남았느냐는 질문의 답은 두 가지야.

첫 번째는 단독 행동을 한다는 것. 영화를 보면 여럿이 서로 도우며 행동하잖아? 그래야 좀비에 대처하기 쉽고 생존율도 높아지니까. 다만 이번에는 그러한 일반론이 통용되지 않아. 집단 속에서 원인불명의 좀비화 현상이 발생해서 집단이 무너졌거든. 연방군도 주방위군도, 옆에 있던 전우가 갑자기 좀비로 변해서 덤벼들었다니까? 그러면 규율이고 경계고 의미 없지. 그런 이유에서 혼자 싸우는 슈퍼 히어로 방식이 낫고, 나는 그렇게 했어⋯⋯. 지금 생각났는데, 좀비는 왜 집단으로 행동하는 걸까. 말은 못 하지만 사실은 텔레파시를 사용하는 건가? 함께 행동하자! 저 자식은 마음에 안드니까 따돌리자! 그런 식으로. 하나도 안 웃기네.

두 번째는 복장이야. 위아래로 착용한 위장복 안쪽이 중요해. 실은 샤크스킨 잠수복을 옷 안에 입었어. 사슬갑옷도 나쁘지 않지만, 이게 훨씬 가볍지. 상어의 공격도 견뎌내는 신소재야. 솔직히 밝히자면 팔을 두 번 물렸는데도 다치지 않고 멀쩡한 건, 샤크스킨 잠수복 덕분이었어. 물려도 아프지 않아. 상어뿐만 아니라 이제는 좀비에게도 유용하다는 게 증명됐어. 나중에 회사 이름을 공개할 테니까 주식을 사놓도록 해. 뭐, 알다시피 주식시장은 없어졌지만."

화면에 거대한 빌딩이 비쳤다.

"록펠러 센터야. 이 초고층 빌딩으로도 사람들이 대피했겠지. 하지만 안쪽 상황이 어떨지는 생각하고 싶지 않네. 좀비로 가득할 가능성도 있어. 그리고 금빛으로 번쩍이는 이게 프로메테우스상. 프로메테우스는 그리스 신화 속 신인데, 천계의 불을 훔쳐서 인류에게 전해준 존재로 인류를 창조했다고도 일컬어져. 이 신 덕분에 내가 총을 빵빵 쏴서 좀비를 죽일 수 있는 거지. 프로메테우스, 고마워. 박학다식하다는 댓글이 주르르 달리겠군. 이래 보여도 관광 가이드잖아. 어제 위키피디아에서 찾아봤지."

버튼은 이동하기 시작했다. 그사이에도 좀비가 나타나면 쏴 죽인다.

"내가 어떻게 뉴욕을 마음대로 돌아다닐 수 있는지 신기하지? 여기에도 비밀이 숨어 있어. 실은 좀비의 내장을 온몸에 문질렀거든. 어허, 영상 *끄지* 마. 확실히 그로테스크해 보이기는 하지만, 그 정도는 감수해야겠지. 이 영상을 보고 흉내 내려는 사람은 주의할 점이 두 가지 있어. 일단 이 위장은 만능이 아니야. 좀비들을 일시적으로 교란시킨다고 할까, 그들의 행동을 잠깐 늦추는 정도지. 역시 놈들이 속에서부터 뿜어내는 냄새를 완전히 따라하기는 힘들고, 청각과 흐릿하긴 해도 시각으로도 판단하는 모양이니까 완벽한 위장은 불가능해. 현재로서는 들키기 싫으면 좀비가 되는 수밖에 없을 거야.

그리고 또 한 가지 주의점은 당연히 강렬한 냄새야. 나 말고도 이 방법을 떠올린 놈들이 있고, 주방위군도 시험해본 모양이야. 하지만 코마개를 하고 고성능 마스크를 껴도 냄새 때문에 토하는가 보더군. 그렇다고 외부의 자극을 완전히 차단하는 복장을 착용하면 기동성이 떨어져. 결국 좀비로 위장하는 건 별로 효과적이지 않다는 결론이 난 모양이야.

나? 난 문제 없어. 이라크전에 파견됐을 때 머리를 다쳐서 감각신경성 후각장애가 발생했거든. 지금은 전혀 냄새를 못 맡아.

난 그때 이미 죽었어. 그래서 좀비도 무섭지 않지. 죽음 역시 두렵지 않고.”

다음 장소에 도착했음을 버튼이 알렸다.

“알다시피 여기는 센트럴 파크야. 복잡한 도시 속의 오아시스지. 잠시 자연을 감상해봐. 아무도 없는 공원도 좋군. 좀비는 있지만.”

총격.

“그나저나 정말로 인류는 끝장난 느낌이야. 뉴욕이 이 지경이니 다른 주는 말해 뭐 하겠어. 연방군도 주방위군도 피해가 막대해. 군사 시설도 작살났고. 처음에는 난민 센터도 있었지만, 이제 그곳은 좀비 다발 구역이야.

그만큼 좀비의 세력이 강대하건만, 적은 좀비만이 아니야. 극좌파며 극우파며 음모론 신봉자며, 아무튼 밥 먹듯이 과격한 발언을 일삼는 놈들 중 일부가 폭도로 변해서 시민을 습격하고 있어. 이번 좀비 소동이 재력가를 끌어내릴 기회라고 공언하는 놈도 있다니까. 상업 시설과 부유층의 집은 약탈 목표로 점찍혀. 죽어나가는 사람도 많아. 인종차별도 일어나고. 근거 없는 소문이 퍼져서 아시아인과 흑인이 살해당하는 사태도 발생하고 있는 모양이야. 지금은 좀비를 물리치기 위해 일치단결해야 할 때잖아? 영상을 보고 있는 여러분 생각도 그렇지? 하지만 현실은 달라. 혼란을 틈타 자기밖에 모르는 이기주의자들이 세상을 어지럽히고 있어. 그래서 정부도 대책에 고심하고 있지. 좀비만 상대하고 있을 상황이 아닌 거야.

뭐, 다들 현실을 제대로 파악하지 못해서 그런 거겠지. 게다가 정부가 명확한 지침을 내리지 않으니까 목청만 큰 사탕발림에 동조하고 마는 거야. 생각하기를 포기한 녀석들과 스스로 영리하다고 생각하는 멍청이들이 과격파로 변해 날뛰는 중이지. 부탁이니 한시라도 빨리 지옥불에 활활 불타기를……. 아차, 방금 말한 건 취소. 난 천국에 가고 싶거든. 아멘, 할렐루야. 세상이 정상으로 돌아오면 매주 일요일마다 예배를 드리러 가겠어. 빼먹지 않고.

숨이 좀 차네, 천천히 산책을 해볼까.

난 부양할 가족도 없어서 마음 내키는 대로 편하게 살아왔어. 결혼해서 아이를 키우는 인생에 동경심이 없는 건 아니고 결혼과 가정이라는 제도 자체를 부정할 마음도 없지만, 지금은 아이가 없어서 다행이라고 생각해. 이런 세상은 보여주고 싶지 않으니까."

그때 화면 속에 사람 몇 명이 나타났다.

버튼은 재빨리 엎드려서 덤불 틈새로 상황을 살폈다.

움직임으로 보건대 분명 좀비는 아니다.

"저 자식들, 뭐 하는 거야!"

버튼이 작은 목소리로 말했다.

목에 쇠사슬이 묶인 여자가 화면에 비쳤다. 울어서 퉁퉁 부은 얼굴. 눈은 뿌옇게 흐려지지 않았다. 하지만 그렇지 않은 좀비도 있으니 상황을 관찰한다. 사람을 덮칠 낌새가 없는 걸 보면, 아직 인간인 듯하다. 쇠사슬을 쥔 남자와 다른 두 명은 무장했다.

여자가 멈춰 서려 하자 그들은 소총 총부리로 그녀를 쿡 찔러서 걷게 했다.

"젠장……, 저건 뭐지. 터틀 폰드 쪽으로 향하는 것 같은데."

조용히 상황을 관찰했다.

이윽고 여자가 터틀 폰드에 도착했다. 목에 묶여 있던 쇠사슬을 풀고 한두 마디 이야기를 나누는가 싶더니 무장한 남자가 여자를 연못에 빠뜨렸다.

"야! 뭐 하는 짓이야!"

그 목소리에 놀란 남자들이 총을 쏴댔다.

버튼도 대응 사격했다. 한 명의 머리에 명중했다. 다른 남자가 연못 속에서 필사적으로 버둥거리는 여자를 총으로 쏴 죽이는 모습이 시야 가장자리로 보였다.

그렇게 두 사람은 도주했다.

그 뒤를 쫓는 도중에 터틀 폰드가 화면에 비쳤다. 호수에는 인간의 시체가 여러 구 떠 있었다. 하늘을 보고 떠 있는 시체의 눈을 확인한다. 동공이 열려 있지만 뿌옇게 탁하지는 않았다.

"망할! 이게 현실이야. 혼란에 편승해 힘으로 남을 억압하고, 강간하고, 죽이지! 인간쓰레기 같으니라고!"

놈들을 쫓아가며 버튼이 말했다. 아드레날린이 과도하게 분비된 탓인지 목소리가 커졌다.

하늘을 향해 우뚝 선 화강암 오벨리스크 앞을 가로질렀다.

"아무래도 메트로폴리탄미술관으로 도망친 것 같군……. 아니, 여기가 놈들의 본거지인가 봐. 방어벽을 쌓아놨어."

정면으로 들어가려고 하자 총알이 날아들었다.

"뭐야, 저 자식들."

방어벽 하나에 몸을 숨기고 숨을 가다듬었다.

"이대로 있다가는 큰일 나겠어. 총소리를 듣고 좀비들이 나타나고 있거든."

버튼의 말대로 좀비가 모여들기 시작했다.

달리는 좀비들에게 사격이 집중되는 걸 보고 버튼은 화물용 출입구로 우회해 자물쇠를 부수고 건물에 침입했다.

안으로 들어간다. 밖에서 총소리가 희미하게 들려왔지만, 관내는 조용했다.

전시 구역으로 이동했다.

"조각상같이 무거운 물건은 남아 있지만, 그림은 모조리 훔쳐 간 것 같군. 미술품도 약탈 대상인가 봐. 오, 여기에는 〈물주전자를 든 젊은 여인〉이 있었나. 페르메이르 정도는 공부했지. 반 고흐도 알아. 세상이 원래대로 돌아오면 이걸 훔친 놈은 갑부가 되겠군."

경박하게 말하면서도 주변을 신중히 경계하며 닫힌 문을 열었다.

"……뭐야, 이건."

그 방에는 손발이 묶인 여자들이 있었다. 열 명은 된다. 옷을 입지 않은 여자도 있었다.

"……이게 뭐냐고."

여자의 입을 틀어막은 천을 빼내자 기침을 하다 토했다.

버튼은 얼른 물러났다. 좀비의 내장을 온몸에 문지른 탓에 역한 나머지 토한 것이리라.

"어떻게 된 거야?"

"놈들에게 습격당했어!"

여자가 울면서 하소연했다.

"갑자기 여기로 쳐들어와서 남자는 쏴 죽이고……, 남은 건 우리 뿐이야."

"아까 밖에서 쇠사슬에 목이 묶인 여자를 봤는데."

"아, 그 사람은 놈들에게 대들었어. 나를 구하려고!"

여자는 눈물을 흘렸다. 묶여 있는 다른 여자들도 울고 있었다.

"이런 죽일 놈들……. 놈들은 몇 명이지!"

"다섯 명이야!"

"네 명 남았나. 있어 봐."

귀를 기울이자 총소리가 들렸다. 여전히 좀비와 싸우고 있는 듯 하다.

칼로 여자들의 묶인 손발을 풀어주었다.

"내가 어떻게든 할게."

방을 나선 버튼은 정면 현관으로 총총히 달려갔다.

"네 명을 혼자 죽이기는 힘들어. 하지만 좀비에게 정신이 팔린 지금이라면 승산이 있지. 그리고 아까 한판 붙어보니 사격 실력이 별로더라고……. 군인이 섞여 있지 않으면 좋겠는데."

정면 현관에서 좀비와 공방전을 펼치고 있는 줄 알았지만, 버튼 이 도착했을 때는 이미 모두 물리치고 현관문을 닫은 참이었다.

네 남자와 눈이 마주쳤다.

버튼이 쏜 총에 일단 두 명이 즉사했다.

남은 두 명은 엄폐물에 숨어서 응사해봤지만, 제압하는 데 그리 많은 시간은 걸리지 않았다.

관내가 조용해졌다.

네 명의 시체를 확인한 후 아까 그 방으로 돌아갔다.

"모두 죽였어. 일단 안심이야."

그 말에 여자들이 안도한 표정을 지었다.

"……저어, 거기."

여자가 버튼의 어깨를 가리켰다.

버튼은 그제야 자신이 총에 맞았음을 깨달았다.

위장복을 벗고 샤크스킨 잠수복의 지퍼를 내려 어깨를 드러냈다. 살이 푹 패였다. 가벼운 상처라고는 할 수 없다.

"구급상자를 가져올게요."

한 여자가 방을 나섰다.

M4A1 카빈을 바닥에 내려놓았는지 화면이 90도 옆으로 돌아갔다. 버튼은 그 화면에 비치도록 앉아 천천히 심호흡을 되풀이했다.

"이거 부탁할게."

버튼은 가까이 있는 여자에게 권총을 내밀었다.

"……뭔가요, 이건."

"지그자우어. 좋은 총이지. 내가 좀비로 변할 것 같으면 이걸로 쏴. 경련하기 시작하면 바로."

"하, 하지만……."

"좀비에게 물리거나 큰 상처를 입으면 좀비로 변해. 이제는 원인 불명의 좀비화 현상도 발생하고 있고. 어쨌든 난 다쳤어. 자, 좀비 영화를 수없이 보면서 얻은 지식 중 제일 중요한 건 뭘까? 좀비에게 물린 사람은 망설이지 말고 죽여야 한다는 거야. 부탁이야. 그놈들로 변하기 전에 날 죽여줘……. 진심으로 부탁할게."

여자는 여전히 망설여지는 모양이었지만, 결심한 듯 고개를 끄덕였다.

버튼은 웃음을 지은 후, 카메라를 향해서도 같은 표정을 지었다.

"세상이 이렇게 변할 만한 짓을 인간이 해왔다고 생각했고, 이대로 세상이 멸망해도 상관없겠다 싶기도 했어. 하지만 지금은 좀비화 현상을 해결할 방법을 한시라도 빨리 발견하길 기원해."

4

타오바오즈보 생방송.

계정명: 메이팡

중국.

"음, 어제까지는 규제가 걸려 있어서 영상을 올릴 수 없었지만, 지금은 어째선지 풀렸으니까 베이징 상황을 전할게요."

화면에 얼굴을 비춘다. 머리를 뒤로 묶었고, 화장은 하지 않았다.

"저는 산시성 출신 대학생으로, 산리툰에 있는 이모댁에서 지내고 있습니다. 이모가 1층에서 청과점을 운영하시는데, 지금은 문을 닫았어요. 저는 혼자 2층으로 대피한 상태입니다. 사흘 전에 전 세계에 좀비가 발생했죠. 중국도 마찬가지예요. 정부는 즉시 좀비가 발생한 지역을 봉쇄했지만, 너무 많이 퍼지는 바람에 지금은 전국적으로 도시 봉쇄를 실시 중이에요. 이모는 좀비가 발생하기 전에

179

웨스틴베이징차오양호텔에 과일을 납품하러 갔는데요. 그 후에 외출 금지령이 발령돼서 못 돌아오셨어요. 하지만 다행히 전화가 연결돼서 그곳에 무사히 계신다는 걸 알았죠. 걸어서 20분 거리라 만나러 가고 싶지만, 밖에 나갈 수 없으니 참고 있습니다."

메이팡은 코를 훌쩍였다. 눈가가 빨갛다.

"혼자 있으려니 불안하지만, 괜찮아요. 어, 무슨 말을 하지……. 아, 지금은 텔레비전도 나오지 않지만, 어제 뉴스에서 베이징의 상황을 보도했어요. 아무도 돌아다니지 않더군요. 아니지, 좀비는 돌아다녔지만 사람은 코빼기도 보이지 않았어요. 그 밖에 인민해방군이 좀비를 퇴치하는 모습도 나왔습니다. 정확히 어떤 상태인지는 모르겠지만, 아주 고전하는 것 같더라고요.

좀비에 대응하기에도 바쁜 상황이지만, 정부에게는 현안이 하나 더 있다고 했어요. 타국에서 핵무기를 사용하지는 않을까 걱정하는 모양이더라고요. 애당초 핵이 좀비 소탕에 효과가 있느냐도 문제입니다. 핵폭탄으로 오염된 땅에 인간은 들어갈 수 없지만, 좀비는 상관없을지도 몰라요. 그럴 경우, 핵폭탄은 인류가 살아갈 공간을 좁힐 뿐이죠. 좀비에게 당하느냐, 핵으로 자멸하느냐. 저는 둘 다 싫네요."

머리를 긁적인 메이팡은 천장을 올려다본 상태로 움직임을 멈췄다가 잠시 후 시선을 되돌렸다.

"왜 좀비가 발생했는지는 모르겠지만, 과거에도 비슷한 일이 있었는지 제 나름대로 조사해봤어요."

화면에 비치도록 공책을 펼쳤다.

"지금까지 일어난, 좀비 출현으로 의심되는 사건들인데요. 그중에서도 2012년에 발생한 마이애미 좀비 사건이 제일 유명한 것 같더군요."

화면에 다시 메이팡의 얼굴이 비쳤다.

"플로리다주의 마이애미 고속도로 진입로에서 전라의 가해자가 피해자의 얼굴을 뜯어 먹다가 경찰에게 사살된 사건입니다. 피해자는 왼쪽 눈과 코, 얼굴 피부 대부분을 잃는 중상을 입었죠. 가해자가 불법 마약인 배스 솔트를 했다고 보도됐지만 사실이 아니었습니다. 아, 마리화나는 검출된 모양이에요. 그리고 가해자를 부검한 결과, 위에서 인육은 발견되지 않았다고 합니다. 이건 좀비가 아니네요."

메이팡은 어깨를 으쓱했다.

"마이애미에서 이 사건이 발생하고 일주일 후에, 스물한 살의 남자가 잡아먹겠다고 소리치며 경찰관을 물어뜯은 사건이 있었습니다. 하지만 좀비는 말을 하지 않으니까 이것도 아니고요. 그 전후에도 사건이 있었던 것 같지만, 대부분 치아를 사용해 공격했을 뿐 좀비는 아닙니다. 그렇지만 2012년에 미국 질병통제예방센터와 정부가 '좀비는 창작물'이라고 성명을 낸 모양이에요."

한숨.

"다음은……, 좀비라는 존재해 관해 이야기해볼게요. 미국에는 좀비로 분장해 거리를 행진하는 좀비 워크라는 행사와, 좀비 페스티벌이라는 애호가들의 모임도 있다는군요. 참 대단해요. 그리고 미국 인구의 약 40퍼센트가 좀비의 존재를 믿는다는 통계도 있고요. 지금이라면 100퍼센트겠죠……. 공교롭게도 사흘 전에 좀비가 실재한다는 사실이 증명됐는데요, 거리를 돌아다니는 좀비는 도구를 사용하지 않아요. 차에 탄 사람을 공격할 때는 앞유리를 손으로 두드리거나 박치기해서 깨는 방법을 사용하죠. 그들은 사고력을 잃고 본능에 지배되는 것처럼 보여요. 뇌 기능에 문제가 생긴 걸까요. 적어도 이성을 담당하는 부분은 망가진 것 같습니다."

그때 뭔가 세게 두드리는 듯한 소리가 나서 메이팡은 몸을 움찔했다.

"지금 정말 불안해요. 이 방송을 보고 계신 여러분, 힘들 테지만, 부디 살아남으시길. 저는 반드시 살아남아 의사가 되겠다는 꿈을 이룰 겁니다. 아, 또 소리가 나네……. 잠깐 아래층을 살펴보고 올게요. 방송은 일단 중단합니다. 좀 있다 봐요."

5

아프리카TV 생방송.

계정명: 수현

한국.

"안녕하세요. 수현입니다. 이태원의 자취방 한편에서 방송 중입니다. 좀비가 발생한 지 사흘이 지났죠. 상황은 시시각각으로 변하고 있는 것 같네요. 친구와 연락을 주고받고 있는데, 잘 안 될 때가 많아져요. 외출은 금지라 밖에는 나갈 수 없어요. 아, 실은 오늘 구청에서 자택 격리 지원 물품을 보내줄 예정인데, 아직 안 왔어요. 라면이랑 즉석밥, 통조림이랑 과자도 들어 있는 모양이라 기대되네요.

시청자 여러분이 많이 궁금해했던 건데요. 주한미군이 움직이는 것 같지는 않아요. 제 방에서 용산 기지가 간신히 보이는데, 전투기도 날아다니지도 않고 탱크도 눈에 띄지 않거든요. 일본 오키나와에 사는 친구에게도 물어봤는데, 주일미군도 출동하지 않은 모양이에요. 하지만 총소리가 들리고는 하니까 역시 주한미군 내부에서도 원인불명의 좀비화 현상이 발생했는지도 모르죠."

수현은 소주병을 집어서 소주를 컵에 따랐다. 그러고는 단숨에 들이마셨다.

"오늘은 소주 한잔하면서 방송하려고요. 불안해서 안 마시고는 못 배기겠네요. 아, 그러고 보니 최악의 상황이 발생했어요. 네 시간쯤 전부터 물이 안 나오는 거 있죠? 지난번 방송 때 시청자 여러분이 말씀해주신 대로 대야와 그릇에 물을 받아놔서 한동안은 버티겠지만, 앞으로 어떻게 되려나……. 뭐, 걱정한다고 해결되는 것도 아니고, 일단은 지난번 방송을 이어서 계속해보겠습니다. 어, 무슨 이야기를 했더라. 아참. K-좀비에 관해서였지. 좀비가 서양에서 사랑받는 장르다 보니, 좀비물은 그쪽의 전매특허 같은 느낌이었지만, 요즘은 우리나라도 뒤지지 않죠. K-좀비라는 명칭으로 따로 분류될 정도니까요. 역시 역동적인 좀비의 움직임이 인기 요인 중 하나겠죠. 빨리빨리 문화라서 그런지 속도감도 넘치고요. 아, 외국에서 시청 중인 사람이 있을지도 모르니까 설명하자면, 빨리빨리는 '허리, 허리(hurry, hurry)' 정도로 보면 되겠네요. 지금 발생 중인 좀비를 보면 느릿느릿 걷는 좀비와 빠르게 달리는 좀비가 있는데, 왜일까요? 모르겠네요.

궁금한 게 또 있는데요. 좀비는 왜 습격한 사람을 물기만 할 때도 있고, 먹을 때도 있는 걸까요. 취향인가? 설마 그럴 리는 없겠죠.

그리고 물린 지 10여 초 만에 증상이 나타나는 것도 의문이에요. 왜 그렇게 빠른 걸까요? 잘 생각해보니 이상하네요.

아, 그러고 보니 일주일 전에 이태원에 가게 하나를 계약했다는 이야기는 했었죠? 자취하면서 놀고 싶은 것도 꾹 참고 죽어라 일만 하다가 남자친구에게 차였지만, 그래도 열심히 모은 돈으로 겨우 계약했죠. 영업하던 카페를 그대로 인수했는데, 이태원에 카페를 차리는 게 평생 꿈이었거든요. 그런데 세상이 이렇게 되어버리다니. 정말 운이 없네요."

코를 훌쩍인 수현은 술을 한 잔 마시고 나서 음악을 틀었다.

"기분전환 삼아 화장이나 해볼까요."

수현은 그렇게 말하고 화장을 시작했다.

빨간색 립스틱을 칠하고 눈썹을 그린다.

아이라인을 그리고 있을 때 수현의 눈에서 눈물이 떨어졌다. 아이라이너를 내던졌다.

"……인생이 뭐 이래. 노력하면 반드시 그만큼 보상을 받는다고 배웠는데, 역시 거짓말이었어. 노력하고 노력한 끝에 간신히 꿈에 다다랐는데, 이런 병신 같은 세상으로 변하다니. 하지만 포기할 수 없어. 난 아직 인생을 제대로 즐기지 못했다고. 반드시 살아남아서 꿈을 이룰 거야!"

음악의 음량을 조금 올렸다.

쿵쿵쿵.

"어? 뭐지?"

수현은 뒤를 돌아보았다.

"우리 집 문을 두드린 것 같은데. 소리가 너무 컸나……."

음량을 줄이고 침착하지 못하게 몸을 흔들었다.

쿵쿵쿵쿵.

"아, 어쩌면 자택 격리 지원 물품이 도착했을지도. 음……, 하지만 그렇다면 초인종을 누를 텐데."

쿵쿵쿵쿵쿵쿵쿵쿵쿵.

"뭘까."

화면이 흔들리는가 싶더니 방송이 갑자기 중단됐다.

넷째 날

예방감염증연구소의 BSL2 구역. 카츠키와 카세는 그 구역 제일 안쪽에 위치한 해부실에 있었다.

해부실 한복판에 자리한 라미나 플로우* 해부대.

그 위에 좀비의 시체가 놓여 있다.

카츠키는 일회용 가운을 입고 N95 미립자용 마스크를 썼다. 그 뿐만 아니라 페이스 실드로 얼굴을 보호했다. 손에는 외과용 고무 장갑을 두 켤레 끼고, 그 위에 천 장갑까지 꼈다. 장화 위에 커다란 비닐 장화를 덧신었다. 이것도 이중이었다. 실은 우주복이라도 입고 싶은 기분이었다.

집도자는 카세고, 카츠키는 조수다.

---

*　시체에서 발생할 수 있는 가스나 에어로졸 등을 흡입하고 소독해 깨끗한 공기를 순환시키는 설비.

두 사람은 해부대를 사이에 두고 마주 섰다. 카츠키 뒤편에는 사진 촬영 장치와 해부 도구대, 창자 속 오물을 처리할 입구가 넓은 변기가 있고, 검체의 발치에는 검사용 받침대가 있다.

"카츠키는 수의사랬지. 인간을 해부하는 건 처음인가?"

카세의 질문에 고개를 끄덕였다.

"동물 해부만 해봤어요."

"그렇겠지. 뭐, 동물과 비슷할 거야. 뭔가 알아차린 게 있으면 말해줘. 그럼 시작하자."

검체의 표면부터 관찰하기 시작했다.

피부는 창백하고 메말라서 까칠까칠했다.

카츠키는 얼굴을 가까이 댔다. 썩는 듯한 냄새는 나지 않았다. 다만 뭔가 다른 냄새가 났다.

"몸 군데군데 염증이 생겼고……, 심하게 건조해. 피부건조증과 비슷하군. 좀비화하면서 일어난 현상인지는 판단할 수 없지만."

카세는 중얼거린 후 체중 확인 등은 생략한다고 덧붙였다.

"로키탄스키 기법으로 해부하도록 하지."

"로키……? 뭔가요, 그건?"

"체강 속 장기를 한꺼번에 몽땅 들어내서 관찰하는 방법이야. 병변의 위치와 크기, 혈액 병변을 조사하기에 적합하지. 하지만 적출할 때 힘이 많이 드니까 똑바로 해."

마지막 말이 하고 싶었구나 싶어서 카츠키는 쓴웃음을 지었다.

피부 절개에 들어갔다.

해부도를 든 카세는 상반신의 피부를 U자 형태로 잘라나갔다.

복강 절개에 앞서 흉막을 작게 절개해 구멍을 낸다. 복수는 차 있지 않았다.

큰그물막의 위치, 고창*, 장협착, 장간막림프절비대, 지방 괴사, 충수, 간 하연의 위치, 횡격막 높이 등을 관찰한다.

카츠키는 카세의 적확한 손놀림에 감탄했다. 아무리 연구자라도 위험한 병원체를 다룰 때는 긴장해서 손이 움츠러들기 마련이다. 그 때문에 실수로 주사침을 손에 찌르는 초보적인 사고를 일으키거나, 바이러스 표본이 든 병을 바닥에 떨어뜨리기도 한다. 특히 이번 검체는 아는 바가 전혀 없는 데다 극히 위험하다. 그런데도 카세는 전혀 망설임이 없었다.

그 냉정함이 무서울 정도였다.

카세가 흉강 절개에 들어갔다.

대흉근과 소흉근을 발라내듯이 흉부에서 떼어내 갈비뼈를 노출시켰다. 다음으로 갈비연골 부착부의 바깥쪽에서 2센티미터쯤 되는 지점을 짚더니 갈비뼈 사이에 세로로 메스를 넣었다.

"내장 전체에 염증이 심한데, 이게 좀비화 때문에 그런 건지, 원래 염증이 있었던 건지는 모르겠군. 다만 총에 맞아 죽을 때까지는 내장이 활동하고 있었던 것 같아……. 내가 보기에 좀비화에 관련된 듯한 특별한 요소는 아직 없는 것 같은데, 카츠키 생각은 어때?"

"……저도 동의합니다."

의견을 물어봐도 카츠키는 곤란하다는 생각뿐이었다. 시체를 해

•　　소화관 내에 갑자기 다량의 가스가 생겨 배가 불룩해지는 병.

부하는 걸 직접 보는 게 처음이었다. 구역질을 참느라 고생이었다.

코로 픽 웃은 카세는 갈비뼈 가위로 갈비뼈를 절단했다.

"……뭐지?"

카세가 움직임을 멈췄다. 두 번째 갈비뼈를 자르고는 다시 한번 멈췄다.

"왜 그러세요?"

"뼈가 몹시 약한 기분이 들어. 뭐, 됐어."

갈비뼈를 다 절단한 후 흉벽 앞면과 횡격막 부착부를 잘라내고, 세로막 앞쪽과 갈비뼈 사이를 메스로 분리한다.

흉곽 앞쪽을 떼어내고 흉선, 세로칸*의 기울기, 협착, 심낭 확대 여부 등을 관찰한다.

심낭을 절개한 후, 골반 장기, 경부 장기, 후복막 장기를 적출할 준비를 한다.

"이제 됐어. 그럼 단숨에 꺼내자. 내가 시키는 대로 해."

지시에 따라 카츠키가 척수골부터 대동맥을 포함한 후복막과 복부 장기를 들고, 카세는 경부와 경부 조직을 잡아당기는 형태로 경부, 흉부, 복부, 후복막 장기를 한꺼번에 꺼내서 검사용 받침대에 놓인 커다란 쟁반에 담았다.

"좋아."

카세는 고개를 끄덕이고 장기를 하나씩 검사했다. 할 일이 없어진 카츠키는 장기를 똑바로 보지 않으려고 애썼지만, 잠시 후에는

---

* 가슴안에서 양쪽 허파를 둘러싸는 가슴막 사이의 부분.

카세의 지시에 따라 사진을 찍거나, 장기를 이동시키는 등 바쁘게 움직여야 했다.

적출한 장기를 전부 검사한 후, 카세는 남아 있는 장기를 확인하기 시작했다.

메스, 가위, 끌, 핀셋, 확장기, 겸자, 톱 등을 사용해 잘라내며 육안으로 관찰한다. 시간이 아까운지 약간 행동이 거칠었지만 정확한 손놀림으로 계속 확인해나간다.

"다음은 안구야."

카세가 숨을 내뱉었다.

"개안기 줘."

"아, 네."

"……아니, 역시 뇌를 먼저 하지. 안구는 머리를 연 후에 머리뼈 안쪽에서 꺼내야겠어. 한동안 해부를 안 했더니 실력이 많이 녹슬었군."

혀를 찬 카세는 자기 자신에게 화가 난 것처럼 말했다.

뇌를 적출하는 작업에 들어갔다.

두피를 절개하고 전동 핸드피스로 머리뼈를 자른 뒤, 망치로 끌을 때려 박고 비집듯이 틈을 벌렸다. 그리고 경막내강에서 경막[**]을 벗겨내면서 뇌를 떼어냈다.

총에 맞아 피투성이가 된 뇌를 꺼내고 머리뼈의 바닥 부분을 관찰한다. 안장가로막 주위를 절개해 하수체를 꺼낸다. 다음으로 해

[**] 뇌막 가운데 바깥층을 이루는 두껍고 튼튼한 섬유질 막.

면정맥굴을 모조리 들어냈다.

카츠키는 뇌의 무게를 측정했다. 1,250그램. 성인 여성의 평균치다. 그 후 겉모습을 촬영했다.

카세는 경막, 대뇌, 뇌간, 소뇌를 관찰한 후, 각각을 잘라내 총알을 제거하고 나서 다시 관찰했다.

척수를 확인한 후, 마지막으로 머리뼈안의 전두개와와 뼈를 일부 자르고 주위에 있는 지방조직을 제거한 다음, 상직근, 상안검거근을 자르자 안구가 보였다. 뒤쪽으로 끌어내서 근육 부착부, 신경, 결합직을 절단했다. 결막고리를 동그란 모양으로 절개해 안구를 끄집어냈다.

"역시 백내장이 생긴 것 같군. 가벼운 증상이지만."

카세가 적출한 안구를 관찰한 후 중얼거렸다.

"……급격히 백내장이 진행된 걸까요? 마츠이 씨, 좀비가 되기 전에는 백내장 증상이 없었을 텐데요. 적어도 겉보기에는 멀쩡했어요."

"그러게. 외상 때문에 발생하는 외상성 백내장도 진행이 빠르기는 하지만, 이 정도로 빠르지는 않아. 그리고 해부해서 확인한 결과 외상은 없었어. 급격히 진행된 건지, 아니면 서서히 진행되던 백내장이 좀비가 된 후에 겉으로 드러난 건지……."

카세는 입을 다물고 고개를 갸웃했다.

"육안으로만 관찰해서는 원인을 모르겠군. 병원체나 원생생물의 영향은 찾을 수 없었어. 앞으로 확인하겠지만, 바이러스나 세균은 발견되지 않았다는 보고가 미국에서 올라왔고, WHO도 같은 의견이었으니 큰 기대는 못 하겠군…… 어쨌든 현재 알아낸 사실은, 모든 조직에 염증이 생겼지만 그 원인은 알 수 없다는 것. 피부가 건조하고 염증도 생겼다는 것. 내장에서도 염증을 찾아볼 수 있다는 것. 백내장이 생겼다는 것. 그리고 뼈가 전체적으로 약해졌다는 거야. 다른 한 구의 해부 소견도 들어보자."

그렇게 말한 카세의 눈매가 일그러졌다.

마스크를 쓰고 있어서 표정은 보이지 않지만, 수확이 변변치 않았다는 건 알 수 있었다.

해부실에서 나온 카츠키는 에어 샤워를 하고 해부할 때 착용한 장비를 처분한 후 식당으로 돌아갔다.

해부 조수라는 익숙지 않은 작업을 맡은 탓에 피로가 쌓였겠지만, 아드레날린이 분비돼서인지 피곤하지 않았다.

식당을 둘러보았다.

사람은 별로 없었다. 다들 자기 연구실에서 유선랜에 연결된 컴퓨터로 정보를 수집하고 있으리라.

카세는 이미 돌아와서 다른 좀비를 해부한 두 사람과 이야기를 나누고 있었다. 근처에 파란색 생체 운송용 가방이 놓여 있었다. 좀비에게서 적출한 내장이며 조직을 담은 가방이다. 전자현미경으로 조사하기 위해 필요하다.

"어땠나요?"

시모무라가 다가와서 해부 결과를 물었다.

카츠키는 알아낸 사실을 알려주었다.

"……그것뿐인가요?"

시모무라는 미심쩍은 표정을 지었다.

"내장 염증, 피부 건조와 염증, 백내장 증상, 약해진 뼈……. 그런 증상이 나타나는 질병이 있던가요?"

질문을 받은 카츠키는 고개를 저었다.

"염증은 알겠지만, 백내장과 뼈가 약해지는 건 모르겠네."

감염증이나 바이러스는 몸에 염증을 일으킨다. 예를 들어 신종 코로나바이러스라고 불리는 COVID−19에 감염되면 폐에 과잉 염증 반응이 일어나 다발성장기부전에 빠지기도 하고, 습진이나 두드러기, 동창 비슷한 증상을 보이기도 한다. 이는 피부 염증이다. 또한 눈의 통증이나 충혈 비슷한 현상도 보고됐지만, 백내장은 아니다.

돌연변이일 가능성도 있지만, 바이러스나 세균에 의한 감염 가능성은 낮다고 WHO와 미국 연구기관에서 발표했다.

대체 좀비화 원인은 뭘까.

카츠키는 매일 이 연구소에서 감염증을 접하지만, 이와 같은 증상을 일으키는 감염증은 들어보지 못했다.

인간에게는 감염되지 않는 기생생물을 떠올리며 증상을 검토했다. 설령 그것들이 인간에게 감염되더라도, 방금 전 해부로 판명한 증상을 일으키지는 않는다.

"나랑 똑같은 소견이었어."

이야기를 마친 카세가 카츠키에게 다가와서 말했다. 표정이 험악했다.

"온몸의 염증과 피부 건조, 백내장, 약해진 뼈. 이러한 증상을 일으키는 질병은 존재하지 않아."

"그럼……."

"완전히 미지의 요소가 영향을 준 건지, 우리가 지금까지 전혀 알아차리지 못했던 질병인지……. 정말 모르겠다는 게 현재 시점에서 내가 할 수 있는 최선의 대답이야."

분통이 터진다는 듯한 목소리로 말한 카세가 가까이 있던 의자를 힘껏 걷어차고 테이블을 뒤집었다.

"제기랄! 대체 뭐야!"

욕도 퍼부었다.

카츠키는 몸을 움츠렸다.

지금까지 카세가 격한 감정에 지배당하는 걸 몇 번이나 봤지만, 아무래도 익숙해지지 않는다. 항상 1등만 해서 그런지 자기 마음대로 되지 않는 일이 생기면 분노를 노골적으로 드러낸다.

그건 남에게도 마찬가지였다. 상대가 본인 말을 이해하지 못하거나 자신 생각대로 움직이지 않으면 그는 화가 나서 이성을 잃는 경향이 있었다.

다만 최근에 그러한 경향이 더 심해진 것 같다. 연구소에 처음 들어왔을 때보다 확실히 분노의 역치가 낮아졌다.

카츠키는 카세 곁을 떠나 시모무라에게 다가갔다.

시모무라는 창문 쪽 벽에 있는 콘센트에서 랜선을 끌어와 노트북에 연결했다.

카츠키는 옆에 있는 의자에 앉아 입을 열었다.

"정보 수집 상황은 좀 어때?"

"음……. 시원치 않네요. 정말이지 카세 씨 같은 상태가 되고 싶은 기분이에요."

야유하듯 말한 시모무라가 장난스럽게 웃었다. 그리고 파란색 표지의 공책에 적힌 글씨를 가리켰다.

"좀비의 생태에 관해 정리하고 있어요. 역시 정보를 정리할 때는 손으로 적는 게 최고죠. 진위 여부는 제쳐놓고 왜 좀비에게 잡아먹히는 사람과, 물리기만 하고 좀비로 변하는 사람이 있는가. 좀비는 왜 서로를 잡아먹지 않는가. 좀비는 왜 집단으로 행동하는 경우가 많은가. 이렇듯 '왜'에 관한 정보만 인터넷에 넘쳐나요. 그리고 좀비에게서 묘한 냄새가 난다는 의견도 있었어요."

"……묘한 냄새?"

카츠키는 중얼거리다 떠올렸다.

해부를 시작하기 전에 분명 좀비의 몸에서 묘한 냄새가 났다. 썩은 내와는 다른 뭔가 독특한 냄새가.

"하지만 좀비화 원인과 관계가 있는지는 불확실해요."

시모무라는 덤덤하게 말했다.

"그리고 좀비가 어디서 제일 먼저 확인됐는지도 찾아봤어요. 역시 카츠키 씨가 본 WHO의 기사가 최초인 것 같더군요. 시리아 등의 분쟁지역에서 갑자기 사람이 흉포해져서 사람을 덮친다는 그 기사요. 그리고 기사에 나왔던 에산 리하위라는 의사에게 접촉을 시도해봤는데 실패했어요. 하지만 그 의사의 개인 사이트를 발견했죠."

시모무라는 자판을 두드려 글씨를 입력했다.

노트북 화면이 바뀌었다.

레이아웃이 간결한 블로그였다.

하루하루의 잡다한 감상을 영어로 적어놓은 듯했다. 가장 최근 게시글은 지금으로부터 7일 전에 올라왔다.

그 게시글은 첫머리부터 심상치 않았다.

'뭔가가 이상하다. 학살당하고, 아이들이 폭탄에 고통받고, 수만 개의 의수와 의족을 기부받고, 약과 의료 기구가 없는 상황에서 치료하고, 프린터 용지로 날아간 발목의 절단면을 지혈하고, 무기를 사용해 부목을 만드는 일상이 어찌 이상하지 않겠느냐만, 이번에는 뭐랄까 좀 다르게 이상하다. 대체 무슨 일이 일어나고 있는 걸까. 이 동영상을 보길 바란다.'

글 중간에 동영상이 있었다.

클릭하자 무음으로 동영상이 시작됐다.

위장복을 입은 병사들이 전투를 벌이는 광경이었다. 스마트폰 같은 걸로 촬영했는지, 화면이 흔들리는 데다 모래바람 때문에 병사들의 모습이 흐릿했다.

하지만 무슨 일이 일어나고 있는지는 알 수 있었다.

사람과 사람이 싸운다. 총격전이 아니다. 병사들은 서로 엉겨 붙어 엎치락뒤치락하거나 팔며 목을 깨물거나 했다.

카츠키는 눈을 깜박깜박하다가 리하위의 다음 글을 읽었다.

'이건 아는 병사가 보내준 동영상이다. 화질이 아주 안 좋지만, 이 정도로도 얼마나 이상한지 알 수 있지. 이건 말도 안 된다. 이렇게 접근전을 벌이는 것 자체가 이상하고, 싸우는 방식도 해괴하다. 지원물자보다 총이 많은 상황에서 상대를 물어뜯어서 공격한다는 소리는 못 들어봤다. 이 동영상도 그렇고, 알고 지내는 병사가 알려준 정보도 그렇고, 사람이 사람을 습격하는 건 확실하다. 여기는 분쟁지역이니 그야 당연하다고 생각하겠지. 하지만 그렇지 않다. 이상한 사태가 벌어지고 있다. 사람이 이상해졌다. 전례가 없는 일이다. 왜 이런 일이 벌어지고 있는 건지 전혀 가늠이 안 된다. 아는 점도 분명 있지만 모르는 부분이 공포다. 전례가 없다. 저건 대체 어떻게 감염되는 걸까. 지금 WHO와 미국 질병통제예방센터에 보낼 보고서를 쓰려고 하는데, 동영상 속 광경을 직접 본 게 아니라서 생각이 정리가 안 된다. 아무래도 현지에 가서 조사해야겠다.'

문장 끝부분에 다른 동영상이 있었다.

위장복과 전술 조끼를 입은 병사들이 비쳤다. 병사들 앞에는 흙 포대가 쌓여 있다. 촬영자는 옆으로 죽 늘어선 병사들보다 조금 뒤쪽에 있는 듯하다. 1열 횡대로 쌓인 흙 포대의 길이는 30미터도 넘어 보인다. 병사들은 그 뒤에 몸을 숨긴 채 총격전을 벌이는 중이다.

뭔가를 향해 일사불란하게 총을 쏜다.

이번에는 소리가 나왔다. 병사들이 페르시아어인지 아랍어인지로 알아들을 수 없는 말을 할 때마다 동영상 하단에는 영어 자막이 떴다.

「이게 뭐야!」

수수한 폰트의 자막. 흙 포대에 몸을 숨기고 총을 쏘던 병사 한 명이 소리쳤다.

「한도 끝도 없어. 저놈들, 대체 뭐야!」

다른 병사가 침을 뱉었다. 시선은 흙 포대 너머를 향했다.

「어떻게든 버텨!」

베레모를 쓴 지휘관 같은 남자가 총을 든 병사들을 격려했다.

「이 방어선은 반드시 사수해야 한다. 놈들이 못 지나가게 해! 죽어서라도 끝까지 지켜! 너희들 뒤에 있는 가족을 지키는 거야!」

지휘관을 찍던 촬영자가 카메라를 총구 앞쪽으로 향했다.

폭도. 수많은 사람이 흙 포대를 향해 다가온다. 표정은 알아볼 수 없었지만, 총알 세례를 두려워하는 낌새는 전혀 없다.

그때 영상이 크게 흔들렸다.

「뭐야! 왜 그래!」

총을 쏘던 병사 하나가 경련하자 다른 병사가 놀라서 소리쳤다.

다른 곳에서 비명이 들렸다.

카메라가 그 비명 소리를 쫓아갔다.

화면이 전후좌우로 마구 흔들렸다.

드디어 카메라의 움직임이 멈추고 초점이 잡혔다. 위장복을 입은 병사가 흙 포대에 숨어서 총을 쏘던 병사 위에 포개어지듯 엎드려 있었다.

「무슨 일이 벌어지고 있는 거야」

촬영자인 듯한 사람의 목소리가 떨렸다.

그 순간, 카메라가 날아가서 땅바닥을 굴렀다.

「어째서……」

그 말을 끝으로 약 1분 길이의 동영상은 끝났다.

아무 설명도 없이 갑자기.

마지막 장면.

흙 포대 너머에서 습격한 게 아니라, 옆에 있던 병사가 동료를 덮친 것처럼 보였다. 지켜야 할 장소에서 시작된 갑작스러운 공격.

거의 매일 올라오던 일기는 일주일 전을 끝으로 더는 올라오지 않았다. 분쟁지역에서 정부가 인터넷 접속을 차단하는 사례도 있다. 리하위가 인터넷을 사용할 수 없는 상황인지, 그의 신변에 무슨 일이 생겼는지를 확인할 길은 없었다.

카츠키는 입술을 살짝 깨물었다.

느닷없이 동료가 좀비로 변해 동료를 덮친다. 일본에서는 좀비가 발생하고 3일째에 일어난 현상이다. 하지만 이 동영상을 촬영한 곳에서는 이미 7일 전부터 일어난 셈이다.

분쟁지역에서 일어난 현상에 관해 WHO의 홈페이지에 기사가 올라왔으니, 현지에서 보고는 했을 것이다. 하지만 기사를 읽어본 바, WHO도 상황을 제대로 알지 못하는 듯했다. 미국 질병통제예방센터에도 자세한 정보가 들어가지 않았다고 봐야 하리라. 질병통제예방센터가 움직이고 있다는 대목도 없었고, 그런 정보가 있다면 예방감염증연구소에도 연락이 온다. 질병에 맞서 싸우는 전 세계 연구소들의 중추인 곳에서 인원을 파견하지 않았고 WHO도 현지에 조사단을 파견하지 않았다면, 일주일 전 시점에서는 아무런 대처가 없었던 셈이다.

"리하위의 블로그 게시글, 으스스하네요."

시모무라가 중얼거렸다.

"**전례가 없다**는 말을 되풀이했잖아요. 큰 상처를 입고 좀비화하는 패턴이 아니라, 원인불명의 좀비화 현상에 관해 말한 건지도 모르겠네요. 블로그에 올려둔 동영상도 원인불명의 좀비화로 수비가 무너졌다는 사실을 보여주는 것 같고요."

"아마 그럴 거야."

카츠키는 대답하면서 블로그의 동영상을 떠올렸다. 병사가 옆에 있던 동료에게 습격당했다. 그야말로 원인불명의 좀비화를 대변하는 장면이다.

마음을 안정시키기 위해 카츠키는 숨을 크게 내쉬었다.

분쟁지역은 다치기 쉬운 곳이다. 하지만 일본에 살아도 다칠 때는 있다. 세계 어느 곳에서나 마찬가지다. 지금은 큰 상처가 원인이 되어 좀비화가 발생하지만, 대유행이 있기 일주일 전에는 다친 것만으로는 좀비화가 발생하지 않았다는 걸까. 분쟁지역만의 특수한 원인이 있었던 걸까.

지금까지 밝혀진 좀비화를 유발하는 요건은 두 가지, 좀비에게 물리거나 크게 다치거나다.

그리고 일본에서 좀비 발생이 확인된 지 3일째 되던 날, 원인불명의 좀비화가 발생했다. 정보를 확인해보니 첫째 날과 둘째 날에는 이런 사례가 없었다. 아니, 있었을지도 모르지만 시간이 흐르면서 원인불명의 좀비화 현상이 많이 발생한 것만큼은 틀림없다.

"다른 나라에서도 3일째부터 원인불명의 좀비화 현상이 일어났나?"

"아무래도 그런가 봐요. 인터넷에 글이 올라온 시각을 확인해보면, 시간적 차이는 거의 없는 것 같습니다."

"그렇다면 분쟁지역은 어때? 일본보다 일주일 먼저 좀비화와 비슷한 증상이 확인됐다는 건, 일본에서 원인불명의 좀비화 현상이 발견되기 4일 전쯤에 그곳에서는 이미 그런 좀비화가 시작됐다는 건가?"

"그 부분의 정보가 확실치 않아요. 일주일 전에 사람이 사람을 덮치는 현상이 확인된 건 WHO에서 공식 발표했으니 확실하지만, 분쟁국가는 정보 통제가 심한 데다 애당초 보도체제가 확실하게 자리 잡지 못한지라, 만약 그런 사태가 발생했더라도 파악하지 못했거나 숨겼을 수도 있어요."

카츠키는 시모무라의 의견에 동의했다.

말이 되는 이야기다. 분쟁지역에서는 일상적으로 살인이 벌어진다. 이를테면 서로 잡아먹고 있다. 전쟁은 형태를 바꾼 동족 포식이라는 의견이 있을 정도니, 좀비가 발생한들 그것들이 벌이는 짓과 큰 차이는 없다.

간과 또는 은폐. 아니면 양쪽 모두.

"분쟁지역을 제외하면 어느 나라든지 거의 동등하게 좀비가 발생하고 있네요. 그것도 묘한 이야기지만요."

"확실히……, 하지만 교통망이 발전한 시대인 만큼 감염자가 전 세계를 돌아다니며 감염을 확산시키다 임계점을 넘자 단숨에 증상이 나타난 걸지도."

카츠키의 말에 시모무라는 입술을 오므렸다.

"감염되고 증상이 나타나기까지 10초에서 2분이 걸리는데요?"

"······잠복기가 길었다든가."

"음······, 잠복기라."

시모무라는 고개를 갸우뚱했다.

"카츠키 씨 이야기대로라면 바이러스나 세균 감염을 전제로 해야 하잖아요? 바이러스나 세균은 발견되지 않은걸요? 어떻게 좀비 발생 원인이 전염되고 그 증상이 나타나는지는 모르겠지만, 제일 가능성이 높을 법한 것들이 발견되지 않았는데 잠복기라는 개념이 과연 성립할까요······."

"그러게."

카츠키는 팔짱을 꼈다. 해결의 실마리가 도무지 보이지 않는다.

고심하며 식당을 둘러보았다. 벽을 등지고 서 있는 연구원의 모습이 두드러졌다. 갑자기 좀비로 변한 사람으로부터 습격받지 않기 위한 조치이리라. 원인불명의 좀비화 현상이 일어난다는 사실을 안 뒤로 연구원들은 의심으로 똘똘 뭉친 것 같았다.

카츠키도 무섭기는 하다. 옆에 있던 연구원이 별안간 좀비로 변해 덤벼들지도 모르는데 무섭지 않은 게 이상하다.

다만 카츠키는 공포심에 사로잡혀 위축되지는 않았다. 미지는 두려움으로 이어진다. 그 두려움을 극복하기 위해서는 모르는 점을 분명하게 알아내는 수밖에 없다.

무서워하고만 있어서는 아무것도 해결되지 않는다.

"······해외 연구자 친구들에게서 들어온 새로운 정보는 없어?"

카츠키는 몸이 떨리는 걸 막기 위해 목소리에 힘을 주었다.

"연락이 끊겼어요. 그쪽 나라의 통신망이 무너진 건지……, 생각하기는 싫지만 그들이 당했을 가능성도 있겠죠."

무거운 분위기가 흘렀지만 시모무라는 별로 개의치 않는 듯했다.

"하지만 게시판은 아직 살아 있어요."

"……게시판?"

"어, 모르세요?"

놀란 표정을 지은 시모무라가 머쓱한 듯 헛기침을 했다.

"연구자끼리 교류하는 게시판이 있어요. 회원제가 아니라서 누구나 접속할 수 있지만, 제법 특수한 검색어로 검색하지 않으면 뜨질 않아서 연구자들만의 커뮤니티로 이용되죠. 요전에 일본에서 은행 시스템의 소스코드가 무단으로 공개된 사건이 있었잖아요. 그거 소스코드 공유 서비스라는 플랫폼에서 공개한 거예요. 제가 이용하는 게시판은 그것의 과학자판이라고 할 수 있겠네요."

"이야……."

처음 들어봤다.

카츠키는 수의사 출신 연구자지만, 시모무라는 대학 시절에 약학을 이수하면서 생명공학도 공부한 순도 100퍼센트 연구자다. 그런 사람들이 독자적으로 교류하는 터전을 만들어서 운영하는 건지도 모른다.

"연구자는 보통 자신의 공적으로 이어질 만한 정보를 게시판에 올리지 않지만, 해석한 병원체의 데이터 같은 걸 공개하는 사람도 가끔 있어서 그런 정보를 토대로 연구하기도 해요. 물론 데이터가 틀리지 않았다는 증거를 첨부하는 게 필수죠. 당연하지만 지금은 좀비에 관한 정보도 왕성하게 공유되고 있어요. 미국과 WHO와 마찬가지로 이 게시판에서도 바이러스나 세균은 발견하지 못한 모양이에요. 역시 세계의 과학자들은 바이러스설이나 세균설을 가정하고 좀비화를 연구하고 있는 것 같네요."

설명을 마친 시모무라가 뭔가 생각난 듯 손뼉을 쳤다.

"아, 그러고 보니 내내 궁금했었는데, 이치조 씨는 대체 뭘 하고 있는 건가요?"

시모무라가 미심쩍어하는 표정으로 물었다.

"여기 온 건 정말 우연일까요?"

"글쎄⋯⋯."

답을 모르는 카츠키로서는 그렇게 대답하는 것이 최선이었다.

"어제부터 이치조 씨를 관찰했는데요. 잠을 거의 자지 않고, 밥도 안 먹어요. 어쩐지 이글거리는 눈빛으로 연구원들을 관찰해서 좀 무섭더라고요."

이치조가 연구원을 관찰한다.

바닥을 내려다본 카츠키는 이치조가 연구원들에 관한 개인 정보를 요구했던 게 떠올랐지만, 시모무라에게는 알리지 않기로 했다. 괜한 걱정을 끼치고 싶지 않았다.

"그리고 이상한 점이 또 있었는데요. 이치조 씨가 연구실에도 슬그머니 들어가더라고요."

"⋯⋯연구실에 들어갔다고?"

"기생동물부와 감염병리부 연구실이었어요. 평범한 형사와는 전혀 상관없는 곳이잖아요. 어쩌면 특명을 맡아 경시청에서 극비에 파견된 건지도 몰라요."

"여기에 좀비화의 원흉이 있고, 이치조 씨가 그 원흉을 찾으러 왔다는 뜻?"

"가능성 중 하나죠."

"에이, 설마."

카츠키는 웃어넘겼지만, 절대 아니라고 단정할 수는 없겠다고 생각을 바꿨다.

이치조가 경시청 형사인 건 틀림없는 듯하지만, 여기 온 이유를 여전히 모르겠다.

후생노동성 정무관 츠쿠이가 이치조에 관해 언급하려 했다. 도중에 전화가 먹통이 된 게 아쉬웠다.

어쩌면 시모무라 말처럼 이치조는 이 연구소에 좀비화 원인이 있다고 여기는 건지도 모른다.

카츠키는 시선을 들었다.

아까까지 좀비화 원인을 파악하지 못했다며 미친 듯이 화를 내던 카세는 식당에 보이지 않았다.

어디로 간 걸까.

그때 비명이 들렸다.

카츠키는 눈을 부릅뜨며 벌떡 일어섰다. 좀비가 발생한 것이다.

"이거 받으세요!"

시모무라가 식칼을 건넸다.

"원인불명의 좀비화가 관내에서도 반드시 일어날 거라고 예상하고 무기를 준비해놨죠!"

"……이걸로 좀비를 죽이라고?"

"없는 것보다는 낫겠죠."

"뭐, 그야 그렇지……."

식칼을 들고 식당 입구를 응시했다. 심장이 갈비뼈를 때렸다. 심장 뛰는 소리가 귓가에서 들리는 듯한 착각이 들었다.

비명 소리가 점점 늘어났다.

무서워서 숨도 제대로 못 쉴 지경이었다.

그르렁거리는 소리가 들리는가 싶더니 총소리가 울려 퍼졌다. 이치조가 가지고 있는 소총이다.

비명과 고함, 총소리가 겹쳤다.

그리고 침묵이 찾아왔다.

제일 먼저 식당으로 뛰어든 건 카세였다. 필사적인 표정. 머리카락이 온통 헝클어졌다. 상반신은 흰 가운 없이 티셔츠 차림이었다.

"빌어먹을!"

머리를 벅벅 긁으면서 욕을 내뱉었다.

"무슨 일이에요?"

시모무라의 질문에 카세가 노려보았다.

"좀비가 발생했어! 꼭 말해줘야 아나!"

"그야 뭐 알지만요."

"젠장. 그 남자가 내 머리카락을 잡아당겼어."

카세는 괘씸하다는 듯이 말했다.

"가운은 어쩌셨어요?"

시모무라가 물었다. 카세의 날 선 반응에도 아랑곳없는 모습이었다.

카세는 씁쓸한 표정을 지었다.

"⋯⋯로비의 자판기에서 커피를 뽑아서 마시고 있는데 좀비로 변한 녀석이 덤벼들었어. 달아나려는데 가운을 붙잡길래 재빨리 벗었지. 냅다 뛰는데 다른 곳에서도 좀비가 튀어나온 바람에 깜짝 놀라서 방향을 틀다가 미끄러져서 넘어졌어. 움직임이 느린 좀비라 다행이었지만, 빨리 일어설 수가 없더라고. 그런데 그 남자가 뒤에서 나타나 머리카락을 잡아당겼어."

그 남자는 누구일까.

달아났다는 기쁨보다 분노가 앞서는지 카세는 불만을 줄줄 늘어놓았다.

잠시 후 무사한 사람들이 식당에 모여들었다.

그리고 마지막으로 이치조가 나타났다.

"왜 머리카락을 잡아당긴 거야!"

즉시 카세가 항의했다.

그 남자란 이치조였구나, 하고 카츠키는 납득했다.

"내가 있다는 걸 당신이 몰랐으니까. 손을 뻗었더니 당신 뒤통수에 닿더군."

이치조는 담담한 말투로 대답했다.

"좀비를 총으로 쏘면 되잖아!"

"당신 총은 어쩌고?"

"넘어졌을 때 떨어뜨렸어! 당신이라면 쏠 수 있었어! 왜 안 쏜 거야! 죽을 뻔했잖아!"

카세가 악을 썼다.

한편 이치조는 안색 하나 변하지 않았다.

"각도상 빗나가면 총알이 벽에 맞고 튈 가능성이 있었어. 게다가 그렇게 가까이에서 쏘면 좀비의 피와 조직이 몸에 잔뜩 튈 가능성도 있고. 그런 걸 덮어쓰고 싶다면 다음부터는 그렇게 할게."

더는 따질 말이 없는지 카세는 분한 표정을 지을 뿐이었다.

이치조의 말대로 감염 경로는 아직 확실하지 않다. 혈흔만으로도 감염될 가능성을 무시할 수는 없다.

"어, 팔 긁힌 거 아니에요?"

금속 야구방망이를 쥔 시로타가 카세를 가리켰다. 드러난 팔 부분에 긁힌 듯한 상처가 있었다.

"이건 아니야. 괜찮아."

상처를 손으로 가린 카세는 테이블에 놓여 있던 흰 가운을 입었다. 누군가 두고 간 것이리라.

"통설이라 미안하지만, 좀비가 할퀴어서 감염되는 패턴도 있어요."

"통설이라니, 그건 또 뭐야."

"좀비 영화요."

"어처구니가 없군."

밉살스럽게 말한 카세는 식당 구석에 놓아둔 비축품에서 물을 꺼내 마셨다. 입 가장자리로 물이 흘러내렸다.

"할퀴어서 감염된다는 거 진짜야?"

시모무라가 나지막한 목소리로 시로타에게 물었다.

"영화에서 봤어요."

시로타도 작게 대답했다.

"그렇구나. 하지만 평범하게 생각하면 인간이 손톱으로 상대에게 체액이나 감염물질을 주입하는 건 말이 안 되는데……."

"뭐, 확실히 그렇죠. 좀비에게 감염됐다고 손톱에서 뭔가 나올 것 같지는 않으니까요. 감염물질이 묻은 손톱으로 할퀴면 혹시……. 하지만 어쩌려나……."

시모무라와 시로타는 동시에 고개를 갸우뚱했다. 카츠키 눈에는 두 사람이 어쩐지 닮아 보였다.

"카세 씨는 괜찮을 것 같네요. 가령 좀비의 손톱에 긁혔더라도 큰 상처는 아니니까요. 지금도 좀비로 변하지 않았고."

시모무라는 밝은 말투로 말하고 웃었다.

카츠키는 카세를 힐끗 본 후 들키지 않도록 한숨을 쉬었다.

구태여 생각하지 않도록 애썼지만, 물리거나 크게 다치지 않도록 조심해도 좀비로 변할 가능성이 있다.

원인이 무엇인지도 모른 채 사람을 덮치는 좀비로 변한다. 대처법을 빨리 찾아내야 한다.

모여 있는 연구원의 숫자를 확인했다.

카츠키 본인을 포함해 열 명뿐이었다. 관리인 이치카와, 대학생 시로타, 형사 이치조를 합치면 열세 명. 이번 좀비화로 스물두 명이나 좀비로 변한 걸까.

"내가 죽인 건 여덟 명이야. 다섯 명은 좀비에게 물려 죽었고. 나머지 아홉 명은 연결복도 너머에 있는 문 안쪽으로 도망갔어. 이쪽동에는 여기 있는 사람들이 전부야."

이치조가 설명했다.

연결복도 너머, BSL3 연구실 하나와 BSL2 연구실 일곱 개로 구성된 별동. 전체적으로 밀폐성이 높으므로 안전하다고 판단해 피신한 것이리라.

"아홉 명은 무사한 거로군요."

"도망친 건 봤지만 지금도 사람인지는 알 수 없지."

이치조는 차가운 말투로 대답했다.

BSL3 구역에 아홉 명. 식당에 열세 명. 총 스물두 명.

그때 천장의 LED 조명이 꺼졌다가 바로 켜졌다.

아주 잠깐이었지만 분명히 꺼졌다.

연구원들이 불안한 얼굴로 조명을 올려다보았다.

"아, 어쩌면."

목소리를 높인 이치카와가 허둥지둥 식당에서 나갔다.

"뭘까요?"

"글쎄."

카츠키는 어깨를 으쓱하며 시계를 보았다.

이미 밤 11시가 지났다.

커튼을 쳐놔서 몰랐지만 밖은 이미 깜깜했다. 해부를 보조하느라 신경이 곤두선 탓인지 시간 감각을 상실했다.

5분 후.

이치카와가 이마를 긁적이며 돌아왔다. 손에 책자 같은 것을 들고 있었다.

"골치 아프네요. 비상용 발전으로 전환됐어요."

"……비상용 발전이라고요?"

카츠키는 눈을 깜박였다.

"아무래도 정전이 발생한 것 같아요. 그래서 연구소의 비상용 발전기가 작동한 모양입니다."

"정전이라니, 이 건물만?"

"음……. 글쎄요, 어떨는지."

카세의 질문에 이치카와는 눈썹을 축 늘어뜨렸다.

"옥상에 가서 확인하고 올게."

카세가 혀를 차고 식당을 나섰다. 카츠키가 쫓아가자 시모무라와 시로타도 뒤를 따랐다.

엘리베이터는 문제없이 운행됐다. 5층에서 내려 계단으로 옥상에 올라갔다.

문을 열고 밖으로 나갔다. 미지근한 공기를 들이마셨다. 거리 전체에 화재가 발생한 영향이리라. 여전히 탄내가 난다.

주변을 둘러보자 거리는 캄캄했다.

세상이 종말을 맞은 것 같은 착각에 빠졌다. 아니, 실제로 최후를 맞이했을지도 모른다. 연락 수단이 끊기고, 전기 공급도 중단되고, 사람의 모습도 보이지 않는다. 화재로 추정되는 불빛은 보였지만, 그것도 손가락에 꼽을 정도밖에 안 된다. 대부분 완전히 불타버린 것이리라. 자위대가 전투를 벌이는 낌새도 없다. 우리만 남은 것 아닌가 하는 불안감이 몰려왔다.

"몰려왔네요."

옥상 난간 근처에 있던 시로타가 말했다.

곁으로 가서 아래를 내려다보자 예방감염증연구소 주위에 좀비가 모여 있었다. 2미터 높이의 담장에 막히긴 했지만, 안으로 들어오려는 것처럼도 보인다. 가설 울타리에 휘어진 부분도 있었다. 정문에도 좀비가 여러 마리 들러붙어 있었다.

"이 건물만 밝아서 몰려온 거겠죠. 아까 총소리가 울린 것도 영향을 줬을 듯하고요."

시로타가 누구에게랄 것도 없이 중얼거렸다.

"학교에서 좀비가 벽을 넘어서 들어왔다고 했지?"

카츠키가 묻자 시로타는 고개를 끄덕였다.

"네. 넘었다기보다 포개지다가 2층에 다다른 느낌이었지만."

"하지만 저 좀비들은 그냥 몰려 있을 뿐, 침입하려는 의사는 없는 것 같은데. 격렬한 움직임도 없고, 벽에 머리를 찧지도 않아. 무슨 차이인지 알겠어?"

"음……. 가설에 지나지 않지만, 사냥감이 눈앞에 없으면 반응하지 않는 건지도 모르겠네요. 발견하면 곧장 돌격하지만, 그전까지는 그냥 어슬렁거린다고 할까. 지금은 그저 빛에 반응한 것뿐일 수도 있겠네요."

그럴지도 모르겠다고 카츠키는 생각했다.

동물의 세계도 마찬가지다. 육식동물은 사냥감을 잡을 때는 전력 질주하지만 평소에는 느릿느릿 돌아다닌다. 목적도 없이 체력을 소모하지 않는다. 생각해서 실천하는 것이 아니라 본능에 따르는 것이리라.

"좀비는 무리를 짓지만 협력한다는 개념은 없어. 좀비에게 사고력이 없다는 건 상식이지?"

"상식이죠. 너무 당연해서 검토할 여지도 없어요. 좀비가 팀플레이를 한다면 그건 좀비가 아니에요. 뭐, 조금 똑똑한 좀비가 나오는 〈좀비3〉이라는 작품도 있지만, 그건 이단이에요. 좀비에게 사고력은 없어요. 학교에서 벽을 타 넘어 들어온 것도 우연이었죠."

시로타는 환하게 웃었다. 그렇지만 얼굴에서 피로가 묻어났다.

카츠키는 몰려든 좀비를 보았다.

건물 부지를 둘러싼 가설 울타리와 담장을 넘지 못하는 한 걱정은 없을 듯했다. 부지 안으로 들어오지 못하는 게 중요하다. 좀비는 시각이 약한 것 같지만, 청각과 후각으로 사냥감을 포착할 수 있으므로 건물 가까이 올수록 들킬 가능성이 커진다. 뉴스 등 영상을 본 바로는, 자동차 유리창을 깨고 안으로 침입하려고 했다. 예방감염증연구소의 창문은 방탄유리가 아니다. 좀비에게는 대단한 장애물이 아닐 것이다.

"좀비 무리는 영 흉측하지만, 별 무리는 아름답네요."

밤하늘을 올려다본 시모무라가 태평한 소리를 했다.

맥이 빠진 카츠키는 고개를 들었다가 그대로 굳어버렸다. 수많은 별을 보자 현기증이 나서 무심코 눈을 감았다. 조심조심 눈을 떴다. 심장 박동이 빨라졌다. 반짝이는 별들에 압도되는 건 처음 경험하는 일이었다.

"어쨌든 저희만 할 수 있는 일을 하죠. 원인을 규명하기 위해 지혜를 짜내는 거예요."

"……그래야지. 세상을 구하기 위해 지금까지 열심히 공부하고 연구해온 거니까."

마음속 깊은 곳에서 솟아오른 말이었다.

한순간 눈이 동그래진 시모무라가 곧바로 웃으며 고개를 끄덕였다.

"네. 세상을 구합시다. 카세 씨는 의사의 지식을 활용하고, 카츠키 씨는 수의사의 경험을 무기로 삼고, 제가 약학의 관점에서 좀비화의 원인을 찾아나가면 분명 해결될 겁니다. 감염증의 드림팀이니까 세상을 구할 수 있을 거예요."

시모무라가 즐거운 듯한 목소리로 말했다.

"멋지네요, 그 표현. 세상을 구하다니, 보통은 그런 말 못 하거든요."

시로타가 묘하게 기쁜 듯한 표정으로 중얼거렸다.

그 말에 부끄러워진 카츠키는 총총걸음으로 옥상을 뒤로했다.

식당으로 돌아가자 연구원들이 아무도 없었다. 남아 있는 사람은 이치조와 이치카와뿐이었다.

"다른 사람은 어디 갔나요?"

카츠키가 묻자 이치카와는 난처한 표정을 지었다.

"여러분이 옥상에 가 계신 동안, 넓은 곳에 있으면 불안하다면서 다른 곳으로 이동하셨습니다."

그렇게 말하고 비축품이 있는 쪽을 힐끗 보았다. 아까 봤을 때보다 분명 양이 줄었다. 연구원들이 가지고 간 것이리라.

그때 연구원 하나가 식당에 나타났다. 덩치가 작고 수염이 삐죽 삐죽 자란 남자였다. 몇 번 본 적은 있지만 이렇다 할 대화는 나눈 적 없는 사람이다. 나이는 40대 중반쯤일까.

남자는 사람들을 보고 인상을 찌푸리더니 비축품을 집어 들었 다. 모자란 분량을 보충하러 온 것이리라.

"죄송합니다만."

카츠키가 다가가자 남자는 몸을 움찔하고 나서 경계하는 듯한 시선을 던졌다.

"······왜?"

가시 돋친 목소리.

"흩어져 있기보다 모두 한곳에 모여 있는 편이 안전할 것 같은데 요."

카츠키의 말에 남자는 눈을 부라렸다.

"어째서? 오히려 이렇게 넓은 곳에 있는 게 위험하지! 뭉쳐 있으 면 있을수록 도망칠 때 애먹기나 한다고. 출입문도 깨진 데다가 여 기는 밖으로 창문도 크게 냈잖아. 도대체 어떤 점에서 안전하다는 거야!"

적개심을 노골적으로 드러냈다.

남자의 지적은 일리 있었다.

확실히 사람이 많으면 좀비가 나타났을 때 혼란에 빠져 도망치 다가 사고가 발생할 우려가 있다. 또한 밖으로 크게 낸 창문이 위 험한 것도 사실이다.

그렇더라도 모두가 한곳에 모여 있는 것이 상책이다.

스무 명가량이 여유 있게 머무를 수 있는 공간은 식당 말고 없다. 회의실도 있지만 다수가 오랜 시간을 보낼 수 있을 만큼 넓지는 않다.

"그렇지만……."

"시끄러워! 난 살아남기 위해 최선의 방법을 택할 거야!"

남자는 고함을 빽 지르더니, 비축품을 품에 안고 식당을 빠져나갔다.

카츠키는 한숨을 쉬고 비축품을 보았다. 물품은 남아 있는 것만으로도 충분하다 싶었지만, 문제는 그게 아니다. 아까까지 함께 있었던 연구원 일곱 명과 BSL3 구역으로 피신한 것으로 추정되는 아홉 명. 그렇게 분산된 총 열여섯 명이 어떤 상황인지 파악하기가 어려워졌다. 원인불명의 좀비화 현상이 발생 중이다. 언제 누가 좀비로 변해도 이상할 것 없다. 연구원이 흩어졌다는 건, 앞으로 관내를 이동할 때 늘 주의를 기울여야 한다는 뜻이다.

상황이 몹시 성가셔졌다 싶어 카츠키는 골치가 아팠다.

"저어, 한 가지 드릴 말씀이……."

다가온 이치카와가 말을 머뭇거렸다.

"네? 안 좋은 소식인가요?"

"네, 뭐……."

이치카와는 애매하게 대답하며 들고 있던 책자를 펼치더니 말을 이었다.

"아까 정전이 나서 비상용 발전기로 전환됐다고 말씀드렸잖아요. 그 후에 관내 설비 자료를 확인해봤는데요. 비상용 발전기의 가동 시간이 최대 72시간입니다."

"······정전이 복구되지 않으면 3일 후에는 연구소에 전기가 끊긴
다는 말씀이시죠?"

"그렇죠. 덧붙여 전기를 절약하면 되지 않나 싶었는데, 전력 사
용량과는 상관없는 모양입니다. 지하 탱크의 중유를 계속 사용하
다가 72시간 후에 멈춰요."

카츠키는 미간을 꽉 찌푸렸다.

좀비화 원인을 찾기 위해서는 연구소 설비를 사용해야 한다. 그
리고 설비를 사용하려면 전기가 있어야 한다. 즉, 사흘 안에 원인을
규명해야 하는 것이다. 원인불명의 좀비화 현상이 발생하고 있어
서 한시라도 빨리 해결해야 할 상황이기는 하지만, 그래도 사흘이
라는 기한이 제시되자 초조함에 휩싸였다.

"3일이라. 하지만 해내는 수밖에 없겠죠."

시모무라는 자기 자신을 설득하는 것처럼 고개를 끄덕였다.

"저어······, 실은 그뿐만이 아닙니다."

이치카와가 인상을 구기면서 말했다.

"안 좋은 일이 더 있나요?"

"네. 연구소 문이 비상시 열리는 자동 개방 시스템인 것 같습니
다."

"그거라면 정전이 났을 때 자물쇠가 풀리는 시스템 아닌가요?"

시모무라의 말에 이치카와는 고개를 끄덕였다.

"그렇습니다. 따라서 비상용 발전기가 멈추면 문이 열립니다."

"······하지만 창문에 커튼을 쳐놨으니, 문이 열려도 관내는 안전

을 확보할 수 있어요. 설령 좀비가 부지로 침입하더라도 건물에 사람이 있다는 걸 알아차리지 못하면 괜찮겠죠."

"아니요, 정전되면 관내에 경보가 울리거든요. 환기 시설 등도 멈추는 걸 봐서 생물재해에 대처하기 위한 조치인 것 같습니다."

시모무라는 아무 말도 못 하고 입만 떡 벌렸다.

그때 카세가 웃음을 터뜨렸다.

"즉, 우리가 좀비의 원인을 규명할 시간은 3일밖에 없고, 그 시간이 지나면 좀비가 밀려온다는 거로군."

"그런 셈입니다."

이치카와가 고분고분한 표정으로 대답했다.

"까짓것."

카세가 웃음을 지으며 말했다.

"제한시간 안에 반드시 원인을 밝히고 살아남겠어. 두고 봐, 꼭 살아남을 테니까."

자기 자신에게 힘을 북돋우는 듯한 말투였다.

다섯째 날

1

시곗바늘이 자정을 지났다.

잠잘 틈은 없다. 어떻게든 원인을 밝혀내야 한다.

식당에는 카츠키, 카세, 시모무라, 시로타 그리고 이치조가 모여 있었다.

이치카와는 관리실에 가서 정전 시에 경보가 울리지 않도록 조작할 수 없는지를 시험해보겠다고 했다. 다만 연구소에서 설정을 변경할 수는 없는 것 같다고 기운 없는 말을 남겼다.

이치조는 식당 구석에서 네 사람을 지켜보고 있었다. 진위를 판가름하는 듯한 시선. 한 번 눈이 마주친 카츠키는 등골이 얼어붙는 듯한 기분에 바로 눈을 돌렸다.

이치조의 눈 속 깊은 곳에는 뭔가가 깃들어 있는 것 같았다. 정확히는 알 수 없지만 틀림없었다.

"미국과 WHO가 좀비화 원인은 바이러스도 세균도 아닐 가능성이 높다고 발표했죠. 100퍼센트 옳다고 단정할 수는 없겠지만, 지금은 양쪽의 견해를 받아들여 일단 바이러스설과 세균설은 제외해야 합니다."

시모무라의 말에 카세가 고개를 끄덕였다.

"전자현미경으로 확인하려면 시간이 어마어마하게 많이 들어. 그런 작업을 우리끼리 해본들 원인을 찾을 수 있을 것 같지도 않고, 세포를 배양할 시간도 없어. 그 두 가지는 제외한다."

"그럼 그 외의 가능성을 찾는 수밖에 없겠군요⋯⋯."

팔짱을 낀 시모무라가 미동도 없이 아랫입술만 삐죽 내밀었다.

"내장에 염증이 생겼으니 좀비화 원인이 몸속에 숨어 있는 건 틀림없어. 발견되지 않았을 뿐 분명해. 시간도 인원도 충분하지 못한 상황이니, 그게 무엇인지 추측부터 하고 나서 원인을 탐색해야 해."

그렇게 말한 카세의 얼굴에는 고뇌하는 기색이 역력했다. 짐작이 안 간다. 그렇게 생각하는 게 분명했다.

카츠키는 생각에 잠겼다.

컴토할 여지가 있는 건 병원체설과 원생생물설이리라. 다만 이 두 가지보다 더 찾아내기 힘든 게 바이러스와 세균이다. 전 세계의 연구자들은 바이러스설과 세균설에 초점을 맞추고 있는 듯한데, 분명 해부를 통해 육안으로 관찰하거나 전자현미경을 사용해 세포 등을 확인할 것이다. 그리고 병원체나 원생생물이 인체를 좀비로 바꿀 만큼 큰 영향을 끼쳤다면, 보통은 눈에 보일 만큼 뚜렷한 변화가 일어났을 것이다.

그런데 왜 보이지 않는 걸까.

발견이 쉽지 않은 상태면서, 신체에 명확한 이상을 초래하지 않는 요소.

시간적 여유가 없는 상황에서 작업하느라 우연히 발견하지 못했을 가능성은 있다. 다만 해부해본 결과 명확한 이상은 없었다.

못 보고 지나칠 정도면서 명백한 질병이 아닌데도 인간을 좀비화하는 요소.

인간을 좀비로 바꾸는 요소.

인간과 좀비.

이 둘은 압도적이고 절대적으로 다르다. 겉모습은 물론이고 사고도 행동도 다르다. 누가 봐도 다르다고 판단할 수 있을 만한 차이가 존재한다.

차이.

"……그런데 대체 뭐가 다른 걸까."

의문의 싹이 입에서 튀어나왔다.

"무슨 말씀이세요?"

시모무라가 쳐다보았다.

"인간과 좀비는, 뭐가 다른 걸까."

"그야 차이는 명백……!"

말을 하던 시모무라의 눈이 휘둥그레졌다.

"……확실히 보통은 좀비에만 주목해서 원인을 찾으려 하지만, 애당초 인간과 좀비의 차이를 명확하게 제시할 수 없는 상황이죠. 일단 둘의 차이가 뭔지 명확하게 알아보는 게 중요할지도 모르겠네요."

"좋은 접근법이야."

카세가 고개를 끄덕였다.

"전 세계의 연구자들은 분명 좀비 검체를 활용해 필사적으로 원인을 찾고 있겠지. 하지만 인간과 좀비를 비교해 차이점을 찾지는 않을 거야. 차이를 알면 그게 좀비화 원인이라는 가설이 성립해."

"문제는 어떻게 차이를 확인하느냐인데."

카츠키의 말에 카세는 무시하듯 코웃음 쳤다.

"간단한 걸 가지고 고민하기는. DNA의 게놈 염기서열을 비교하면 돼. 생명의 설계도에 차이가 있으면, 그게 곧 인간과 좀비의 차이겠지."

카세가 빙긋 웃었다.

"차세대 시퀀서를 사용하자."

그 말에 카츠키는 숨을 삼켰다.

단백질의 설계도인 DNA에는 인간을 비롯한 생물의 신체를 구성하기 위한 모든 정보가 담겨 있다. 이 DNA에 적힌 설계도, 게놈을 고속으로 해독하는 차세대 시퀀서의 탄생으로 생명과학 연구에는 극적인 변화가 일어났다. 차세대 시퀀서가 없던 시대에 인간의 게놈을 해석하기 위해 발족한 '인간 게놈 프로젝트'는 약 3500억 엔의 비용과 13년의 기간을 소요했다. 그러다 차세대 시퀀서의 등장으로 고작 며칠 만에 인간의 게놈을 해석할 수 있게 됐다.

DNA는 아데닌, 티민, 구아닌, 시토신이라는 네 종류의 염기물질로 구성되는데, 이 네 염기의 서열이 단백질 구조와 유전자 스위치의 활성 및 비활성 정보 등을 나타낸다. 네 염기는 각각 A, T, G,

C로 표현한다.

게놈은 전체의 약 0.1퍼센트 수준의 근소한 차이만 있을 뿐 개인차가 없다고 봐도 무방하다. 그런 만큼 염기서열 하나만 달라져도 인간은 서로 큰 차이를 보이는 것이다.

이 게놈의 차이를 확인함으로써 인간의 건강과 질병에 관한 원리와 메커니즘을 파악할 수 있다.

카츠키, 카세, 시모무라는 검토를 시작했다.

"차세대 시퀀서로 인간과 좀비의 차이를 조사한다고 쳐도, 대상자를 어떻게 선정하느냐가 문제네요. 좀비가 되기 전과 좀비가 된 후를 비교할 수 있는 사람이 필요하니까요. 뭐, 정 안 되면 데이터베이스에서 인간 게놈 데이터를 뽑아서 좀비와 비교해야겠지만, 그럼 정확한 연구는 불가능하겠죠."

시모무라가 팔짱을 낀 채 떨떠름한 표정으로 말했다.

그 모습을 곁눈질한 카세가 의기양양한 웃음을 지었다.

"그건 문제없어. 아까 해부한 좀비를 사용하면 돼."

"……해부한 좀비라니, 마츠이 씨의 게놈을 조사하자는 말씀이세요?"

"응."

"하지만 좀비가 되기 전의 게놈은 어디서 입수할 건데요?"

"아까 신체 외부를 관찰할 때 보니 손톱에 피부 조각이 남아 있더군. 왜, 그 여자, 신경질적으로 팔을 긁었잖아. 그때 상처가 난 거야. 좀비로 변한 뒤에 아무도 할퀴지 않고 내게 죽었으니 다른 사람의 피부는 아니야."

카츠키는 수긍했다. 마츠이는 분명 소리가 날 만큼 피부를 세게 긁었다.

"그럼 좀비화한 마츠이 씨의 게놈을 조사해보죠. 연구소에 차세대 시퀀서가 몇 대 있기는 하지만, 전부 구형이라 시간이 오래 걸려요. 병원체 게놈해석연구센터의 감염증 관련 유전자 연구실에 있는 차세대 시퀀서만이 며칠 안에 마흔여덟 명의 DNA에 담긴 게놈을 해석할 수 있죠. 한 명이라면……, 아니지. 좀비와 인간의 것을 하나씩 해석하는 데는 하루만 있으면 됩니다."

"……하루라. 그러면 발전기의 남은 가동 시간은 이틀. 시퀀서의 결과에 모든 걸 거는 수밖에 없겠군. 뭐, 그사이에 우리가 좀비로 변할지도 모르지만."

카세는 가벼운 투로 말하고 입매를 일그러뜨렸다. 웃는 것으로도, 고통스러워하는 것으로도 받아들일 수 있는 표정이었다.

비상용 발전기가 멈추고 경보가 울리면 좀비들은 담을 넘어 창문을 깨고 침입하리라. 그러면 좀비로 변하는 건 시간문제다.

그리고 카세 말처럼 원인불명의 좀비화 현상이 발생할 위험성도 있다. 우리가 왜 현재 시점에서 좀비로 변하지 않았는지는 모르지만, 언제 좀비로 변해도 이상할 것 없다.

카츠키는 자신이 처한 상황을 새삼 의식했다.

따지고 보면, 운 좋게 좀비로 변하지 않고 차세대 시퀀서가 원인 규명에 도움이 될 만한 결과를 다행히 내놓더라도 우리가 생존하는 길로는 이어진다는 보장은 없다.

원인에도 달렸지만, 예방감염증연구소에 있는 기재로 원인을 찾아내기는 쉽지 않으리라. 결국 몰려든 좀비에게 물려서 좀비로 변하는가 잡아먹히리라.

외줄타기를 하는 것보다 심각하다. 끊어질 게 분명한 로프를 안전줄 삼아 번지점프를 하는 거나 마찬가지다. 처음 한 번 튕겨 올랐을 때는 로프가 버텨서 땅에 떨어지지 않더라도, 다시 한번 튀어 올랐을 때는 끊어져서 죽는다. 운 좋게 그 위기를 모면하더라도, 자기 몸무게 때문에 생명줄이 끊어질 게 틀림없는 상태다. 이르든 늦든 결국 죽는다.

다들 그걸 안다. 하지만 지적 호기심이 그러한 공포심에 사로잡히지 않도록 모두를 앞으로 떠밀고 있었다.

연구자의 업일 테지.

"일단 해부실에 가서 피부 조각을 채취하고, BSL3 구역에 있는 감염증 관련 유전자 연구실에 가서 차세대 시퀀서로 게놈을 해석하자."

카세는 그렇게 말하고 모두를 차례대로 보았다. 지원자를 모으는 눈이다.

"제가 가겠습니다."

시모무라가 제일 먼저 지원했다. 후련함마저 느껴지는 표정이었다. 카츠키는 자신도 같은 표정일 것이라 생각하며 입을 열었다.

"저도 당연히 갈래요."

있는 힘을 다해보고 죽음을 맞이하고 싶었다. 이런 상황에 처하면 누구나 느낄 만한 욕구다. 이왕 죽을 거라면 하다못해 좀비의 수수께끼라도 풀고 죽고 싶었다.

시로타도 손을 들었다. 눈동자가 반짝였다. 가지고 싶었던 장난
감을 차지한 어린아이 같았다.

"……어, 제가 간들 방해만 될 테니, 관리실에서 다시 연락을 시
도해보겠습니다."

관리실에서 돌아온 이치카와가 미안한 듯이 말했다.

"꼭 부탁드려요. 이치카와 씨가 외부와의 통신에 성공하면, 저희
모두 살아남을 가능성이 있으니까요."

카츠키는 신신당부했다.

괜히 해본 말이 아니었다. 원인을 규명하기보다 통신에 성공해
구조를 요청하는 게 생존으로 이어지는 빠른 길이다.

그 마음을 느꼈는지 이치카와는 웃음을 지으며 고개를 끄덕였다.

"그럼 일단 해부실로."

"나도 가겠어."

식당 구석에 있던 이치조가 카세의 말을 막고 말했다.

카츠키를 비롯해 모두가 움직임을 멈췄다.

"호위가 필요하잖아."

이치조는 소총을 가볍게 두드리고 날카로운 시선을 던졌다.

"그건 그래요. 호위도 중요하죠. 그럼 다섯이서 갑시다."

시모무라는 식당에 놓여 있던 누군가의 백팩에 식량과 물을 넣
고 걸음을 옮겼다. 마치 소풍이라도 가듯 경쾌한 발걸음이었다.

일단 해부실로 향했다.

소총을 든 이치조가 앞장서고, 시모무라, 카세, 카츠키, 시로타

순서로 따라갔다. 카츠키와 시모무라는 식당에 남아 있던 과도를 손에 들었지만, 칼날이 짧아서 좀비에게 대항할 수 있을 것 같지는 않았다.

서두르면서도 최대한 발소리가 나지 않도록 조심한다. 신발 밑창이 리놀륨 바닥에 문질리는 소리가 몹시 크게 들렸다.

도중에 한 연구실을 지나쳤다.

꼭 닫힌 문의 유리창으로 여자 연구원 두 명이 보였다. 겁먹은 표정으로 이쪽을 바라본다. 손에는 메스를 쥐고 있었다.

이치조의 이야기로는 연구원 아홉 명이 BSL3 구역으로 피신했다. 그리고 식당에 있던 연구원 중 일곱 명도 다른 곳으로 이동했다. 열여섯 명이 무사히 대피해 있다면 다행이지만, 좀비로 변했을 가능성도 있다. 좀비는 무엇도 두려워하지 않고 오로지 사냥감에게 덤벼든다. 모두가 좀비로 변했다면 승산은 없으리라.

그르렁거리는 소리. 그렇게 인식한 순간, 뒤쪽에서 좀비 세 마리가 달려왔다. 움직임이 빨랐다.

"덤벼라!"

시로타가 금속 야구방망이를 번쩍 쳐들고 소리쳤다.

카츠키는 그 모습을 멍하니 바라보기만 했다. 다리가 얼어붙어서 한 발짝도 움직일 수 없었다. 덤벼드는 좀비와 싸우다니 엄두가 나지 않았다. 고작 과도를 떨어뜨리지 않도록 꽉 움켜쥐는 게 할 수 있는 일의 전부였다.

"엎드려!"

모두가 재빨리 몸을 엎드렸다.

총소리.

좀비 쪽을 보고 있던 카츠키는 좀비 두 마리의 머리에 총알이 명중하는 걸 확인했다.

하지만 나머지 한 마리는 어깨에 맞아 움직임이 둔해졌을 뿐이었다.

이치조는 혀를 차고 좀비 쪽으로 이동했다.

탄약을 낭비하고 싶지 않은지 가까이에서 쏠 작정인 듯했다.

오한이 밀려왔다.

카츠키는 몸을 덜덜 떨며 돌아보았다.

뒤쪽에서 또 그르렁거리는 소리가 들렸다.

총소리에 자극을 받았는지, 이번에는 앞에서 좀비 한 마리가 나타났다. 아까 세 마리보다 움직임이 더 빠르다.

시모무라가 몸을 돌린 순간, 좀비가 덤벼들었다.

"윽……."

아래에 깔린 시모무라는 좀비의 두 어깨를 밀면서 버텼다. 위에 올라탄 좀비가 물어뜯으려 했지만 간신히 피했다. 끈적끈적한 침이 시모무라의 얼굴에 떨어졌다.

"……으, 으웩."

인상을 찌푸린 시모무라의 팔이 점점 구부러졌다. 좀비는 발광하듯 마구 몸부림치며 물어뜯으려고 기를 썼다.

총소리.

이치조가 아까 나타난 좀비를 처리한 모양이다.

나머지 하나. 그렇게 생각했을 때 좀비의 이빨이 시모무라의 뺨에 닿았다.

"으라차차!"

기합을 넣는 괴성과 함께 시모무라를 공격하던 좀비의 머리가 확 젖혀졌다. 머리뼈가 함몰되는 소리가 복도에 울렸다.

시로타가 야구방망이로 좀비의 옆머리를 후려갈겼다.

좀비는 위를 보고 쓰러졌다. 목이 꺾였지만 팔다리는 움직였고, 버둥거리는 팔다리가 각자 독립된 생물 같아 보였다.

야구방망이를 휘두른 시로타가 좀비의 얼굴을 한 번 더 내리쳤다. 드디어 움직임이 멈추었다.

"……한 방으로는 끝장을 못 보네요."

어깻숨을 쉬며 시로타가 말했다. 만족감이 느껴지는 표정이었다.

다음 습격에 대비하듯 이치조가 숨 죽인 채 주변을 둘러보았다.

더 이상의 움직임은 없었다.

쿵쿵쿵!

뭔가를 두드리는 소리.

그 후에 비명이 들려왔다. 무거운 물체가 바닥에 떨어지는 소리가 이어졌다. 그리고 비명, 단말마.

몸을 움츠린 카츠키는 어디서 난 소리인지 알아내려고 애썼다.

아무래도 아까 지나온, 여자 연구원 두 명이 있던 연구실 같았다.

이치조가 확인을 위해 그곳으로 향했다.

무서웠지만 카츠키도 따라갔다.

무슨 일이 일어났는지 확인할 필요가 있었다.

과학자는 눈을 감는 순간 패배자가 된다. 지금까지 자신의 두 눈으로 작은 현상을 확인하면서 커다란 적에 맞서왔다.

닫힌 연구실 문.

그 너머에서 좀비 한 마리가 여자 연구원을 먹고 있었다. 얼굴 피부를 뜯어내고, 배를 갈라 내장을 꺼냈다. 먹으려는 게 틀림없었다.

문이 닫혀 있어서 소리는 들리지 않을 텐데도, 씹는 소리가 들리는 듯했다.

카츠키는 작게 비명을 질렀다.

그 소리에 반응이라도 하듯 웅크려 있던 좀비가 고개를 틀어 이쪽을 보았다.

일어서서 천천히 다가온다.

움직임이 둔했다. 힘이 쭉 빠진 것 같은 모양새로 걸어온다.

이치조가 총을 겨누었다.

온 얼굴이 피로 물든 좀비는 문에 다다르자 안면으로 미는 듯한 동작을 했지만, 문을 열려고 시도도 하지 않았고, 창문을 깨려는 낌새도 없었다.

이쪽에서 문을 열지 않는 한 안전할 듯했다.

"가죠."

시로타가 다가와서 작은 목소리로 재촉했다.

다들 아까보다 더 소리가 나지 않도록 신중하게 걸음을 옮겼다.

마침내 해부실의 탈의실에 도착했을 때는 온몸이 땀에 축축하게 젖었다.

카세 혼자 일회용 가운과 얼굴 및 손발을 가리는 보호 장비를 착용하고 에어로크를 통과해 해부실로 들어갔다. 다른 사람들은 탈의실에서 기다리기로 했다.

해부실 정도는 아니지만 탈의실도 단단히 밀폐된 공간이다. 좀비는 없다. 여기서는 어느 정도 목소리를 내도 문제없으리라 판단했다.

"너, 대단하다."

카츠키는 시로타에게 찬사를 보냈다.

"야구방망이 하나로 좀비와 맞서 싸우다니, 여간해서는 못 할 일이야."

칭찬으로 한 말이었지만, 시로타는 어째선지 곤혹스러운 듯한 표정을 지었다.

"아니요……. 대단하기는요. 전혀 그렇지 않아요."

"대단해. 실제로 좀비도 쓰러뜨렸잖아. 무섭지도 않아?"

당연한 걸 무심코 묻고 말았다. 그 정도로 시로타의 행동에는 망설임이 없었다.

시로타는 여전히 곤혹스러운 표정이었다.

"무섭다고 표현해야 할까요……. 그냥 현실감이 없어서인지도 모르겠어요. 저는 좀비 영화나 드라마를 좋아해서 그야말로 닥치는 대로 봤거든요. 그래서인지 그런 작품을 기준으로 가치관이 정립됐는지도 모르겠네요. 좀비가 발생하면 어떻게든 죽이고 살아남겠다는 생각이 자연스럽게 든다고 할까……. 좀비가 원래 인간이었다는 걸 알면서도 망설임 없이 죽이다니 위태롭다는 느낌이 들어요. 제 자신이 조금 꺼림칙하게 느껴지기도 하고요."

솔직한 심정이리라.

카츠키는 시로타의 행동이 혐오스럽기는커녕 믿음직스러웠다. 그 마음을 전하고 싶었지만, 더는 발언을 삼가기로 했다. 시로타 본인이 당혹스러워하는 상황에서 남이 이러쿵저러쿵 떠들면 더 난처하리라.

"그리고 대단한 건 이치조 씨예요."

그 말과 함께 지금껏 미간을 찌푸리고 있던 시로타의 얼굴이 갑자기 환해졌다.

"소총을 능숙하게 다뤄서 좀비를 차례차례 처치하다니, 그야말로 영화의 한 장면이잖아요. 아니, 영화에 나오는 특수부대도 이렇게 솜씨 좋게는 못 죽여요. 이야, 이치조 씨가 있어서 다행이에요."

거침없는 찬사였다.

카츠키도 시로타와 동감이었다.

차세대 시퀀서를 찾으러 가는 길에 좀비와 이렇게 많이 마주칠 줄은 몰랐다. 이치조 없이는 이 계획을 달성할 수 없다.

물론 의문은 가시지 않았다.

─정말로 우리를 호위하는 것만이 목적일까.

이치조라는 남자는 속을 알 수 없다. 정체도 여전히 불명확하다.

요전에 시모무라가 이치조의 행동을 몰래 관찰했다고 했다. 그 말을 듣고 나서 카츠키도 어쩐지 관심이 갔는데, 시모무라 말처럼 거의 밥을 먹지 않으며, 잠을 자는 것도 의자에 앉아 눈을 감고 있는 게 전부였다. 대화를 나누려고도 하지 않고, 그저 묵묵히 연구원들을 감정하는 듯한 시선을 던진다.

아무에게도 알리지 않았지만, 이치조는 예방감염증연구소의 연구원들에 관해 조사한다. 즉, 연구원 중 누군가에게 용건이 있다는 뜻이다.

여기에 온 건 우연이 아니라 필연. 하지만 목적을 모르겠다. 물어보고 싶지만 그럴 수 있는 분위기가 아니었다.

다만 적이 아니라는 것만은 확실하다는 감이 왔다.

카츠키는 탈의실 구석에 있는 모니터를 켰다. 이걸로 해부실을 확인할 수 있다. 보호 장비로 완전 무장한 카세가 생물재해 대응용 시체 주머니를 열었다. 손에 든 뾰족한 가위로 해부한 좀비의 손톱에서 피부 조각을 신중하게 채취해 시료 컵에 넣었다.

이치조가 모니터를 응시하고 있다는 사실을 문득 알아차렸다. 멍하니 바라보는 게 아니라 진지한 눈빛이었다.

"뭔가 신경 쓰이는 점이라도 있으세요?"

카츠키가 물었지만 이치조는 고개를 저었다.

"아무것도 아니야."

그렇게 대답하고 시선을 돌렸다.

카츠키는 화면으로 얼굴을 되돌렸다. 카세가 시체 주머니를 닫고 해부실에서 나오는 참이었다.

에어 샤워를 마친 카세는 에어로크에서 보호 장비를 벗어던지고 탈의실로 돌아왔다.

"DNA를 채취했으니 첫 번째 관문은 통과했어."

눈앞에 몇 개나 있을지 상상도 되지 않는 관문 중 하나를 빠져나왔다. 그것만으로도 이렇게나 힘들고 지쳤다. 하지만 퇴로는 없다.

탈의실을 나서서 로비로 향했다. 관리실을 들여다보자 수화기를 귀에 대고 있는 이치카와의 모습이 보였다.

"이쪽입니다."

시모무라가 앞장서서 나아갔다.

별동에 있는 BSL3 구역으로 가려면 1층의 연결복도를 지나가야 한다. 다행히 좀비는 없었다.

이중문을 통과했다. 별동은 세 갈래로 갈라져 있는데, BSL3 연구실은 중앙복도 제일 안쪽에 위치한다.

"분명 아홉 명 정도가 이쪽으로 도망쳤다는 거죠?"

카츠키가 물었다.

주변을 경계하며 이치조가 고개를 끄덕였다.

이동하지 않았다면 아홉 명이 이 구역에 있어야 한다. 최악의 경우 아홉 명 모두 좀비로 변했을 텐데, 그럴 가능성은 몹시 높았다.

현재 도망친 그들은 모습을 드러내지 않고 있다. 게다가 하루가 지났다. 별동에도 화장실은 있지만 식량은 없다. 모르는 사이에 식당에 있는 비축품을 가지고 갔다면 다행이지만, 그렇지 않다면 식량과 물이 필요 없는 상태라는 뜻이다. 즉, 죽었거나 좀비로 변했거나.

좌우 복도에 자리한 연구실을 모두 확인하고 싶었지만 시간이 아까웠다.

곧장 BSL3 연구실로 향했다.

중앙복도를 나아가면서 연구실 작은 창문으로 안을 들여다보았다. 왼쪽 연구실의 에어로크 문 앞에 사람이 피투성이가 된 채로 쓰러져 있었다. 옷도 찢어졌다. 밖으로 드러난 부분의 살이 푹 파여서 갈비뼈가 똑똑히 보였다. 분명 이 방에 좀비가 있는 것이다.

소리가 나지 않도록 주의해서 지나갔다.

앞으로 쭉 나아가 BSL3 연구실에 도착했다. 표찰에 'P3'이라고 적혀 있다. 물리적 봉쇄(physical containment)를 나타내는 표시로, 일본에서 최고로 높은 봉쇄 수준을 자랑하는 시설이란 뜻이다.

외길 복도의 제일 안쪽에 위치한 기밀문 두 개로 격리된 연구실. 이 안에 최신형 차세대 시퀀서와 해석 장치가 있다.

"한 가지 충고할게요."

시모무라가 문 앞에서 돌아보고 입을 열었다.

"이 안에서는 총을 쏘지 마세요."

그 말에 이치조는 떨은 표정을 지었다.

"이유는?"

"벽에 튕긴 총알에 기기가 손상될 가능성이 있거든요."

시모무라는 엄격한 표정으로 말을 이었다.

"또는 총알이 빗나가서 차세대 시퀀서나, 거기 연결된 컴퓨터에 맞기라도 하면 그 시점에서 이 계획은 끝장이에요. 그러니 좀비가 우글거려도 이 안에서는 발포를 허락할 수 없습니다."

분명 그 말이 옳다.

차세대 시퀀서 자체는 크지 않지만, 여기 있는 설비는 신속한 해석 및 분석을 위해 다양한 기기에 연결되어 있다. 또한 해석 결과에 따라서는 다른 기기를 사용해야 할지도 모르니, 총을 사용하기에는 위험성이 크다.

"죽으면 본전도 못 찾아."

"차세대 시퀀서가 우리의 마지막 희망이에요. 그게 망가지면 죽은 거나 마찬가지라고요."

단호한 말투였다.

이치조는 여전히 떨떠름한 표정으로 고개를 끄덕이고 시모무라를 노려보았다.

"만약 안에 좀비가 있으면 어쩔 건데?"

"그때 가서 생각해봐요."

계획이 없다는 소리지만 어쩔 수 없다고 카츠키는 생각했다.

에어로크는 첫 번째 문을 열고 안으로 들어가서 그 문을 완전히 닫지 않으면 두 번째 문이 열리지 않도록 설계되어 있다. 그만큼 폐쇄성이 높으므로 안에 있는 좀비를 복도로 유인해서 처리할 수는 없는 구조다.

설령 희생자가 나오더라도 이 안에 있는 기기가 파괴돼서는 안 된다.

"만약 격투가 벌어지면 제가 제일 잘 싸우겠네요."

금속 야구방망이를 든 시로타가 제일 먼저 들어가겠다고 자원했다. 아무도 이의를 제기하지 않았다.

사원증으로 도어 록을 해제하자 문이 열렸다.

기갑실이라 불리는 공간에 다함께 들어갔다. 그리고 버튼을 눌러 문을 닫았다. 밖에서 열 때는 사원증이 필요하지만 안에서 여닫을 때는 버튼만 누르면 되는 방식이다.

첫 번째 문이 완전히 닫힌 후, 사원증으로 다음 도어 록을 해제하자 두 번째 문이 열렸다.

냄새.

카츠키는 인상을 찡그렸다.

연구실이 보이는가 싶더니, 움직임이 빠른 좀비 두 마리가 달려들었다.

순식간에 지척까지 다가왔다.

시로타가 야구방망이를 치켜들었지만 이미 늦었다.

달리는 좀비와 부딪친 시로타가 뒤로 쓰러졌다.

다른 한 마리가 덤벼들어 카세를 물어뜯으려 했다.

거기에 맞선 건 이치조였다. 소총을 등에 멘 채 주먹으로 좀비를 후려갈겼다. 하지만 아픔을 느끼지 않는지 본능이 앞서는지, 좀비는 움직임을 멈추지 않았다.

덤벼드는 좀비에게 발길질도 했지만 효과는 거의 없었다. 역시 움직임을 멈추려면 머리를 노리는 것이 효과적이리라.

또는 뇌와 연결된 연수를 망가뜨리든지.

카츠키는 마음을 단단히 먹고 과도를 목덜미에 꽂기 위해 좀비 뒤쪽으로 이동했다. 연수나 목의 척수를 찌르면 뇌와 신체가 분리될 것이다.

하지만 좀비의 움직임은 빨랐다.

힘껏 휘두른 과도를 좀비가 쳐냈다.

칼이 바닥에 떨어지는 소리.

좀비가 목표물을 카츠키로 바꾸었다.

덤벼드는 좀비를 보자 죽음이 느껴졌다.

"맛 좀 봐라!"

소리를 지르며 다가온 시모무라가 좀비에게 뭔가를 끼었었다.

손에 스테인리스 보온병을 들고 있었다. 액체 질소다.

액체에 맞은 옷이 얼어붙자 좀비의 움직임이 둔해졌다.

시모무라가 재빨리 과도로 찌르려고 했지만 쉽지 않았다.

하지만 다른 손에 쥐고 있던 물건이 좀비의 눈 깊이 파고들었다. 분명 뇌에 다다랐을 것이다. 좀비의 눈에 박힌 건 일할 때 늘 쓰는 물건, 액체를 옮길 때 사용하는 유리 피펫이었다.

나머지 한 마리.

돌아본 순간 보인 광경에 깜짝 놀라 카츠키는 눈이 동그래졌다.

이치조가 두 번째 문을 닫는 버튼을 눌렀다.

기갑실에 시로타와 좀비만 남겨진다.

"무슨 짓이에요!"

카츠키가 문을 열려고 하자 이치조가 손을 뿌리쳤다.

"이러면 돼."

냉정한 말투.

"이러면 된다니요!"

이치조는 항의에도 아랑곳없이 버튼에서 손을 떼지 않았다.

두 번째 문이 80퍼센트쯤 닫혔다. 이대로라면 시로타는 죽는다.

순간적으로 발이 움직였다. 카츠키는 기갑실로 뛰어들었다.

몸이 완전히 들어가기 직전에 옷을 붙들려 뒤로 끌려나왔고 카츠키는 엉덩방아를 찧었다.

대신에 이치조가 기갑실로 들어갔다.

"당신은 거기 있어."

그 말이 들린 후 두 번째 문이 완전히 닫혔다.

바로 총소리가 들렸다.

카츠키는 벌떡 일어나서 문을 여는 버튼을 눌렀다.

문이 열린다.

이치조와 시로타가 서 있었다. 죽은 좀비의 머리에서는 피가 흘러나왔다.

문을 닫으려 한 이치조의 진의를 이해하고 카츠키는 그 자리에 풀썩 주저앉았다.

"시로타가 죽든 말든 내버려둔 채 가려고 한 줄 알고……."

"총알이 튕기는 게 걱정된다고 했잖아. 가까이에서 쏘면 어떨까 싶기도 했지만 좀비의 움직임이 격렬해서 빗나갈 가능성도 있었어. 그래서 만약을 위해 문을 닫은 거야."

"……죄송합니다."

카츠키는 머리를 숙였다.

지금까지 좀비에게서 목숨을 구해준 사람을 의심하다니 스스로가 부끄러웠다.

"됐어."

이치조는 그렇게 대꾸하고 소총을 바닥에 내던졌다.

"어? 왜요?"

"방금 그게 마지막 탄이었거든. 이제 쓸모없어."

소총의 총알이 다 떨어졌다.

그 말에 카츠키는 마음에 불안해졌지만, 이미 목적지에 도착했다는 걸 깨달았다.

"안 물렸어?"

카츠키는 시로타에게 다가갔다.

"······그럭저럭, 괜찮은 것 같네요."

시로타는 자신의 몸을 확인하며 대답한 후 딱딱한 웃음을 지어 보였다.

"살아 있는 게 신기하네요."

그렇게 말하고 안도했는지 비틀비틀 그 자리에 주저앉았다.

"······다리에 힘이 안 들어가요."

카츠키는 시로타를 부축해 의자에 앉혔다.

"여기서 쉬고 있어."

시로타는 순순히 고개를 끄덕였다. 기력을 완전히 상실한 듯했다.

카츠키, 카세, 시모무라는 연구실 내부를 확인했다.

기기에 손상은 없었다. 또한 좀비로 변한 연구원도, 좀비에게 물린 연구원도 없었다.

"저거, 냄새가 고약하네요. 밥맛 떨어져요."

백팩에서 식량과 물을 꺼낸 시모무라가 마이크로 피펫이 눈에 박힌 좀비를 가리켰다.

확실히 시체와 같이 있기는 싫었다.

그러자 이치조가 문을 열고 좀비 시체를 기갑실로 밀어 넣었다.

그때 문을 두드리는 소리가 들렸다.

에어로크의 첫 번째 문을 좀비가 두드리고 있는 모양이다. 아주 강하게. 그것도 여럿이서. 그사이에 섞여 있는 강하고 둔탁한 소리는 박치기를 하는 소리일까.

"총소리니 뭐니 시끄러워서 좀비가 여기까지 몰려온 모양이네요. 뭐, 무시하죠."

카츠키도 시모무라와 동감이었다.

이 연구실에서 달아날 필요는 없다. 여기서 좀비와 싸우면 된다.

BSL3 연구실은 유출되면 위험한 바이러스와 세균뿐만 아니라 물리적인 침입에도 단단히 대비한 곳이므로, 연구 중인 화합물과 다양한 진단용 화학 시약 및 생물 시약, 혈청, 조직 표본도 보관해 둔다.

예방감염증연구소는 감염증만 연구하는 시설이 아니다. 대학이나 다른 기관과 공동으로 의약품 등도 개발한다. 대량으로 설치된 다양한 온도의 보냉고에는 연구자들이 흘린 땀의 결정체가 들어 있다.

감염증 관련 유전자 연구실은 아주 넓었다. 보통 연구실 네 개 정도의 면적을 세 부분으로 구분해놓았다. 에어로크에 제일 가까운 곳에는 자동분석장치와 전자현미경, 보냉고와 초저온 냉동고가 놓여 있었다. 그리고 핵산 적출 및 정제 장치와 증폭 장치, 모세관 전기영동장치도 있었다.

중간 구획에는 인큐베이터와 원심분리기, 생물재해 대책용 캐비닛이 줄지었다. 작업 공정을 토의하는 장소이기도 한지 화이트보드도 있었다.

차세대 시퀀서와 해석용 컴퓨터는 안쪽 구획에 있었다.

클린룸용 에어 핸들링 유닛*에 연결된 관이 천장에 뻗어 있다.

---

* 외부 열원 설비에서 공급되는 냉수, 온수, 증기 등을 이용해 공기의 온도와 습도를 조절해 방에 공급하는 장치.

항상 외부에서 실험실로 공기가 유입되고, 실험실의 공기는 헤파 필터로 여과해 대기 중에 방출하는 구조다.

"자, 얼른 시작할까."

카세가 허리에 멘 가방에서 시료 컵 두 개를 꺼냈다. 하나에는 인간이었던 시절의 피부, 그리고 다른 하나에는 좀비로 변한 후의 피부가 들어 있었다.

좀비의 피부 조각은 카세가, 인간의 피부 조각은 시모무라가 담당하기로 했다. 카츠키는 각 기기의 설정과 시료에 사용할 액체 조정을 담당하기로 했다.

작업에 들어갔다.

제일 먼저 샘플을 만들어야 한다. 차세대 시퀀서를 사용하기 위해서는 인간의 DNA 게놈을 작은 조각으로 만들어, 가지런히 정리한 DNA의 양 끝에 어댑터(adapter)라는 특정 염기서열을 연결할 필요가 있다. 이를 위해 결합하고 싶은 DNA 조각의 100배 이상 되는 어댑터를 추가한 용액 5~10마이크로리터를 준비하고, 그와 같은 양의 연결완충용액을 첨가해 잘 섞는다. 그 후 DNA 용액 2배 분량의 효소용액을 더해 잘 혼합하고 16도에서 30분간 반응시킨다. 그리고 70도에서 10분 동안 열처리해 효소를 불활성화한다.

요컨대 세포에서 당, 단백질, 지방질 등을 제거하고 게놈 DNA를 추출해 차세대 시퀀서가 게놈을 해석할 수 있는 상태로 만드는 것이다.

수작업으로 진행해야 하는 부분도 있지만, 약 한 시간 만에 작업이 끝났다.

"제법 시간이 걸리네요."

시로타의 말에 시모무라는 웃었다.

"샘플 제조에는 수작업이 들어가니까 어쩔 수 없지. 덧붙여 신형 차세대 시퀀서는 30억 쌍이나 되는 인간 게놈의 염기서열을 하루 만에 해석할 수 있지만, 이전 세대의 차세대 시퀀서는 일주일쯤 걸 렸고, 이 기계가 없을 때는 13년이 걸렸어. 차세대 시퀀서도 점점 진화하고 있으니 앞으로는 한 시간 안에 인간 게놈의 모든 염기서 열을 해석할 수 있지 않을까."

"우와."

시로타가 감탄한 목소리로 말하자, 카세는 괜한 호들갑을 떤다 는 듯한 눈으로 흘끗 보더니 시선을 이치조에게 향했다.

카츠키는 그 행동이 마음에 걸렸다. 아니, 지금까지 풍겼던 **위화 감**을 드디어 인식하게 된 것이다.

카세가 이치조를 내내 없는 존재로 취급하는 것처럼 느껴졌다.

"준비 과정이 완료되는 데 세 시간쯤 걸려. 그게 끝나면 차세대 시퀀서가 게놈 증폭과 분석, 비교를 위한 정렬을 하겠지. 총 예정 소요 시간은 여덟 시간이야."

이치조에게서 시선을 돌린 카세는 그렇게 말하고 의자에 앉아 물을 마셨다. 원래대로라면 연구실에서 뭔가를 섭취하는 건 금지 되어 있지만, 이곳은 이미 좀비로 오염됐으므로 시료에 불순물이 들어가지 않도록 주의만 하면 예민하게 굴 필요는 없다.

시모무라는 고개를 끄덕였다.

"여덟 시간 후에 인간과 좀비의 게놈에 어떤 차이가 있는지 밝혀지겠죠. 그리고 어쩌면 좀비화 원인에 직결되는 변이를 알아낼 수 있을지도 몰라요."

"변이는 어떻게 찾아내는데요? 저는 문과라서 이쪽에는 완전히 문외한이거든요."

시로타의 질문에 시모무라는 눈을 깜박였다.

"음……. 일단 게놈 염기서열 해석이란 인간의 설계도를 해석하는 거라고 보면 돼. 질병에 걸린 사람의 게놈을, 특정 질병이 유전자에 어떤 변화를 일으키는지 저장해둔 유전자 변이 데이터베이스에 조회하는데, 일치하는 게 나오면 그 원인을 밝힐 수 있는 거지."

"그렇군요. 그런데 유전자 변이 데이터베이스에 해당 정보가 없으면 어떻게 하나요? 좀비화가 지금까지 발생한 질병과 일치할 것 같지는 않은데요."

"그건 그래."

시모무라는 쓴웃음을 지었다.

"이번 작업의 목적은 인간과 좀비의 게놈에 어떤 차이가 있는지를 밝혀내는 거니까, 일단 어떻게 다른지를 확인해서 그 내용을 보고 대응할 수 있을지 없을지를 판단해야겠지."

"결과에 달렸다는 말이군요."

"뭐, 그렇지."

고개를 끄덕인 시모무라가 크게 하품을 했다.

"……여덟 시간 후에야 결과가 나오고 비교할 수 있을 테니, 그때까지 좀 자겠습니다."

시모무라는 의자를 늘어놓고 그 위에 누웠다. 카세도 같은 방법으로 잠자리를 만들었다.

시계를 보았다. 현재 시각은 새벽 2시.

여덟 시간 후인 오전 10시에 해석이 끝난다. 두 가지 게놈 데이터를 비교해 뭔가를 알아낼 수 있기를 기원하는 수밖에 없다.

카츠키는 차세대 시퀀서가 있는 안쪽 구획에서 나왔다.

어디 잘 만한 곳이 없을까 찾는데 앞쪽 방에 이치조가 있었다.

어쩐지 눈이 말똥말똥해 잠이 오지 않을 것 같아서 잠깐 이야기나 나눠보기로 했다.

"이치조 씨가 계셔서 정말 다행이에요."

카츠키의 말에 이치조는 아무 반응도 보이지 않았다.

"여기까지 올 수 있었던 건 전부 이치조 씨 덕분이에요. 형사는 정말 대단하네요. 소총 쏘는 법도 훈련하나요?"

여전히 반응이 없다.

카츠키는 전혀 개의치 않았다. 이쪽을 외면하고 있는 이치조의 얼굴을 바라보며 본론에 들어갔다.

"계속 궁금했는데요. 왜 예방감염증연구소로 오신 거죠? 어떤 목적이 있으신 건가요?"

좀비화라는 심각한 사태가 발생한 가운데, 이치조가 무슨 꿍꿍이속으로 여기를 찾아왔는지는 사소한 문제였다. 하지만 분명 후생노동성 정무관 츠쿠이가 이치조에 관해 언급하려 했다. 내용은 못 들었지만 내내 마음에 걸렸다.

이치조의 표정에는 변화가 없었지만, 동공이 약간 떨린 것 같았다.

"······우연이야. 경찰조직이 붕괴돼서 우리는 뿔뿔이 흩어졌지.

좀비에게서 도망치다가 다다랐을 뿐이야."

나지막한 목소리로 대답했다.

거짓말 같았지만, 그런 식으로 넘어가려는 건 말하고 싶지 않다는 뜻이리라. 그냥 속은 척하기로 했다.

가족에 관해서도 물어보려다 그만뒀다. 이런 상황에 적절한 화제가 아닌 듯했다.

"이치조 씨는 왜 형사가 되셨어요?"

날씨 이야기를 하는 것만큼 무의미한 짓임을 자각했지만 그래도 물어보고 싶었다. 무슨 이야기든 꺼내서 기분을 전환하고 싶은 마음이기도 했다.

무시할 줄 알았는데 뜻밖에도 이치조가 대화를 나눌 태도를 취했다.

"……어째서일까."

"나쁜 사람을 퇴치하고 싶었다든가?"

"……나 스스로 정의로운 사람이라고 생각해본 적은 없어. 딱히 하고 싶은 일도 없었고, 주변의 환경이나 뭐 그런 거에 휩쓸려서 별생각 없이 경찰에 들어가 형사가 됐지."

그렇게 말한 이치조의 눈이 가늘어졌다.

"하지만 형사가 된 후로 생각이 조금 달라졌어. 내가 소속된 수사1과는 살인사건을 수사하지. 살인은 대개 금전이나 치정 그리고 욱하는 감정이나 원한 때문에 발생해. 다만 부득이한 사정으로 피치 못해 살인을 저지를 때도 있어. 자신의 몸이나 명예를 지키기 위한 경우지. 물론 개개인에 따라 사정은 다르지만, 그 기분을 모르는 바는 아니야. 이해는 가. 공감은 안 되지만.”

말을 멈춘 이치조가 입가를 일그러뜨렸다.

“하지만 개중에는 순수한 악도 있어. 순수하게 오로지 자신을 위해서만 사람을 죽이지. 살인 자체가 목적이라든가 쾌락을 위해서라든가, 그런 것도 아니야. 그냥 자신을 위해서 사람을 죽이는 거지. 살인을 막을 장치가 아예 없는 순수한 악.”

“……순수한 악이라니, 유쾌범* 말인가요? 아니면 연쇄살인범이라든가?”

이치조는 고개를 저었다.

“이것만큼은 다양한 악을 접해보지 않으면 모르는 법이야. 하지만 있어. 순수한 악이라고밖에 표현할 방법이 없는 인간이. 그런 자는 평소에는 문제를 일으키지 않아. 적어도 공동체에 녹아들 능력은 충분해. 하지만 어느 순간 사람을 죽이지. 간단히, 숨 쉬는 것처럼 자연스럽게.”

이야기를 듣고 있던 카츠키는 이치조에게서 시선을 돌렸다.

강렬한 감정이 마구 뒤섞인 눈.

그 눈동자는 카츠키를 향하고 있지 않았다. 대체 뭘 보고 있는 걸까.

“……어, 저기, 물, 드실래요?”

카츠키는 이야기를 끝내고 싶어서 실험대 위에 놓여 있던 새 페

•　　사람들의 반응을 즐길 목적으로 개인이나 사회집단을 혼란과 위험에 빠뜨리는 범죄자를 가리키는 말.

트병을 집어 들었다.

"아냐, 됐어."

이치조는 고개를 저었다.

"……하지만 내내 물을 안 드셨잖아요. 먹을 것도요."

그 말이 무슨 뜻인지 한순간 이해하지 못한 듯한 표정으로 이치조는 눈을 깜박였다.

"신기하게도 그런 욕구가 사라졌어. 대신 최소한의 양은 먹고 있으니까 문제없어."

최소한. 생명을 유지하는 데 필요한 정도만큼이라는 뜻일까.

이치조의 이야기를 들었더니 몹시 목이 탔다. 카츠키는 페트병 뚜껑을 열어서 물을 마셨다.

그 모습을 이치조가 응시했다. 뭔가 가늠하는 듯한 시선이었다.

"……왜 그러세요?"

카츠키는 입가를 닦고 말했다. 조금 무서웠다.

"부탁이 하나 있어."

이치조가 호주머니에서 지퍼백을 꺼내 내밀었다.

"……이게 뭔데요?"

하나는 머리카락이었지만 그 외에도 뭔가가 들어 있었다.

"피부 조각이야."

"피부 조각이요?"

듣고 보니 피부 조각으로 보였다.

"이 머리카락과 피부 조각이 동일 인물의 것인지 확인 좀 해줘."

"DNA를 감정해달라는 말씀이세요?"

"그래. 그리고 아무도 모르게 해줬으면 하는데. 처음으로 당신한테만 하는 이야기야."

"……왜죠?"

의문을 꺼냈다. 이치조의 의도를 읽을 수가 없었다.

이치조는 진지한 표정이었다.

"내가 여기 온 목적이 이거야."

"그 목적은 대체……!"

"언젠가 알려줄게. 지금은 힘을 좀 빌려줘."

애원에 가까운 말투였다.

카츠키는 손에 쥔 지퍼백을 보았다. 모근이 붙어 있는 머리카락이라 검사는 가능하다.

이걸 DNA 감정을 한다고 해서 차세대 시퀀서의 작업에 방해가 되지는 않으리라.

"……그렇다면."

"해주겠나?"

이치조의 물음에 카츠키는 고개를 끄덕였다.

다행히 지금 있는 곳에서도 DNA를 감정할 수 있다.

게다가 카세와 시모무라는 안쪽 방에 있고, 시로타는 화이트보드가 설치된 중앙 구획에 있다. 들킬 염려는 없으리라.

"조금 시간이 걸릴 텐데 괜찮으시겠어요?"

"얼마나 걸리는데?"

"이곳 설비를 사용하면 작업량이 늘어나니까 하루는 걸릴 거예요."

"알았어. 부탁할게."

간곡한 말투였다.

"나중에 여기에 온 목적을 꼭 알려주세요."

한순간 멈칫한 후, 이치조는 고개를 끄덕였다.

"그래, 약속할게."

그 말을 믿기로 했다.

카츠키 입장에서도 기분전환에 제격인 일이었다. 잠이 오지 않는 데다 눈을 감으면 좀비의 모습이 떠올라서 고통스러웠기 때문이다.

작업에 착수하기로 했다.

DNA를 감정하는 순서도 아까 카세와 시모무라가 했던 작업과 거의 다를 바 없다. 다만 이곳에 있는 설비는 구형이라 작업 공정이 좀 늘어날 뿐이다.

마이크로 피펫을 사용해 시료 A인 피부 조각, 시료 B인 머리카락에 묻은 오물과 불순물을 제거했다. 약 20분 만에 처리가 끝났다.

다음으로 DNA를 추출한다. 핵산추출장치를 이용해서 표면을 가공한 자성체에 DNA를 흡착시키고 자석으로 제어해 자동으로 DNA를 추출한다.

이 처리가 끝나야 다음 작업으로 넘어갈 수 있다. 그 사실을 이치조에게 전한 후 카츠키는 의자에 앉았다.

어깨와 허리가 아팠고, 몸 전체가 삐걱거리는 것만 같았다. 참지 못할 정도는 아니지만 컨디션이 엉망이었다.

호주머니에서 진통제를 꺼냈다. 평소 한 번에 두 알 먹는 진통제를 네 알 먹기로 했다.

숨을 내쉬고 눈을 감았다.

그 순간 의식이 날아갔다.

꿈이라기보다 플래시백에 가까운 현상이 일어났다. 좀비가 발생한 후의 상황이 연속으로 떠올랐다. 시계열도 뒤죽박죽이고, 자신이 경험하지 않은 일조차 섞여 있었다. 좀비로 변해가는 감각. 겪어보지 않은 일인데도 선명했다. 뜨겁다. 불타는 것처럼 뜨거웠다.

몸을 경련하다 눈을 번쩍 뜨고 상체를 확 일으켰다.

좀비화 징후인가 싶어 카츠키는 허둥지둥 자신의 몸을 살폈다.

이상이 없다는 걸 확인한 뒤에야 한시름 놓았다.

어느 틈엔가 의자에 앉은 채 잠들었던 모양이다. 그러고 보면 좀비가 세계에 모습을 드러낸 지 닷새가 지나는 동안 제대로 푹 잔적이 없었다.

시계를 보았다.

오전 9시가 지났다. 조금만 더 있으면 차세대 시퀀서가 해석한 결과가 나오리라.

카츠키는 의자에서 일어나서 핵산추출장치를 확인했다. 처리가 끝난 뒤였다.

다음으로 실시간 PCR 방식으로 DNA의 정량을 확인하고 희석량을 측정해 시료를 만든다.

그 작업이 끝나면 다음으로 핵산증폭장치를 사용한다. DNA 감정에 필요한 영역을 증폭시키는 작업인데, 두 가지 시료를 동시에 처리해야 하는 데다 장치가 낡은 탓에 완료까지 여섯 시간쯤 걸릴 것으로 예상됐다.

"이런 골동품 같은 기계를 잘도 남겨놨구나."

카츠키는 작은 기기를 쓰다듬으며 중얼거렸다. 예방감염증연구소는 예산이 비교적 넉넉하지만, 쓸 수 있는 물건은 계속 쓴다는 방침이다.

세팅을 마치고 핵산증폭장치를 작동시켰다. 이게 끝나면 모세관 전기영동장치를 사용해 증폭된 DNA를 전기영동해서 DNA 형태를 판정한다. 이건 1분이면 결과가 나온다.

카츠키는 크게 기지개를 켜고 일어나서 이치조를 힐끗 보았다. 이치조는 작동 중인 기기를 빤히 바라보고 있었다.

다가가기 힘든 분위기에 압도당해 카츠키는 차세대 시퀀서의 상황을 보러 가기로 했다.

중앙 구획에 있는 화이트보드 앞에 시로타가 팔짱을 긴 채 서 있었다. 손에 든 마커로 뭔가를 적고 있는 듯했다.

"뭘 쓰고 있어?"

"현재까지 알아낸, 좀비에 관한 의문이요."

시로타가 핏발 선 눈으로 바라보았다.

"정보를 수집할 때 얻은 정보를 써봤어요. 시모무라 씨의 공책을 제가 맡아 가지고 있거든요."

손에 파란 표지의 공책도 들고 있었다. 분명 시모무라 것이다.

화이트보드에는 지금까지 판명된 좀비의 상황뿐만 아니라, 드라마나 영화에서 표현된 좀비와의 차이점이나 의문점 등이 추가로 적혀 있었다.

"베껴 적어본들 별 의미 없겠지만, 저도 뭔가 도움이 될 수 있을까 싶어서……."

시로타는 기어드는 목소리로 말했다.

그 모습을 보고 카츠키는 웃음을 지었다.

그리고 마커를 들어 화이트보드에 해부 결과를 적었다.

온몸의 염증.

피부 건조.

백내장 증상.

약해진 뼈.

묘한 냄새.

마커를 내려놓고 시로타를 보았다.

"고마워. 정리해준 덕분에 좀비의 특성이 한눈에 들어오네."

시로타는 쑥스러운 표정으로 화이트보드를 바라보았다.

"잠을 자지 않거나 달리는 좀비와 걷는 좀비가 뒤섞여 있는 것도 신기하지만, 역시 저는 좀비에게 물려서 좀비로 변하는 사람과 좀비에게 잡아먹히는 사람이 따로 있다는 게 마음에 걸려요."

"먹는 좀비와 물기만 하는 좀비가 따로 있다든가?"

"저도 그 생각은 했어요. 하지만 인터넷에 올라온 영상을 보니, 사람을 깨물기만 하던 좀비가 그 다음에는 공격한 사람의 살을 뜯어 먹기도 하더라고요. 그런 사례가 많았어요. 그걸 고려하면 오히려 습격당하는 사람 쪽에 원인이 있지 않을까 싶어요."

"……좀비의 개체차가 아니라 공격당한 인간에게 이유가 있다."

카츠키는 시로타의 추측이 옳다고 여겼다.

달리는 좀비와 걷는 좀비는 분명 개체의 차이리라. 하지만 인간을 먹느냐 먹지 않느냐는 정말로 좀비 쪽의 문제가 아닐지도 모른다.

"그리고 좀비끼리 잡아먹지 않는 이유요. 여기에는 또 다른 의문이 부가돼요."

시로타는 화이트보드 한복판을 가리켰다.

"좀비는 인간을 습격하지만, 개나 고양이 같은 작은 동물은 습격하지 않아요."

여기에 관해서는 설명할 수 있을 것 같았지만 카츠키는 잠자코 있었다. 화자의 의견도 듣기 전에 선입관을 심어서는 안 된다는 생각이었다.

"집단으로 행동하는 이유도 의문이에요. 의사소통은 하지 않는 것 같은데 어째선지 뭉쳐서 행동하잖아요."

"겉모습이 왜 그런지도 모르겠어."

카츠키는 이어서 말했다.

"눈이 약간 뿌옇고, 피부는 건조하고, 염증도 생겼지. 해부해보니 장기에도 염증이 있었어. 더구나 물리는 것 말고도 크게 다치거나 원인불명의 이유로 좀비가 되기도 해. 상처에 의한 좀비화도 원인불명의 좀비화도 뭐가 뭔지 상상조차 안 되지만, 물리자마자 감염되는 질병은 절대로 없어."

정확하게는 10초에서 2분 정도지만, 그런 속도로 원인물질이 온몸에 퍼져 영향을 끼치는 건 말도 안 된다.

카츠키는 화이트보드를 보았다.

여기에 적힌 수수께끼를 전부 해결할 요소는 과연 존재할까.

"수수께끼투성이네요. 좀비, 얄팍한 듯하면서도 심오해요……."

시로타가 앓는 듯한 소리를 냈다.

그의 얼굴을 바라보던 카츠키는 의문을 꺼냈다.

"그러고 보니 왜 좀비를 좋아해?"

카츠키의 말에 시로타가 놀란 표정을 지었다.

"……네?"

"아, 영화나 드라마에 나오는 좀비 말이야."

정정하자 시로타는 이해했다는 듯 고개를 끄덕였다.

"아아, 그런 뜻이었군요……. 글쎄요."

팔짱을 끼고 고개를 기울였다.

"뱀파이어나 외계생물이 아니라 좀비를 좋아하는 거지?"

"그렇죠. 뱀파이어 등을 딱히 싫어하는 건 아니지만……, 아마도 좀비는 절묘하기 때문일 거예요."

"……절묘하다고?"

시로타는 고개를 끄덕였다.

"핵전쟁이나 지적 생명체의 침략은 아주 위험하잖아요. 제가 그 현장에 있으면 분명 살아남지 못할걸요. 제 의사는 개입할 여지도 없이 죽는다고요. 반면, 좀비는 어찌어찌 살아남을지도 모르겠다는 느낌이 드는 수준의 재해예요. 맞서 싸울 수 있지 않을까 싶거든요. 그래서 좀비가 나타나면 어떻게 행동할지 다들 가끔 상상하는 거고요."

"아니, 그런 상상은 해본 적 없는데……."

"네?! 없다고요?!"

진심으로 놀란 듯한 목소리로 물었다.

"조, 조, 조금도요?"

몹시 동요한 기색이었다.

"응. 단 한 번도."

벌어진 입이 다물어지지 않는 듯 어리벙벙해하던 시로타가 이마를 긁적였다.

"뭐……, 그런 사람도 있겠죠. 하지만 미국에서는 좀비가 발생한 세상에서 살아남는 법을 알려주는 책인《좀비 서바이벌 가이드》가 대히트를 기록했어요. 전 세계에서 200만 부 넘게 팔렸다고요."

"그렇구나……."

좀비 서바이벌. 좀비가 엔터테인먼트의 소재가 되어 좀비가 발생한 후의 세상에 대비한다.

허튼짓 같지만, 그런 일을 예측하고 미리 대비했던 시로타였기에 야구방망이를 들고 좀비에게 대항할 수 있었던 것이리라.

상상력으로 좀비를 대비한 일이 허튼짓이 아님을 카츠키는 인정했다.

"카츠키 씨! 이리 와보세요!"

시모무라가 크게 외치는 목소리가 들렸다.

놀라움에 가득 찬 얼굴이었다.

시간은 오전 10시. 결과가 나온 것이다.

"뭐라도 알아냈어?"

기대를 품고 물었다. 시모무라의 표정은 심각했다.

"이걸 보세요."

차세대 시퀀서에 연결된 컴퓨터의 모니터를 가리켰다.

거기에는 게놈 염기서열인 A, T, G, C가 표시되어 있었다.

"순서대로 설명할게요."

시모무라의 목소리에서 초조함이 묻어났다.

"일단 해석한 데이터로 호몰로지 모델링과 모티프 분석을 해봤어요."

차세대 시퀀서로 해석한 염기서열과 전 세계 연구기관에서 분석한 해석 데이터를 컴퓨터로 대조했다는 건가.

서열의 유사성이 높으면 그 유전자 기능도 유사하다는 기본 가정 아래, 유전자의 기능을 예측하는 방법이 호몰로지 모델링이다. 데이터베이스를 이용해 유사성이 높은 서열을 지닌 유전자를 검색한다.

그리고 모티프 분석은 기능적으로 중요한 서열일수록 염기서열이 잘 변화하지 않는다는 일반적인 경향을 이용해 유전자 기능을 예측하는 방법이다. 비슷한 기능이 지정된 유전자에 공통으로 나타나는 서열 패턴의 유무를 조사한다.

"전 세계 해석 데이터와 대조해도 해당하는 데이터가 없었어요. 즉, 질병은 아니라는 뜻입니다."

"……질병이 아니라고?"

"적어도 이미 발견된 질병은 아니에요."

카츠키는 미간에 주름을 잡았다. 원인불명의 질병은 있지만, 아직도 발견되지 않은 질병이 존재할까. 아무리 희귀한 질병이라도 발견되면 연구 대상으로서 당연히 해석되고, 대부분은 데이터베이스에 등록되어 보존된다. 보존된 데이터가 없다면 인류가 파악하고 있는 질병이 아니라는 뜻이다.

적어도 게놈만 봐서는 모르는 질병.

"좀비와 인간의 게놈을 비교한 결과는 어땠어?"

"그게……."

시모무라는 말을 머뭇거렸다. 말을 꺼내고 싶지 않은 기색이었다.

"양쪽 다 뭔가 이상해."

카세가 알려주었다. 애매한 말투였다.

"……양쪽 다? 그게 무슨 말이에요?"

"인간이었을 때와 좀비로 변했을 때, 둘 다 보통이 아니야. 다만 미토콘드리아게놈, 복제수, 게놈 구조에서 이상을 탐지하지 못했고, 바이러스가 침입한 흔적도 없었어. 물론 데이터베이스와 합치하는 정보가 없을 뿐 이상한 건 확실하지만……. 뭐가 이상하냐면 비코드 DNA 영역이 보통이 아니라는 거야. 인간과 좀비의 게놈 양쪽 다. 그 현상이 무엇인지는 확인할 수 없지만, 그게 게놈에 뭔가 영향을 끼치고 있어."

비코드 DNA 영역. 인류는 수많은 게놈 연구를 통해 코드 DNA 영역에 발생하는 변이의 전체상은 파악했다. 하지만 단백질 코드가 없는 영역은 그다지 조사하지 않은 것이 현실이다. 미지의 영역, 블랙박스.

"……즉, 마츠이 씨는 좀비로 변하기 전부터 좀비화 원인이라 할 수 있는 무언가의 영향 아래 있었다는 뜻인가요?"

"그런 결과가 나왔어."

카츠키는 시모무라의 얼굴을 보았다. 같은 의견인 듯하다. 수재 두 명이 같은 결론에 다다랐다. 틀림없으리라.

"이제야 겨우 납득이 가네요."

카츠키는 말을 이었다.

"좀비에게 물리자마자 증상이 나타나다니 절대로 말이 안 된다고 생각했어요. 하지만 인간이었을 때 이미 좀비화 원인에 노출됐다면 그럴 수도 있겠죠. 물리는 건 좀비화의 마지막 요건이었던 거예요."

카세는 고개를 끄덕였다.

"맞아. 좀비에게 물려서 감염 원인이 체내에 침입했다기보다, 물리는 것 자체가 좀비화를 일으킨 거야. 크게 다쳐서 좀비로 변하는 것도 같은 원리고."

"문제는 왜 상처를 입으면 좀비로 변하는지군요."

시모무라가 말했다.

"원인불명의 좀비화도 문제고요."

좀비화 증상이 나타나는 요건에 관해 일부는 추측이 성립하는 상황이지만, 여전히 커다란 수수께끼가 버티고 있다.

그리고 이 가설이 사실이라면 카츠키 일행도 이미 좀비화 원인을 갖추고 있는 셈이다. 하지만 아직 좀비로 변하지 않았다.

어째서일까.

좀비와 인간의 차이.

카츠키는 눈을 부릅떴다.

"시로타, 전에 좀비에 관해 알려줬을 때 좀비에게 사고력은 없다고 했지?"

"아, 그랬죠. 그런데 그게 뭔가⋯⋯."

"그게 정답일지도 몰라."

카츠키는 말했다.

겉모습과 행동에만 정신이 팔렸지만, 좀비는 생각을 못 한다는 사실이야말로 인간과 가장 크게 차이나는 점 아닐까.

카세가 탄성을 흘렸다.

"그 가설이 옳을지도 몰라. 요컨대 우리 몸은 이미 좀비화했고, 물린다는 요건이 충족됨으로써 역치를 넘어 사고력을 잃는 거지. 즉, 뇌가 파괴되는 거야."

"그거군요!"

시모무라가 이해했다는 듯 목소리를 높였다.

"어디까지나 가설이지만⋯⋯, 아! 화이트보드에 쓰면서 설명할게요."

재촉을 받은 카츠키 일행은 중앙 구획으로 향했다.

시모무라는 좀비의 특성을 정리한 글을 보더니 굉장하다고 중얼거리고 나서 여백에 원을 그렸다.

"이게 뇌예요. 좀비화가 뇌에 영향을 미친다면 측두엽은 기능을 상실했을 겁니다. 언어 이해에 심각한 장애가 발생해 의사소통이 불가능한 거죠. 또한 운동을 기획하는 통합중추인 두정엽과 신체 움직임에 관여하는 소뇌는 좀비마다 개체차가 있다고 추정돼요. 이 기관의 기능이 저하되면 운동 협조성과 운동 전반을 제어하기가 어려워지죠. 달리는 좀비는 두정엽이 무사하고, 걷기만 하는 좀비는 망가졌다고 추측할 수 있겠습니다."

시모무라는 빠른 말투로 설명을 계속했다.

"대뇌피질이 망가지면 통증을 느끼지 않고, 시상하부가 손상되면 잠드는 능력을 잃어요. 그 밖에도 여러 가지를 생각해볼 수 있겠지만, 아마도 뇌 표층에서 이성을 주관하는 대뇌신피질은 망가지고, 뇌 안쪽에서 감정을 주관하는 대뇌변연계는 활동하는 상태라고 추정됩니다. 그리고 뇌간도 살아 있겠고요."

"뇌의 감정 부분만 활동하고 있다는 건가요?"

시로타가 묻자 시모무라는 고개를 끄덕였다.

"그럴 가능성이 높아."

"헤드샷이 제일 효과적인 이유도 설명이 되네요. 좀비의 본체가 뇌라는 거잖아요."

시로타가 기쁜 듯이 말했다.

"뇌에 관한 강연은 그 정도면 됐어."

카세가 손뼉을 치면서 말하고 걸음을 옮겼다. 모두 뒤따랐다.

"문제는 어떤 원인이 최종적인 요건으로 충족되면서 뇌가 파괴되고 인간이 좀비로 변하느냐는 거야."

차세대 시퀀서 앞에 도착했다.

"상처를 입으면 발현되는 원인이라니, 짐작이 돼? 아니, 아무도 답을 모른다는 건 알아."

카세는 지친 듯이 눈을 감고 머리를 가볍게 내저었다.

"아무튼 차세대 시퀀서로 해석한 게놈에서 알아내는 수밖에 없어요. 좀비의 게놈을 해석한 결과를 샅샅이 조사하는 수밖에요."

시모무라의 말이 옳다. 방법은 오직 하나뿐이다.

모니터에 표시된 30억 쌍의 염기서열. 이상이 있는 건 틀림없지만 유전자 변이 데이터베이스에 합치하는 부분은 없었다.

이 많은 데이터를 세 명이서 해석하는 것도 불가능한 일이다.

게다가 방금 그 가설이 옳다면 카츠키 일행의 몸은 이미 좀비화했다. 좀비화가 대체 무엇을 가리키는지는 아직 불명확하지만, 그 원인이 뇌에 도달한 시점에 좀비로 변한다.

언제 원인불명의 방아쇠가 당겨질지 몰라서 두렵기는 했지만, 이대로 가만히 지켜본다고 해서 상황이 개선되는 것도 아니다.

멈추느냐 나아가느냐.

갈림길에 서 있는 듯 보이지만 갈림길은 없다.

망설일 이유가 없는 시점에서 선택할 길은 하나뿐이었다.

좀비화 원인을 규명한다.

죽을 때까지 절대로 포기하지 않겠다.

포기하는 일이란 없다.

"절대 포기 안 해!"

카츠키는 놀랐다. 생각이 저절로 입에서 튀어나왔다.

"맞아요! 절대로 포기하지 않을 겁니다!"

시모무라가 호응했다.

"빨리 해석할 방법이 분명 있을 거예요! 시간은 없고, 지금도 좀비가 계속 늘어나고 있고, 저희도 언제 좀비로 변할지 모르지만! 뭔가 타개책이⋯⋯."

말을 멈춘 시모무라가 다른 컴퓨터가 있는 곳으로 이동했다. 자판을 두드리더니 주먹을 불끈 쥐고 나서 반짝이는 눈으로 카츠키를 바라보았다.

"30억 쌍의 염기서열을 살아남은 전 세계의 연구자가 분담해서 해석하면 돼요! 왜, 전 세계의 전파망원경을 연결하고, 200명 이상의 연구자가 참여해 블랙홀 관측에 성공한 사례가 있잖아요. 그거랑 비슷한 방법이에요. 분담하는 겁니다!"

"분담? 대체 어떻게……."

의문을 표하던 카츠키는 시야에 들어온 컴퓨터 화면을 보고 이해했다. 일전에 보여준 연구자 전용 게시판.

"……가능할지도 몰라."

카세는 고개를 끄덕였다.

"하지만 다른 연구자들이 모조리 좀비로 변했으면 어떻게 하지?"

대답하는 대신 시모무라는 자판을 두드렸다.

잠시 후 화면을 가리켰다. 아무래도 게시판 내부에 커뮤니티를 만든 모양이다.

"아직 꽤 많이 살아 있는 것 같네요."

화면을 들여다보자 인간이 좀비로 변하는 원인을 해명하기 위해 게놈 해석이 가능한 사람을 모으고 있었다. 가입자가 속속 늘어났다. 얼마 지나지도 않았는데 이미 쉰 명이 넘었다.

"이 게놈 데이터를 사람 수대로 할당해서 각각 확인하는 거죠. 변이된 부분의 특징을 알아내는 대로 회신을 주기로 했어요. 유전자 변이 데이터베이스가 없는 이상, 연구자들이 각자 보유하고 있는 정보에 기대야죠."

시모무라의 계획에 기대를 거는 수밖에 없겠다고 카츠키는 생각했다.

인간의 유전자는 99.9퍼센트가 동일하다. 질병 등에 의해 DNA에 변이가 생기면 A, T, G, C의 유전자 정보 문자열이 뒤바뀌는 '치환'이 발생하거나, 다른 문자가 끼어드는 '삽입' 또는 빠지는 '결실'이 일어난다. 그 탓에 잘못된 정보가 전달되어 본래 만들어져야 할 단백질이 만들어지지 않기도 하고, 잘못된 시기나 장소에 만들어지기도 한다. 이러한 변화가 문자 하나하나에 일어나지 않고 광범위하게 걸쳐 일어나는 사례도 있다. 그러면 복제수에 이상이 생겨 유전자 자체가 늘어나거나 유전자끼리 융합하기도 한다.

비코드 DNA 영역에서 이변이 생기면, 그 전후 영역에 약간의 변이가 발생할 가능성도 있다. 그러한 변이의 형태를 확인해 공통점이 없는지 조사해나간다.

이 게놈 데이터는 이상하다.

무엇이 이상한지 확실하게 검출되지 않았지만 평범한 DNA와는 다르다. 어떤 변화가 일어났다가 원래대로 돌아간 듯한 위화감. 확실한 건 모르겠지만 뭔가 일어난 흔적이 있는 기분이 든다.

"가입자가 100명이 넘었네요. 일단 게놈 데이터를 100개로 나누어서 공유할게요."

"도와줄까?"

카츠키의 제안에 시모무라는 고개를 저었다.

"아니요, 괜찮아요. 어차피 제가 사용하는 컴퓨터 말고는 인터넷에 접속도 안 되는걸요."

컴퓨터를 조작해 재빨리 작업을 마쳤다.

시모무라 말대로 정보 유출을 막기 위해 인터넷에 접속되는 컴퓨터는 이 연구실에 한 대뿐이다. 시스템과 데이터베이스 업데이트도 컴퓨터 한 대에서 분기해 처리하는 방식이다.

"이제 됐어요. 보냈습니다."

화면에서 시선을 뗐다.

"물론 저희도 해야 하고요. 분할하지 않은 데이터를 이쪽 컴퓨터에도 보냈어요."

시모무라는 얄미울 만큼 상쾌한 웃음을 지었다.

컴퓨터 앞에 앉은 카츠키는 DNA 서열 해석 소프트웨어를 가동하고 파형과 서열 데이터를 입력했다. 이제 여러 서열을 통틀어, DNA 서열 조각들에 공통적으로 존재하는 공통서열과 변이 및 다형 현상의 후보 일람을 작성할 수 있다. 서열의 파형을 늘어놓고 확인해 대조 항목과 다른 부분, 서열 간이나 샘플 간에 차이가 있는 부분을 효율적으로 조사한다.

카츠키는 '치환', '삽입', '결실'이 일어났을 부분을 검출했다.

"……역시 이상해."

믿기지 않는 숫자가 표시됐다.

세포가 사멸한 건 아니다. 단순히 DNA가 절단됐다가 이어졌다. 이어질 때 약간 변이가 발생했는데 아주 미세한 변이라서 무시해도 될 정도다. 다만 그 **약간**이 너무 많다.

절단 자체가 인체에 영향을 끼친 건 아닌 듯하지만 절단된 이유가 무엇인지 통 짐작이 가지 않았다.

왜 DNA가 마구 절단된 걸까.

어쨌거나 일정한 패턴이나 특징을 발견해 기존의 유전자 변이 데이터베이스에서 비슷한 것을 찾는다. 소프트웨어의 자동 조합은 불발로 끝났으므로 눈으로 확인하는 수밖에 없다. 헛수고로 끝날 가능성이 몹시 높을 것 같았지만, 그 정도밖에 할 일이 떠오르지 않았다.

집중해서 지금까지 쌓은 지식과 경험을 총동원해 문자열을 확인해나갔다.

다섯 시간쯤 지났을 때, 시모무라가 놀란 듯이 소리를 질렀다.

"뭔가 알아냈어?"

"어, 아니요……. 잠깐……, 협력자가 게시판을 경유해서 보낸 회신을 읽었을 뿐이에요."

"뭐라고 했는데?"

대답을 재촉했지만 시모무라는 인상을 찌푸렸어.

"……그게, 이건 질병이 아닐지도 모르겠다는 회신이 여러 개 들어왔어요."

그때 카세가 일어섰다.

"이거, 혹시 우리가 늘 하고 있는 일 아니야? 늘 DNA를 절단하잖아."

"……늘?"

카츠키는 그 말을 듣고 이해했다.

"……제한효소."

"그거다!"

카세가 흥분한 목소리로 외쳤다.

"제한효소의 영향으로 이렇게 잔뜩 절단된 건지도 몰라."

"하지만 왜 제한효소가……."

가령 그것이 원인이라고 해도 커다란 의문이 앞을 가로막는다.

제한효소는 DNA의 특정한 염기서열을 식별해서 절단하는 작용을 한다. 유전자 재조합 기술에 필수적인 효소로, 제한효소가 인식하는 염기서열은 효소 종류에 따라 다르므로 절단하는 부위가 다른 수많은 제한효소가 존재한다.

원래는 주로 세균류가 바이러스의 침입을 막기 위해 가지고 있던 효소로, 바이러스에서 유래된 DNA를 절단해서 그들의 활동 및 생장을 제한한다.

카츠키를 비롯한 연구원들도 유전자 재조합 실험 등에 사용한다.

"……문제는 인간의 신체에는 제한효소가 없다는 건데."

카츠키는 중얼거렸다.

인간에게는 제한효소가 없다. 제한효소가 원인이라면 외부로부터 뭔가가 침입했다고 보는 것이 타당하다. 대체 무엇이 체내에 그것들을 들여온 걸까.

"제한효소의 절단 부위 숫자 일람에 비슷한 게 없나……. 이거다!"

카츠키와 카세는 시모무라 앞에 있는 화면을 들여다보았다.

"I-PpoI 제한효소인가."

카세가 머리에 손을 얹었다.

"……지금 아주 비약이 심한 생각이 떠올랐는데, 너희도 그래?"

그 질문에 카츠키와 시모무라는 고개를 끄덕였다.

"그 제한효소는 황색망사점균에서 유래된 거예요."

시모무라가 떨리는 목소리로 말했다.

"황색망사점균이 원인이라는 거야?"

카츠키의 말을 부정하는 대답은 없었다.

황색망사점균은 단세포 점균의 일종이다. 노란 덩어리로 산이나 숲에 떨어진 낙엽 아래처럼 습한 곳의 응달을 좋아한다. 다만 이 생물에 관해서는 아는 바가 많이 없어서 여전히 연구 중이다. 황색망사점균은 입과 눈, 뇌가 없는데도 사물을 기억하고 간단한 문제를 풀 수 있다고 알려져 있다. 미로를 가장 빨리 탈출하는 길을 발견하고 환경 변화도 예측한다. 또한 절단되어도 자기복제가 가능하고, 원래 상태로 복구된 각 개체는 같은 기억을 가진다. 시속 4센티미터로 이동할 수도 있으며, 성별이 720종류나 되는 신기한 존재다.

다만 인간에게 해를 끼친다는 이야기는 들어보지 못했다.

"황색망사점균은 포자를 방출해서 번식하죠. 요컨대 방출된 포자가 인간을 감염시킨 걸까요."

시모무라가 중얼거렸다.

"인간이 황색망사점균에 감염된 사례가 있던가?"

카츠키의 말에 시모무라는 인상을 찌푸렸다.

"아니요, 없을 거예요. 다만 100퍼센트 장담할 수는 없어요. 인간에서 인간으로 감염되지 않던 것이 변이해서 인간에게 감염되기도 하죠. 예를 들면 아스페르길루스증이 비슷한 사례겠네요. 아스페르길루스는 실내외 어디든 존재하는 진균이죠. 통기구나 공기 중의

먼지 속에 많은데 사람은 매일 아스페르길루스 포자를 들이마셔
요. 건강한 숙주에게는 병원성을 발휘하지 않지만, 숙주의 면역력
이 약해지면 병원성을 발휘해 증상을 일으키는 기회감염병원체입
니다. 병원성이 발휘되면 기침, 발열, 흉통, 호흡곤란 같은 증상이
나타나죠."

"털곰팡이증도 그렇지."

카츠키는 말했다. 털곰팡이목에 속하는 진균이 방출하는 포자를
들이마셔서 발생하는 질병이다. 드물게 베인 상처 등 피부에 생긴
개구부로 포자가 들어가기도 한다. 코, 부비강, 눈, 뇌를 감염시키
는 비뇌형 털곰팡이증은 중증이라 사망하는 사례도 많다.

포자가 폐에 들어가면 폐 털곰팡이증의 원인이 되고, 입으로 들
어간 포자를 삼키면 소화관에 감염증이 발생하기도 한다. 포자가
피부의 상처로 들어가면 피부가 괴사한다.

이런 유의 감염증은 보통 면역 기능이 약해진 사람의 상처에 오
염된 흙이 묻어서 발생한다. 예를 들면 지진 등의 자연재해가 일어
났을 때나 전투 중에 폭발로 부상을 당했을 때 찾아볼 수 있다.

시모무라가 앓는 소리를 냈다.

"……털곰팡이증은 사람에서 사람으로 퍼지지 않죠. 그리고 해
부했을 때도 황색망사점균은 발견되지 않았고요."

"포자 상태로 체내에 머무르는 데다 파종성일지도 모르지."

카세가 턱에 손을 대고 말했다.

"털곰팡이증은 진단이 어려워. 감염된 조직의 샘플을 채취해서
배양한 후 현미경으로 검사했을 때 원인균의 존재가 확인되면 진

단을 내릴 수 있지만, 검사에서 진균이 검출되지 않는 경우도 있으니까. 감염된 조직에 포자가 집중되어 있으면 편하지만, 전신에 분산되는 파종성일 경우는 진단하기가 까다롭지. 해부로 찾아내기는 무리일 거야. 전 세계에서 원인을 찾아내지 못하는 것도 시간이 모자랄 뿐만 아니라 애당초 발견하기가 힘들어서인지도 모르겠군."

파종성. 신체의 어느 한곳에 집중되는 것이 아니라, 전신에 황색망사점균의 포자가 확산되어 온몸에 영향을 미친다. 그 탓에 원인을 알아내기가 힘들어진다.

"아니면 구강에 있을지도 모르겠네요."

시모무라가 중얼거렸다.

"입안에는 균이 많으니까 발견이 어렵지 않을까 싶은데요. 황색망사점균이 치주포켓*에 숨어서 잇몸의 모세혈관으로 제한효소**를 침입시켜 온몸에 순환시킬 가능성도 있어요. 왜, 황색망사점균은 어둡고 습한 환경을 선호하는 데다 세균이나 음식물 찌꺼기는 성장에 좋은 먹이잖아요."

확실히 시모무라의 말대로다. 구강은 황색망사점균 생장에 적합한 환경일지도 모른다.

다만 황색망사점균이 그렇게까지 할 수 있을까.

카츠키는 그런 생각을 하다가 눈을 부릅떴다.

"……치주병균과 비슷한 건지도."

---

* 잇몸과 치아의 경계에 자리한 주머니 모양의 틈.
** 이후 본문 속 제한효소는 황색망사점균의 I-PpoI 제한효소를 뜻함.

"맞아요."

시모무라가 동의했다.

"입안에 있는 치주병균이 알츠하이머의 원인일지도 모른다는 연구 결과가 나왔잖아요. 황색망사점균 역시 같은 작용을 하는지도 모르죠."

알츠하이머형 치매는 어떤 요인 때문에 뇌 신경세포가 파괴돼서 일어나는 증상과 상태를 가리킨다. 그리고 만성 치주병 원인인 포피로모나스 진지발리스라는 균이 알츠하이머형 치매 환자의 뇌에서 검출됐다는 발표가 있었다. 정확한 메커니즘은 밝혀지지 않았지만, 구강 안 치주병균이 뇌 신경세포를 파괴했을 가능성이 지적됐다.

황색망사점균은 치주병균을 흉내 내며 뇌에 다다랐는지도 모른다.

수수께끼가 풀렸다.

카츠키는 손가락으로 관자놀이를 문지르며 머릿속을 정리했다.

"황색망사점균이 체내에 침입해 방어 시스템을 빠져나간 후, 제한효소로 DNA를 마구 절단한다. 그렇게 좀비화된다."

아니, 좀비화라고 표현했지만 정확하게는 다르다.

제일 익숙하고 일상적인 일이 체내에서 일어난 것이다.

아무도 피해 지나갈 수 없는 증상을 황색망사점균이 엄청난 속도로 유발하고 있다.

그것이 바로 좀비화 원인이다.

"황색망사점균은 자신을 복제하는 것만이 목적인 기생생물 같은 존재라고 일컬어져요."

시모무라가 침을 삼키고 말을 이었다.

아마도 말을 하면서 자신의 생각을 정리하는 것 같았다.

"황색망사점균의 제한효소가 게놈을 절단하고, 거기에 복사한 자신의 유전자를 삽입하는 거죠. 즉, 이 효소를 사용해 자기 자신을 계속 복제하는 겁니다. 다만, 이건 황색망사점균 안에서 벌어지는 일이에요. 인간에게는 황색망사점균같이 자신을 복제하는 장치가 없어요. 따라서 제한효소가 인체 내에 들어와도 세포 내부를 떠돌며 DNA를 절단할 뿐입니다. 그러면 무슨 일이 일어나느냐, 시르투인이라는 유전자가 DNA의 손상에 대응해요. 즉, 절단된 부분을 연결하는 거죠. 단적으로 말하면 제한효소는 태풍이나 홍수 같은 재해고, 시르투인 유전자는 재해 대책 본부의 지휘관 느낌이랄까요. 시르투인은 세포를 손상시키는 활성산소를 제거하고 세포를 복구하는 것 이외에도 검버섯과 주름 방지, 동맥경화와 치매의 예방에 영향을 끼치는 유전자입니다."

"제한효소가 DNA를 절단하고, 시르투인 유전자가 절단된 DNA를 연결한다……. 그렇다면 유전자 변이는 거의 남지 않지. 유전자 변이 데이터베이스에 없는 것도 이해가 가는군."

카세가 말했다.

세 사람은 눈을 마주쳤다. 대답이 일치한 게 틀림없다.

카츠키는 떨리는 입을 벌렸다.

"이건 질병이 아니라, 제한효소가 초래한 급격한 노화예요."

드디어 원인을 규명했다.

좀비화 원인은 **노화 세포의 폭발적인 증가**였다.

"그러고 보니 쥐에게 제한효소를 작용시킨 실험이 있었죠."

카츠키는 기억을 되살리며 설명했다.

"황색망사점균의 제한효소 유전자를 주입하고, 효소가 활성화되도록 저용량 타목시펜을 투여해 세포를 사멸시키지 않고 게놈이 절단되도록 했어요. 그러자 정상적인 쥐보다 노화가 50퍼센트 빨라졌죠. 이 실험의 재미있는 점은 일반적 노화 원인으로 지목되는 요인에는 손을 대지 않았다는 거예요. 유전자 변이를 일으킨 것도, 텔로미어나 미토콘드리아를 조작하거나 줄기세포를 제거한 것도 아니죠. 그런데도 미토콘드리아의 기능이 쇠퇴해서 근력이 떨어지고, 백내장과 관절통, 치매, 골밀도 저하가 나타났어요."

말하면서 카츠키는 최근에 왜 어깨가 아프고 온몸에서 알 수 없는 통증과 불편함을 느꼈는지 이해가 갔다. 노화 세포가 증가하면 거기서 분비되는 물질을 매개로 하여 주변 조직에 염증이 발생한다.

또한 해부했을 때 좀비의 뼈가 약했던 것도 노화 세포 증가에 의한 골밀도 저하가 원인이다. 그들로부터 묘한 냄새가 풍긴 것도 노화 세포가 증가해 피지 성분이 산화한 것이리라.

정상 세포의 DNA가 타격을 입어 노화 세포가 축적되면 세포가 염증을 일으킨다. 염증 때문에 게놈이 불안정해져서 신체가 좀비화되고, 외상이라는 요건이 충족되면 뇌에까지 염증이 발생해 의사소통이 불가능한 좀비가 탄생한다. 황색망사점균이 DNA를 절단한 결과가 염증으로 이어진다는 추론이 사실이라면, 일종의 염증이라 할 수 있는 외상도 황색망사점균의 작용을 돕는 요소임이 틀림없다.

문득 옆을 보자 이야기에 끼지 않았던 시로타가 난감한 표정을 짓고 있었다. 이야기를 따라올 수 없었던 모양이다.

"어디 보자, 간단하게 말해서 DNA가 손상되면 결과적으로 게놈이 불안정해져서 DNA 꼬임과 유전자 조절에 혼란이 발생하고, 노화 세포가 늘어나서 건강한 세포에 염증을 일으켜. 그게 지금 우리 상태……. 노화 세포는 좀비 세포라고도 불리지. 지금 같은 좀비화를 의미하는 건 아니지만."

설명을 하면서 카츠키는 다시 한번 몸 이곳저곳이 아프고 불편했던 것을 떠올렸다. 황색망사점균 때문에 염증이 생기고 신체 내부에서 급격히 노화가 진행된 것이리라. 신체 표면에도 노화의 징후가 나타났을지도 모르지만, 카츠키 본인은 알아차리지 못했다. 노화로 인한 외관의 변화는 단기간에 인식이 어렵다. 분명 어제보다 오늘이 더 노화했을 테지만 그걸 인식하지 못하는 것과 마찬가지다.

카츠키의 설명을 듣고도 시로타는 개운치 못한 표정이었다.

"……물리거나 크게 다치면 그 염증이 뇌까지 도달하고 결국 좀비로 변하는 건가요?"

"가설에 지나지 않지만 아마도."

카츠키는 대답했다.

"제한효소 때문에 신체에 염증이 발생해서 안 그래도 게놈은 혼란스러울 거야. 그 와중에 좀비에게 물리거나 물리지 않더라도 크게 다치면, 신체 염증 수치가 허용 가능한 최대치를 초과하고 그 바람에 유전자를 조절하는 역할을 맡은 후성유전체가 대혼란에 빠져 뇌가 기능하지 못할 수준의 염증을 일으키는 건지도 몰라. 뇌가 파괴되는 거지."

"뇌가 파괴되기까지 걸리는 시간이 10초에서 2분인 거로군요."

시모무라가 덧붙였다.

"온몸을 단숨에 좀비화하기에는 시간이 너무 짧지만, 뇌뿐이라면 납득이 갑니다."

"충분히 설득력 있는 이야기야. 애당초 인간일 때부터 뇌에 염증이 생겼다고 보는 게 낫겠네. 이미 염증이 생긴 상태로 좀비에게 물려서 크게 다치거나 다른 이유로 크게 다쳐서 뇌가 기능할 수 없을 만큼 심한 염증이 야기되는 거고."

앞뒤가 딱 들어맞는다.

"다만 황색망사점균이 어떻게 해서 뇌까지 영향을 미쳤는지는 모르겠네요."

시모무라의 말에 카츠키는 고개를 끄덕였다.

인간 체내에 침입한 황색망사점균은 신체에 염증을 발생시키기는 쉬워도 뇌에 도달하기는 어려웠다. 외부 물질이 뇌에 침입하는 걸 막는 방어막, 즉, 보안 시스템 역할을 하는 혈액뇌장벽과 관련이 있을지도 모른다.

혈액뇌장벽의 방어는 단단해서 황색망사점균 크기의 외부 물질이 여길 뚫고 침입하기란 불가능하다. 다만 제한효소만이라면 가능했을지도 모른다.

카츠키는 상상의 나래를 펼쳤다.

황색망사점균은 인간 신체에 염증을 일으켰지만, 혈액뇌장벽 때문에 처음에는 뇌까지 도달하지 못했다. 하지만 자신에게 뇌가 없음에도 불구하고 학습한다. 그렇게 오랜 시간 인간의 뇌에 침입할 방법을 고민해 적절한 성분을 만들고, 제한효소를 투과할 수 있는 구조로 변화시켜 조금씩 우리 뇌를 침범했는지도 모른다.

그리고 마침내 황색망사점균은 혈액뇌장벽을 돌파했다.

어쩌면 인류는 과거 어느 시점에 이미 황색망사점균에 이성 부분을 침범당했다고도 볼 수 있다.

"……살인 같은 흉악범죄 중에도 황색망사점균에 영향을 받은 사례가 있을지 모르겠네."

터무니없는 생각이라 여기면서도 카츠키는 혼잣말을 했다.

"네? 뭐라고 하셨어요?"

"아무것도 아니야."

고개를 절레절레 흔들었다.

시모무라는 의아한 듯한 표정이었지만, 바로 사고를 전환했는지 표정이 진지해졌다.

"황색망사점균이 제한효소로 영향력을 발휘할 수 있는 한계치는 신체의 좀비화까지고, 거기에 큰 상처라는 요건이 충족되면 뇌에 폭발적인 염증이 발생해서 뇌 기능이 상실되죠. 하지만 그 염증이 이성을 주관하는 대뇌신피질까지밖에 영향을 주지 못해 그보다 깊은 곳에 있는 대뇌변연계는 활동할 수 있고요. 그리하여 마침내 좀비가 완성되는 겁니다."

시모무라의 말에 카츠키는 동의했다.

"즉, 좀비는 이성을 거의 잃고 욕구에만 따르는 동물처럼 변했다는 뜻이지. 그 상태라면 좀비의 행동도 설명이 돼. 예를 들어 좀비가 집단으로 행동하는 건 사회를 형성하고 싶어 하는 욕구이려나. 뭐, 사회를 형성함으로써 안전을 보장받고 식욕을 충족시키는 동물의 행동 원리와 일맥상통하지만, 좀비에게는 그저 무리를 지으려는 욕구만 남아 있을 가능성도 있어. 아무튼 좀비는 매슬로 욕구 단계설 중에서 가장 낮은 단계인 생리적 욕구에 따라 움직이는 거야."

"낮은 단계의 욕구……. 그렇다면 가장 높은 단계의 욕구는 뭔가요?"

시모무라가 물었다.

"자아실현 욕구. 뭔가를 성취하려는 욕구지. 이것이 모든 욕구의 정점이라고 일컬어지지만, 보통 사람은 더 낮은 단계의 욕구에 지배돼. 좀비로 변해서 이성이 사라지면, 식욕 같은 욕구에 사로잡히는 게 그 증거야."

"이야, 몰랐네요. 저도 좀비로 변하면 식욕만 남을 것 같은데요."

시모무라가 감탄한 듯한 목소리로 말했다.

카츠키는 헛기침을 했다.

"……그리고 좀비가 서로 잡아먹지 않는 건, 좀비로 완전히 변했을 땐 우리와 비교도 안 될 만큼 노화 세포가 많아졌을 가능성이 높기 때문인지도 모르겠어."

"노화 세포가 너무 증가하면 서로 잡아먹지 않는다고요?"

시로타가 물었다.

"신체 노화는 이를테면 산화한 상태이기도 하거든. 그런 걸 먹거리로 즐겨 먹는 사람은 없잖아?"

"확실히 그렇네요."

"뭐, 증거가 없는 가능성 중 하나지만, 그래도 이 가설로 왜 좀비가 사람을 먹기도 하고 때론 물기만 하는지를 설명할 수 있지. 식량으로서 등급이 높은 인간은 먹히고 그렇지 않은 인간은 물리기만 하는 거야. 혹시 황색망사점균에 감염되지 않은 사람이 있다면, 훌륭한 먹잇감이 될지도 모르겠네."

"그렇게 따지면 신체가 노화한 노인은 잡아먹히지 않고 전부 물려서 좀비로 변한다는 말씀인가요?"

"가능성 중 하나로 생각해볼 수 있겠지."

좀비화는 즉, 노화다. 피부가 건조했던 건 노인성 건피증의 증상일 가능성이 있으며, 그 증상이 과도하게 나타났다는 식으로 좀비의 외모를 설명할 수 있을지도 모른다.

시로타는 탄식을 흘렸다.

"그럼 좀비가 작은 동물 말고 인간을 먹이로 인식하고 공격하는 이유는 무엇인가요?"

"그것도 설명 가능해."

카츠키는 말을 이었다.

"동족 포식은 사실 우리 선조에게 익숙한 행위였어. 구석기 시대의 식생활에는 인육도 포함되어 있었다는 게 밝혀졌지. 사람을 먹으면 작은 사슴을 먹는 것과 비슷한 수준의 에너지를 얻을 수 있고, 자신과 생물학적으로 가까운 생물의 고기일수록 필요한 영양분이 잘 포함되어 있어. 즉, 이성이 사라지고 본능에 따라 식욕을 충족시키려 한다면, 영양학적으로 보았을 때 인육이 인간의 첫 번째 선택지가 될 수 있다는 말씀."

카츠키는 말해두어야 할 사실이 있다는 걸 깨닫고 입을 열었다.

"물론 본능에 따르는 인간이 절대로 다른 동물을 먹지 않는 건 아니야. 그저 첫 번째 선택지가 아니라는 거지. 인간이라는 식량이 가까이에 존재하지 않는다면 다른 걸 먹을 가능성도 있어."

말을 마치는 것과 동시에 카세가 크게 한숨을 쉬었다.

"좀비화가 곧 노화의 일종이라는 가설이 현재 시점에서는 가장 유력해. 아무튼 황색망사점균 포자의 영향으로 우리 몸에 염증이 생겨서 심상치 않은 속도로 노화가 진행되고 있다는 뜻이야. 그리고 우리 뇌는 언제 기능부전에 빠질지 몰라. 언제든 좀비로 변하기 일보 직전이라는 소리지."

조바심 어린 투로 말한 카세는 천장을 한 번 올려다보고 시선을 되돌렸다.

"……이 가설이 맞다면 원인불명의 좀비화도 설명이 돼."

"네?"

카츠키는 놀랐다.

"정말로 알아내셨어요?"

카세는 불쾌한 표정을 지었다.

"만성적인 스트레스가 DNA를 손상시킨다는 연구 결과가 《네이처》에 실렸지. 원인불명의 좀비화는 좀비가 나타나고 사흘 뒤부터 발생했잖아? 즉, 좀비에게 습격당할지도 모른다는 스트레스가 계속되는 상황이었지. 황색망사점균의 제한효소가 DNA를 계속 절단하는 가운데, 만성적인 스트레스 자체가 DNA 손상을 유발했어. 그 때문에 염증이 생기는 속도가 빨라져서 뇌가 제 기능을 못 하게 된 거야."

"확실하네요."

시모무라가 동의했다.

"다친 이후 염증이 악화되어 좀비로 변하는 것과 같은 논리가 성립해요."

"이것도 가설에 지나지 않지만, 우리가 좀비로 변하지 않는 건 스트레스에 내성이 있기 때문인지도 모르겠군."

스트레스 내성.

카츠키는 생각에 잠겼다. 자신은 확실히 스트레스에 강한 편이고, 좀비가 발생해 무섭기는 했지만 두려움보다는 이 현상의 원인이 무엇인지에 관한 궁금증에 정신이 팔렸다. 연구자의 업이 결과적으로는 스트레스의 영향에서 벗어나는 요인으로 작용했는지도 모른다.

카세와 시모무라도 비슷할 것이라고 카츠키는 추측했다.

"저는 왜 좀비로 변하지 않는 걸까요?"

시로타가 불안한 목소리로 물었다.

외장 하드에 이번 검증 데이터를 저장하고 있던 시모무라가 웃음을 터뜨리며 움직임을 멈췄다.

"시로타한테는 좀비가 발생한 게 스트레스가 아니라 흥분 요소였기 때문이지."

"아, 그런가."

시로타는 바로 납득했다.

"흥분이라는 말은 어폐가 있지만. 뭐……, 좀비 마니아라서 다행이네요."

그 말이 우스워서 카츠키도 웃음을 터뜨렸지만, 바로 기분이 침울해졌다.

침묵이 연구실을 지배하는 가운데, 큰 난관이 버티고 있음을 의식했다.

－과연 이 상황을 타개할 방법은 있을까.

20초쯤 정적이 흐른 후 시모무라가 제일 먼저 말을 꺼냈다.

"……황색망사점균은 언제부터 우리 몸에 있었을까요?"

"글쎄."

카세는 의자 등받이에 몸을 기댔다.

"현재 상황을 고려하면 황색망사점균은 이미 전 세계 사람에게 기생 중일 거야. 요컨대 인류의 체내에 황색망사점균이 잠입할 시간이 필요하고, 인간에게서 인간으로 감염되어야 해. 맨 처음에는 습지 등에 있던 황색망사점균이 인간에게 감염됐겠지. 입이나 코로 들어왔거나 상처를 통해 들어왔을지도 몰라. 그리고 감염자가 재채기를 하면 포자가 퍼져나가서 주변 사람들도 감염되지. 그렇게 몰래 감염자를 늘리면서 1년, 또는 그 이상의 기간 동안 황색망사점균은 아무 짓도 하지 않고 잠잠히 지내다가 충분히 확산됐다 싶었을 때쯤 행동에 나섰을지도 몰라. 제한효소를 방출해서 DNA를 마구 손상시킨 거지. 시르투인 유전자에 과도한 부하가 걸릴 수준으로 말이야. 인간의 신체에는 염증이 점점 늘어났고, 거기에 외적 요건이 추가되자 폭발적으로 발생한 염증이 뇌를 침범해 인간을 좀비로 바꾼 거고."

카세의 설명에 근거는 없다. 하지만 꽤나 설득력 있었고 진실되게 다가왔다.

카츠키는 전면적으로 동의한다는 걸 나타내기 위해 고개를 끄덕였다.

"……그런데 황색망사점균의 전략은 뭘까."

우연히 이런 일이 일어났으리라고는 생각할 수 없다. 어떤 필연성이 있어서 황색망사점균이 인간의 체내에 침입해 우리를 좀비화시켰을 것이다.

"보통, 숙주에 기생하는 건 자신들을 증식시키기 위해서죠. 인간을 숙주로 삼아 그러려고 한 것 아닐까요?"

시모무라가 대답했다.

인간의 행동 능력을 활용해 적극적으로 번식하기 위한 행동.

–과연 그럴까.

"……그럴 가능성도 있지만, 그렇다면 인간 DNA를 엉망으로 만들어서 좀비화시킨 이유를 모르겠네. 조용히 기생하면서 인간을 운반자로 사용하는 편이 나을 텐데."

카츠키의 말에 시모무라는 납득한 듯 고개를 끄덕였다.

"확실히 그렇네요. 기생함으로써 부득이하게 인간 DNA를 손상시켰을 경우도 고려해볼 수 있겠지만, 전 세계 사람에게 기생하기까지의 단계에서는 별문제가 없었을 가능성이 높으니까요. 황색망사점균은 생명을 위협당하면 몇 년이나 동면할 수 있는 모양이니,

설령 숙주인 인간에게 부담을 주더라도, 어느 정도의 시점에서 동면했다가 다시 활동에 들어가는 전략도 있었을 겁니다."

"전략이라니……, 황색망사점균이 그렇게 영리한가요?"

시로타가 물었다.

카츠키 본인도 믿고 싶지 않았지만 가능성은 충분했다.

"뇌가 없는데도 기억을 공유하거나 사고도 하는 수수께끼의 생물이지만, 뇌가 없으니까 인간보다 훨씬 지적 능력이 떨어지는 건 확실해. 다만 황색망사점균은 분열을 통해 각자 다른 경험을 하더라도, 다시 융합하면 서로의 기억을 공유할 수 있다는 게 밝혀졌지. 황색망사점균 1,000개가 융합하면 1,000개 분의 기억을 결합할 수 있는 거야. 인간은 기본적으로 혼자 힘으로 지식을 축적해야 하지만, 황색망사점균은 분열과 융합을 되풀이함으로써 지식을 쭉쭉 늘려나갈 수 있지. 그들이 어떤 목적을 가지고 사고를 시작해서 일부러 분열하고, 경험을 축적하고, 사고한 후에 융합하면, 그 목적에 특화된 생명체가 될 수도 있을 거야."

이 가설이 옳다면 이번 계획을 세울 수 있는 황색망사점균이 존재하며, 그 개체에서 방출된 포자가 좀비화 과정을 담당하고 있다는 뜻이다.

"……뭐랄까, 터무니없는 SF 작품에나 나올 법한 일 같네요."

시로타는 반신반의하는 기색이었다.

"진화는 아주 미세한 변화를 계속해나가는 법이지만, 어느 순간 갑자기 크게 변하기도 해. 우리 인간의 선조인 호모사피엔스가 그랬지."

설명하는 카츠키 본인도 당장은 믿기지 않았다.

하지만 불가능한 일은 아니다.

지금까지 위대한 과학자들 중 몇몇이 외계인과 교신하는 건 시기상조라거나, 유전자가 편집된 슈퍼 인간이 조만간 나타나 개량되지 않은 인류를 위협할 것이라고 경고해왔다.

그런 경고를 듣고 현실적으로 받아들이는 사람이 얼마나 될까. 카츠키가 듣기에도 영문 모를 푸념처럼 느껴진다. 하지만 천재적인 두뇌를 가진 사람들 입장에서는 진지하게 대처해야 할 과제였던 것이다. 인간은 자신의 척도로밖에 만사를 헤아리지 못한다. 그 기준을 압도적으로 넘어서는 현상은 가늠할 수 없다.

황색망사점균이 인간의 DNA를 마구 손상시킨 결과, 인간이 좀비로 변하는 사태가 어떤 전략을 위해 실행에 옮겨졌다.

"아마도 종의 보존 때문이겠지."

카세가 불쑥 말했다.

"종의 보존이라면 좀비화는 번식 수단이라는 건가요? 그건 아까 시모무라가 제시했던 가설과 같은…….."

"불리기 위해서가 아니라 줄지 않도록 대처했다는 뜻이야."

카츠키는 미간을 찌푸렸다. 무슨 소리인지 이해가 가지 않았다.

"……그게 무슨 말이에요?"

카세는 마음을 진정시키려는 듯 천천히 숨을 내쉬었다. 당혹스러워한다는 걸 알 수 있었다.

"황색망사점균이 인간을 숙주로 삼아 번식한다는 걸 부정할 생각은 없어. 인간의 몸속은 온도와 습도가 적당하고 영양분도 충분해. 살기 좋은 환경이지. 다만 놈들은 번식한 후에 우리를 죽이려고 해. 그게 바로 최종 목적이야."

"……왜요?"

"황색망사점균에게 환경 변화를 예측하는 능력이 있다는 거 알지?"

카츠키는 고개를 끄덕였다. 유명한 이야기다.

황색망사점균이 주기적인 환경 변화를 기억하고 예측할 수 있다는 사실이 실험으로 밝혀졌다. 습도가 높은 곳에서 활동하기를 좋아하는 황색망사점균을 습도가 높은 환경에 두면 한 시간에 1센티미터에서 최대 4센티미터까지 이동하지만, 습도를 낮춰서 건조한 환경으로 바꾸면 움직임을 딱 멈춘다. 다시 습도를 높이면 움직이고 또 다시 낮추면 멈춘다. 그러한 변화를 주기적으로 되풀이하면, 실제로 자극이 없어도 이전에 환경이 나빠졌던 타이밍에 맞춰 움직임을 멈춘다는 사실이 판명됐다.

이 실험으로 태고 때부터 존재한 황색망사점균이 환경 변화에 대응하기 위해 기억을 사용하며 난관을 극복해왔을 가능성이 있다고 결론 내려졌다.

"우리 인간은 황색망사점균이 선호하는 숲과 습지를 없애고 있어. 다시 말해 살 곳을 빼앗고 있지. 그 주요인인 인간을 숙주로 삼아 포자를 방출하며 동료를 늘리고, 인간 자체를 없애려는 것은 아닐까. 환경 변화를 일으키는 근본적인 원인을 근절하려는 건지도 몰라. 바이러스와 달리 황색망사점균은 인간의 신체 없이도 살 수 있으니까 인간이 죽어도 문제없지. 인간이 사멸해도 아무 지장 없는 거야."

카츠키는 한기가 느껴져 몸을 떨었다.

황색망사점균에 의해 인류 ─ 호모사피엔스는 베이징원인이나 네안데르탈인처럼 말살된다. 인간이 사라지면 황색망사점균이 살 곳이 급증하고, 지구 환경도 극적으로 개선된다. 인간은 지구 입장에서 암세포라고 비유될 정도다. 황색망사점균이 지구의 면역 시스템이라면 암세포인 인간을 없애려는 이 움직임은 이상할 게 없다.

"하지만 정말로 그런 일이……."

믿기지 않았다. 믿고 싶지 않았다.

"저도 믿을 수가 없네요. 애당초 황색망사점균은 어떤 녀석인가요? 스마트폰으로 검색하려고 해봤지만, 이미 못 쓰는 상태라서."

시로타가 말했다.

시모무라는 컴퓨터를 조작해 화면에 황색망사점균의 사진을 띄웠다. 노란색 변형체성 점균. 다핵의 단세포생물. 먹이를 섭취하기 위한 변형체가 되면 크기가 5미터를 넘긴다. 그물 모양으로 퍼진 모습은 마치 잎맥처럼 보이기도 한다. '위족'이라고 불리는 작고 징그러운 팔 모양의 사지를 뻗어서 이동한다.

"어? 이거라고요?"

시로타의 눈이 동그래졌다.

"역시 못 믿겠는데요. 이런 녀석이 인간을 좀비로 만든다니."

그렇게 주장하는 시로타에게 카세는 짜증이 담긴 시선을 던졌다.

"나도 믿고 싶지는 않아. 하지만 기생생물이 인간을 조종한다는 건 이미 알려진 사실이야. 바이러스같이 작은 것부터 약 2미터 크기의 촌충류까지, 숙주의 행동을 조종하는 기생생물은 수없이 많아. 신경 기생생물학이라는 분야가 있을 정도라고."

자신의 생각에 동조하게 하려는 듯 카세는 고압적인 투로 말을 이었다.

"기생생물과 숙주는 수십억 년이나 싸우면서 살아왔어. 지구상에 최초로 출현한 세균에 바이러스가 기생했고, 다세포생물이 탄생하자 세균이 기생했지. 그렇게 기생생물은 진화하며, 회충이나 진드기, 이 등 다양한 종류로 탄생했어.

물론 이 싸움에서 지금까지 살아남은 숙주인 인간도 침입자를 쫓아낼 방법을 가지고 있어. 피부는 두꺼운 방벽이고, 코는 여과 시스템, 눈물은 침입자를 씻어내지. 귀털에도 침입자를 막는 기능이 있고. 이 방어 시스템을 뚫고 체내에 침입하더라도 기도에는 점액이 있고, 위산은 신발에 떨어뜨리면 구멍이 뚫릴 만큼 강력해. 이것들로 대처하지 못하더라도 면역 세포가 기다리고 있지. 감시병을 세우고 침입자를 발견하면 백혈구가 대처해. 그리고 같은 녀석이 또 침입하면 즉시 대처할 수 있도록 침입자를 기록해두지. 이렇듯 두세 겹 이상의 방어망과 격퇴 능력을 보유했는데도 기생생물에게 지기도 해. 놈들은 엄청나게 수가 많은 집단이고, 다종다양하거든.

게다가 늘 돌연변이를 일으킬 가능성이 있어. 기생생물의 책략에 패하는 건 드문 일이 아니야. 코로나바이러스 감염증이 전 세계에 퍼진 것도 인류가 변이에 대처하지 못했기 때문이지.

기생생물은 때때로 사람을 죽이지만, 에너지를 조금씩 빼앗거나 심하게 상처를 입히기도 하고, 무해한 경우도 있어. 톡소플라스마는 인류의 3분의 1이 넘는 인간의 뇌에 기생한다는 게 밝혀졌어. 하지만 건강한 사람이 감염됐을 경우는 면역계가 작용해 임상 증상이 나타나지 않거나 가벼운 급성 감염 증상이 나타날 뿐이고, 평생 톡소플라스마를 지니고 살아야 하지만 일생생활에는 지장이 없지."

카세는 계속해서 말을 이었다.

"기생생물은 숙주를 이용하기 위해 '조작'이라는 행동을 일으키기도 해. 감기에 걸렸을 때 사람은 기침으로 폐에서 감염 원인을 내쫓으려고 하지. 하지만 기생생물이 병원균을 확산시키기 위해 목구멍 안쪽을 간지럽혀서 기침을 하게 한다는 견해도 있어. 물론 명백하게 조작하는 사례도 확인됐지.

현재 아프리카 일대 지역에 주로 서식하는 메디나충은, 메디나 유충에 감염된 물벼룩이 서식하는 더러운 물을 매개로 인간의 체내에 들어가. 그리고 다양한 전략을 사용해 잠복하고 성장한 후, 인간 신체의 결합 세포를 헤치며 신체 아래로 이동하다 대개 다리와 발 등의 피하조직에서 멈춰 기생하지. 그리고 대략 1년 후에 수많은 유충을 세상에 내보내기 위해 인간의 말단피부 부위까지 이동해서 산을 방출해. 그러면 간지러움을 유발하는 수포가 생기고, 숙주는 불타는 듯한 심한 작열감에 시달리지. 통증을 달래기 위해 숙주가 물에 다리를 담근 순간, 물이라는 환경을 감지한 메니다충이 인간의 피부를 찢고 생식공을 통해 유충을 뱉어내. 한 번 경련할 때마다 유충이 수백에서 수천 마리 튀어나오지. 그렇게 물에 퍼진 유충은 헤엄치다가 다시 물벼룩에 기생하게 되고 또다시 인간의 체내로 들어가. 요컨대 틀림없이 메디나충이 전략을 세워서 인간을 물에 들어가도록 만드는 거야. 그러니 기억과 사고력을 지닌 황색망사점균이 이번 같은 일을 일으켰다는 가설을 난 전면 부정할 생각이 없어. 기생생물은 우리 생각보다 훨씬 교활하거든. 인간에게 해를 끼치는 기생생물은 판명된 것만 해도 1,400종류가 넘지. 숙주를 조작하는 힘을 지닌 기생생물은 훨씬 많을 거야…… 아니, 이 이야기는 이제 됐어."

잔뜩 열을 올리던 카세가 씁쓸한 표정을 지었다.

"원인은 규명했지만 상황은 최악이야. 우리 몸은 이미 좀비화됐고, 언제 좀비로 완전히 변해도 이상할 것 없어."

"타개책을 강구해야겠군요."

시모무라는 고개를 숙이고 생각에 잠겼다.

그의 말이 맞다.

지적 호기심에 사로잡혀 떠들어댔지만 지금은 시간이 없다.

어떻게든 이 상황을 극복할 방법을 찾아야 한다. 정신적 스트레스 때문에 좀비로 변할 가능성은 늘 존재하고, 비상용 발전기의 전력은 앞으로 이틀 분도 남지 않았다. 여기 틀어박혀 있으면 좀비의 습격에서는 몸을 지킬 수 있으리라. 하지만 결국엔 식량도 다 떨어진다.

시계를 보자 오전 11시에 가까웠다.

이치조에게 부탁받은 DNA 감정 작업이 떠올랐다. 모세관 전기영동장치로 실시한 작업은 끝났을 것이다.

확인하러 가려고 하자 뒤에서 목소리가 날아들었다.

"그쪽에서 뭘 하고 있는 거야?"

카세가 물었다.

이치조가 비밀로 해달라고 신신당부했으므로 카츠키는 대답을 얼버무렸다.

"별것 아니에요."

원하는 대답이 아니었겠지만 카세는 더 이상 언급하지 않았다.

카츠키는 이치조 곁으로 향했다.

"죄송해요. 지금 진행할게요."

말없이 고개를 끄덕이는 이치조의 얼굴에는 어두운 그림자가 드리워져 있는 것 같았다.

대체 이 피부 조각과 머리카락은 누구의 것일까.

그런 생각을 하면서 기기를 조작해 DNA 형태를 판정했다. 1분도 걸리지 않았다.

결과를 확인했다.

"아, 나왔어요. 피부 조각과 머리카락은 동일인의 것이네요."

그렇게 말한 카츠키는 이치조를 보고 숨을 삼켰다. 등골에 으스스한 오한이 느껴졌다.

얼굴이 마치 귀신의 형상이었다.

벽에 등을 대고 있던 이치조가 연구실 안쪽에 시선을 주더니 걸음을 옮겼다.

카츠키는 뭔가 안 좋은 일이 일어났음을 깨닫고 뒤따라갔다.

"이, 이치조 씨?"

말을 걸었지만 걸음을 멈추지 않았다.

"대체 무슨 일인데요?"

카츠키는 충격을 받았다.

이치조가 향한 곳은 차세대 시퀀서 앞이었다. 그리고 그 앞에 있던 카세는 시모무라를 방패처럼 앞에 세우고 머리에 권총을 겨누고 있었다. 인질이 된 시모무라는 창백한 얼굴로 벌벌 떨고 있었다.

"너냐!"

이치조가 고함을 질렀다. 인간의 목소리가 아니다. 그야말로 야수의 것이다.

"더 이상 다가오지 마!"

소리친 카세가 총구를 이치조를 향해 겨누었다.

이치조는 움직임을 멈췄다. 카츠키 눈에는 권총에 겁먹었다기보다 상황을 관찰하기 위해 멈춘 것처럼 보였다.

"왜 내 가족을 죽였지!"

성난 목소리가 쩌렁쩌렁 울려 퍼졌다.

정면에 있던 카세는 귀가 따갑다는 듯이 얼굴을 찡그렸다.

"음……. 나도 잘 모르겠군. 뭐, 있는 그대로 말하자면 거절당했기 때문이려나."

카세는 그 말이 진실인지 아닌지 본인도 모르겠다는 것처럼 고개를 갸웃했다.

"그게……, 내 취향이었거든. 가끔 보는 정도였지만 내내 관심이 있었어. 딱히 명확한 살의가 있었던 건 아니야. 우연히 같은 시간에 함께 길을 걷고 있었을 뿐이지. 그렇게 뒤따르다 집에 들어갔어. 특별히 어떻게 하려던 건 아니야. 내가 생각하기에도 이상하지만 멈출 수가 없었어. 내 감정을 통제할 수 없었지. 아무튼 어찌어찌하는 사이에 그 여자에게 거절당했어. 그래서 몹시 성질이 났던 건 기억해. 그래서 죽였어. 하지만 원래부터 죽일 작정은 아니었거든. 정신을 차리고 보니 죽어 있었다는 표현이 딱 맞을 정도야. 그렇다면 난 악인인가? 하지만 내가 한 행동이 아닌 것 같은 기분이 든단 말이지. 내가 범인인 건 틀림없지만."

말하는 본인도 당황스러운지 카세는 어쩐지 더듬더듬하는 말투였다. 다만 얼굴에는 웃음이 걸려 있었다. 자신이 우위에 있다는 식의 만족스러운 웃음.

"젠장, 당신 이름을 듣자마자 알았어. 내가 죽인 여자의 남편이라는 걸 말이야. 내가 범인인 걸 아는지 모르는지 분간이 안 가서 놔뒀는데."

이치조가 예방감염증연구소에 나타났을 때가 떠올랐다. 평가하는 듯한 카세의 표정. 그건 좀비인지 아닌지를 판단하려는 게 아니라, 자신을 의심하는지 아닌지를 탐색하는 눈이었던 것이다.

"……저쪽에서 부스럭부스럭하는 게 어수선하다고 생각했는데."

카세가 모멸스럽다는 시선을 카츠키에게 던지고 나서 말을 이었다.

"DNA를 감정했나. 바로 대응하길 잘했군. 하마터면 과학에 **발목을 잡힐 뻔**했어. 하지만 과학 기술의 결정체라고도 할 수 있는 권총에 **도움을 받은** 셈이야. 좀비가 판치는 세상이 됐는데도 복수심에 불타다니, 정말이지 제정신이 아니군."

카세의 이야기를 들으면서 카츠키는 일요일 아침 집에서 본 뉴스를 떠올렸다. 세상이 변하기 이틀 전에 발생한 모자 살인사건.

피해자의 성씨가 분명 이치조였던 걸로 기억한다.

이치조는 좀비가 세상에 퍼졌는데도 아랑곳없이 죽기 살기로 예방감염증연구소를 찾아왔다. 범인을 밝혀내기 위해.

"그런데 어떻게 DNA를 감정한 거야? 머리카락은 날 구한다고 머리털을 잡아당겼을 때 얻었겠지. 그 시점에서 이미 날 범인으로 확신했던 건가?"

"……널 구하면서 봤지. 손톱에 긁힌 듯한 상처. 그래서 네가 범인일지도 모르겠다 싶었어."

"그럼 다른 시료는?"

"피부 조각."

"……아아, 역시."

카세는 납득했다는 듯 고개를 끄덕였다.

"그 여자가 할퀴었지. 실수였어. 나도 살인이 처음인 만큼 미숙했으니까. 스스로 냉정하다고는 생각했지만, 할퀸 것도 눈치채지 못했다는 것은 곧 평상심을 유지하지 못한 거겠지……. 흠, 그럼 이전까지는 의심하지 않았다는 건가. 그런데 왜 여기에 온 거지? 내가 당신 아내를 죽이고 고작 이틀 후에 좀비가 발생했으니, 수사는 제대로 시작도 못 했을 텐데."

"……넌 일을 저지른 후, 한 시간쯤 걸어서 이 연구소로 돌아왔어. CCTV 카메라 영상을 이어 맞춰서 경로를 밝혀냈지. 얼굴은 보이지 않았지만 키와 체격, 복장으로 경로를 추적할 수 있었거든. 그 결과, 이곳 직원 중에 범인이 있을 걸로 짐작됐어."

"참 수고가 많으셔."

카세가 장난스러운 표정으로 노고를 치하했다.

"보자, 분명 금요일이었어. 그날은 휴가를 냈지만 당신 집에 갔다가 처리할 업무가 있다는 게 생각났지. 그래서 산책도 할 겸 걸어서 여기에 온 거야. 난 그 여자와 접점이 없고, 피부 조각도 누구 것인지 밝혀낼 수 없을 테고, CCTV 카메라에 얼굴도 찍히지 않도록 조심했으니 괜찮을 줄 알았는데……. 하지만 이렇게 당신이 찾아왔어. 좀비들을 헤치고 말이야. 정말 고생이 많았겠어."

카세는 웃었다. 주눅 든 낌새는 전혀 없었다.

총구 앞의 이치조는 허리를 낮춘 자세를 유지 중이었다. 언제라도 덤벼들 수 있는 상태다. 하지만 두 사람 사이에 시모무라가 있고, 총구는 여전히 이치조에게 향하고 있다. 다가가는 순간 총에 맞으리라.

"응? 그런데 어째서 피부 조각을 당신이 가지고 있지? 보통은 감식과가 맡잖아. 그 정도의 피부 조각이라면 감정할 때 DNA 이외의 성분은 녹아서 없어질 텐데."

이치조의 턱에 힘이 들어갔다. 이를 빠드득 가는 소리가 들리고 입술 가장자리에서 피가 났다.

"……아내의 손톱에 남아 있던 피부 조각은 감식과가 채취했어. 하지만 소타의 손톱에 남아 있던 건 내가 보관했지. 동료에게 아들과 단둘이 있게 해달라고 부탁했을 때 긁어낸 거야. 범인을 찾아내서 복수하려고."

그 대답에 카세는 당시가 떠올랐는지 언짢은 표정을 지었지만, 바로 실실 웃었다.

"소타? 아아, 그 빌어먹을 꼬마 말이군. 덤비는 여자를 목 졸라 죽일 때 울면서 날 할퀴었지. 그래서 개도 목 졸라 죽였어. 엄마를 지키고 싶었겠지만 너무나 무력했지. 이봐, 마누라고 자식이고 교육을 잘 시켰어야지. 어쨌거나 아깝게 됐네! 복수 직전까지 왔는데 말이야. 하지만 난 세상의 사랑을 받는 남자야. 사람을 죽였는데 좀비가 횡행하는 세상이 됐잖아? 세상이 이렇게 변했으니 난 체포될 일 없어. 난 인생의 성공을 보장받았다고. 좀비의 원인을 발견한 연구자로서 전 세계의 칭송을 받겠지."

도발하듯 말하는 카세를 보고 카츠키는 공포를 느꼈다.

하지만 그 이상으로 **위화감**이 느껴졌다.

분명 카세는 감정을 표출하는 유형이다. 감정이 격해져서 뭔가에 화풀이를 하는 모습을 몇 번 봤다.

온화한 성격은 아니다. 하지만 사람을 죽일 유형도 아니다. 이치조가 요전에 말했던 순수한 악을 가진 존재일까. 자신을 위해 사람을 죽인다. 어느 순간 사람을 죽인다. 단순하게 숨 쉬는 것처럼 자연스럽게.

여기에 해당하는 걸까.

아니, 도무지 이해가 안 된다. 아무래도 카세가 살인을 저지를 것 같은 사람은 아니었다.

그러다 카츠키는 퍼뜩 놀랐다.

황색망사점균은 일단 신체를 좀먹다가 외적 요건이 충족되면 대뇌신피질을 파괴한다는 가설에 다다랐다. 대뇌신피질이 망가지면 사람은 이성을 잃고 본능에 따라 행동한다.

−하지만 외적 요건이 추가되지 않았다고 해서 대뇌신피질에 영향이 없을 거라는 보장도 없다.

카세는 사건을 일으켰을 때, 이미 이성을 주관하는 대뇌신피질이 손상됐던 것 아닐까.

뉴스에서도 매일같이 살인사건을 보도했다. 흉악범죄의 증가세를 한탄하는 패널도 있었다. 황색망사점균의 영향으로 대뇌신피질의 기능이 저하되는 바람에 범죄가 늘어난 건지도 모른다. 범죄의 원인이 황색망사점균이라는 가설은 인간의 좀비화를 설명하는 가설과 논리 측면에서 동일하다.

살인의 동기는 황색망사점균.

빨리 그 사실을 말해야 한다.

"저기……."

카츠키가 말을 꺼내는 것과 동시에 인질로 잡혀 있던 시모무라가 카세의 팔을 뿌리치려고 몸부림쳤다.

균형을 잃은 카세에게 이치조가 달려들었다.

처음 한 발은 빗나갔다.

하지만 두 번째 총알이 이치조의 넓적다리에 명중했다. 그는 그 자리에 무릎을 꿇었다.

"쌍!"

총알이 빗나가서 화가 났는지 욕을 내뱉은 카세가 이치조의 얼굴을 걷어찼다. 이치조가 벌렁 쓰러지자, 한 발짝 물러나서 그의 머리에 총을 겨누었다.

요전에 카세가 분명 권총에 총알 세 발이 남았다고 했다.

즉, 남은 건 한 발이다.

이치조는 일어서려고 애썼지만 쉽지 않은 듯했다. 신체의 염증이 빠르게 늘어나고 있다. 시르투인 유전자에 과도한 부하가 걸려 이미 돌이킬 수 없는 상황에 빠졌다. 출혈량으로 보건대 대퇴동맥이 손상된 게 틀림없다. 보통 1분 안에 과다출혈로 죽음에 이른다.

"마음이 급해서 빗나갔군……. 뭐, 됐어. 이 정도 상처면 좀비로 변하는 조건에 부합하겠지."

카세 말대로 이치조의 상태가 이상해졌다.

말없이 포효하는 것처럼 입을 크게 벌리고 전신을 경련한다. 눈알이 빠지는 게 아닐까 싶을 만큼 크게 뜬 눈은 뿌옇게 흐려졌다.

"슬슬 이성이 날아갈 거야. 좀비로 변하면 당장 죽여줄게. 복수를 못 해서 아쉽겠네. 절망 속에서 죽도록 해."

이치조가 경련을 멈췄다.

20초 사이 벌어진 일이었다.

2

"태어났어?"

"……한참 됐어."

"어, 그게, 요전에 발생한 살인사건을 아직 수사하는 중이라 좀처럼 시간을 낼 수가 없었어. 정말 미안해."

"핑계는 됐으니까, 빨리 애나 안아줘."

"이렇게 몰랑몰랑하다니……, 아기 원숭이 같아. 나도 아빠가 됐구나. 잘 부탁한다, 소타."

"여보, 아기가 왜 이렇게 우는 거야……. 겨우 사건이 해결돼서 푹 자려고 했더니만."

"어쩌겠어. 그게 아기가 할 일인데."

"우는 게 일이라니 부럽다……! 뭐, 일이라면 어쩔 수 없지. 많이 울고 쑥쑥 크렴."

"오, 방금, 뭐라고 말했어!"

"아……, 봐아."

"지금 아빠라고 한 거 아니야?! 맞아, 분명 그거야. 아빠라고 했다니까!"

"아빠! 일어나!"

"어이쿠! 요놈, 아빠 눈을 찌르면 어떻게 하냐! 머리 차지 말고!"

"일어나, 아빠! 아빠, 놀자!"

"알았어, 알았어. 일어날게."

"우리 소타, 공 잘 차네."

"응!"

"앗……, 아이고! 다리에 쥐가 났다!"

"괜찮아?"

"아이고, 아파라."

"괜찮아?"

입술을 삐죽이다가 울음을 터뜨린다.

"소타, 왜 네가 우니? 괜찮아, 괜찮아! 다 나았어!"

"정말로 일하려고?"

"응."

"그래도……, 내가 돈을 잘 버는 건 아니지만 생활에 지장이 있을 정도는 아니잖아."

"그런 게 아니라 소타에게 동생을 만들어주고 싶거든. 그러려면 돈을 모아야겠다 싶어서. 그래봤자 파트타임이지만."

"……둘째를? 진심으로 하는 소리야?"

"이런 걸로 거짓말을 하겠어? 진심이야."

"음……."

"싫어?"

"생각해본 적 없었는데, 둘째라……. 괜찮을지도 모르겠네. 소타 같은 아이가 둘이면 분명 즐거울 거야."

"그치?"

"그래. 나도 출세할 수 있도록 열심히 노력할게."

"그럼 다녀올게."

"다녀오세요. 아빠, 오늘도 경찰차 타? 악당을 해치우는 거야?"

"……뭐, 그렇지. 해치울게."

"히어로처럼?"

"응, 그래. 히어로처럼 정의의 사도가 돼서 악당을 해치우마."

"그렇구나! 정의의 사도, 멋있어. 나도 악당을 해치우고 싶어!"

웃는다.

그걸 보고 따라 웃는다.

"그렇구나. 뭐, 악당을 해치우는 건 아빠 일이니까 소타는 걱정하지 마. 소타가 할 일은 엄마를 지키는 거야. 아직 3개월이지만, 나중에 동생이 생길 테니 형이나 오빠로서 단단히 지키는 거야. 아, 이제 가야겠다. 미안해, 소타. 나중에 보자."

"잘 다녀와."

─그럼 다녀올게. 최대한 일찍 올 테니까 집 잘 보고. 퇴근하고 돌아왔을 때 소타가 깨어 있으면 잠깐이라도 같이 놀자.

지금까지의 기억이, 이성이, 깎여나간다. 그리고 마지막 하나마 저 사라진다.

이치조가 울부짖는 소리가 연구실에 울려 퍼졌다.

3

카츠키는 무슨 일이 일어나고 있는 건지 이해하지 못했다.

좀비로 변한 이치조가 재빨리 일어나서 카세를 덮쳤다.

카세가 머리를 노리고 권총을 쐈지만, 좀비로 변한 이치조는 총알을 피하고 카세에게 달려들어 목을 물어뜯었다.

카세가 비명을 질렀지만 이치조는 멈추지 않았다. 코를 깨물고, 팔을 물어뜯고, 배를 가른다. 먹는 게 아니다. 그저 마구 물어뜯을 뿐이다.

완전한 유린.

몸이 너덜너덜해진 카세는 잠시 저항을 시도하다 이윽고 움직임을 멈췄다.

주변 일대가 살점으로 가득한 피바다로 변했다.

카츠키도 시모무라도, 무서운 나머지 꼼짝달싹하지 못했다.

숨이 끊어진 카세 위에 엎드려 있던 이치조가 상반신을 일으켰다. 카세의 시체에 올라탄 상태로 카츠키를 향해 얼굴을 돌렸다.

눈이 마주쳤다.

하지만 그것은 사냥감을 보는 눈이 아니라는 느낌이 들었다.

좀비로 변한 이치조는 흥미를 잃은 듯 시선을 돌리고 일어섰다. 그리고 카츠키 쪽으로 다가올 낌새를 보이다가 멈춰 서서 뭔가를 알아차린 것처럼 카츠키 옆을 보았다. 옆에는 아무도 없다. 그런데도 이치조가 눈을 가늘게 뜨고 웃은 것 같은 기분이 들었다.

마치 거기에 소중한 사람이 있기라도 한 듯한 반응이었다.

입을 벌린 이치조는 그렇게 앞을 보며 나아가다 곧 움직임을 멈췄다.

침묵이 흘렀다.

"……죽은 것 같네요."

시모무라가 떨리는 목소리로 말했다.

"……죽어서 다행이네요."

아니다.

카츠키는 부정하고 싶었다. 이치조에게 공격할 의사는 없었다.

좀비가 되면 이성은 사라지고 본능에만 따르게 된다. 매슬로 욕구단계설에 대입하면 낮은 단계의 욕구에 지배당하는 셈이다.

다만 모든 인간에게 동일하게 해당되는 건 아니다.

황색망사점균의 영향으로 그 사람이 가장 강하게 품고 있는 욕구가 고스란히 드러난다. 그 욕구가 '본능'으로 발현된다.

이치조는 생물적 욕구라는 낮은 단계의 본능보다 복수라는 자아실현 욕구가 더 컸는지도 모르겠다. 그의 눈에는 욕구를 달성한 사람에게서 느껴지는 성취감이 깃들어 있었다.

이치조는 복수를 이뤄냈다.

좀비로 변하면 이성을 잃고 욕구라는 본능에 지배된다. 하지만 꼭 최하위 단계의 욕구에만 지배되는 것은 아니라고, 개체차가 있다는 사실이 우연히 증명되었다고 카츠키는 생각했다.

여섯째 날

BSL3 연구실에 남은 카츠키와 시로타는 바닥에 앉아 있었다.

눈앞에서는 시모무라가 컴퓨터를 확인하는 중이다.

"……틀렸네요. 연결이 안 돼요."

시모무라는 한숨을 쉬고 두 손 들었다는 자세를 취했다.

이 방에서 인터넷에 접속되는 유일한 컴퓨터가 카세가 쏜 총에 맞아 부서졌다. 시모무라가 다른 컴퓨터로 연결 가능한지를 시도해봤지만 헛수고로 끝났다.

좀비화 원인을 어떻게든 밖에 알려야 한다. 하지만 이 연구실에서는 불가능하다. 외장 하드에 게놈의 비교 데이터를 저장해놓았지만 인터넷 없이는 정보를 발신할 수 없다.

연구실에서 나가려고 했지만 여전히 좀비들이 에어로크의 문을 두드리고 있었다. 여기를 나서서 인터넷이 연결된 컴퓨터를 찾기는 하늘의 별 따기나 다름없다.

예방감염증연구소의 전력은 하루치밖에 남지 않았다. 전기가 끊기면 이 사태를 해결할 방법이 완전히 사라진다. 좀비로 변하기를 그저 기다리느냐, 그 전에 식량이 떨어져서 굶어 죽느냐. 현재는 그런 상황이었다.

"아무리 스트레스에 내성이 있다고 한들 저희도 결국은 좀비로 변하겠죠. 그 전에 어떻게든 WHO에 검증 데이터를 보내야 해요."

외장 하드를 든 손을 살며시 흔들면서 시모무라가 말했다.

"WHO가 아직 잘 돌아가고 있을까요······."

시로타가 중얼거렸다.

"아직 건재할 거라고 믿는 수밖에 없겠지."

시모무라가 대답했다. 자기 자신을 다독이는 듯한 말투였다.

카츠키는 배관 덕트가 뻗어 있는 천장을 올려다보았다. 이 덕트로 탈출할 수 있을까 싶어 시도해봤다가 불가능하다는 게 판명됐다. 사람이 지나가기에는 너무 좁았다.

여기서 탈출하려면 에어로크의 문을 열고 적진을 돌파하는 수밖에 없다.

"······뭔가 좀비의 관심을 돌릴 방법이 없으려나요."

시로타가 묻는다기보다 혼잣말하듯이 말했다. 내내 검토를 거듭했지만 묘안은 떠오르지 않았다.

전화가 불통이라 외부에는 연락을 못 한다. 여기저기 내선전화를 걸어보았지만 아무도 받지 않았다. 이미 연구소의 모두가 좀비로 변하고, 살아남은 건 카츠키, 시모무라, 시로타뿐인 듯했다.

"어쨌거나 좀비와 싸우는 것밖에 방법이 없겠네요."

시로타가 일어섰다.

"정면 돌파하죠."

"하지만 물리면 좀비로 변할 텐데, 어떻게 피하려고?"

시모무라가 피로한 표정으로 물었다.

"글쎄요……. 무리겠죠."

시로타는 그 자리에 주저앉아 고개를 푹 숙였다.

계속 여기에 있으면 결국 죽는다. 그리고 좀비의 원인을 절대로 외부에 알릴 수도 없다.

황색망사점균이 방출한 제한효소 때문에 노화 세포가 급증하고, 신체에 염증이 발생해 노화하다가, 뇌까지 염증이 퍼져서 이성을 잃고 좀비로 변한다. 노화 세포를 좀비 세포라고 칭하다니, 참 아이러니하다고밖에 할 수가 없다.

카츠키의 몸속에도 황색망사점균이 있으리라. 그리고 온몸에 염증을 일으키고 있다. 하지만 염증이 뇌를 침범하지 않았으니 아직 좀비화되지 않았다.

물리거나 다치더라도 염증이 늘어나지 않아 좀비로 변하지 않을 방법은 없을까.

늘어나는 노화 세포.

그 증가를 멈춘다.

─아니, 죽인다?

"……노화 세포만 죽인다면?"

카츠키의 말에 시모무라가 의아한 표정을 지었다.

"죽인다고요? 노화 세포는 이미 죽은 세포인걸요. 그래서 좀비

세포라고 하는 거고요. 죽은 걸 또 죽이다니…….”

말을 멈춘 시모무라가 뛰어오를 것처럼 벌떡 일어섰다.

“어?! 그런 게 가능하단 말이에요?!”

본인이 말하고 본인 혼자 놀란다.

“뭐가?”

카츠키가 얼굴을 찌푸리며 묻자 시모무라는 양손으로 머리를 감쌌다.

“아니지, 될 수도 있어! 무리일지도 모르지만, 해볼 만한 가치는 있어요!”

시모무라가 소리쳤다.

“노화 세포가 폭발적으로 증가하는 게 좀비화 원인이라면, 반대로 노화 세포를 제거하면 돼요! 말씀대로 가능해요!”

흥분한 기색으로 몸을 흔들흔들했다.

“그러니까, 그런 방법이 있느냐고?”

“마침 좋은 게 있어요. 세놀리틱 약물이에요. 저도 아주 잠깐이지만 연구에 참여한 시기가 있었죠.”

카츠키는 눈을 크게 떴다.

“세놀리틱 약물……. 그런 방법이 있었구나.”

세놀리틱은 노화와 싸우는 좀비 킬러로, 활발한 연구가 진행 중인 노화 세포 제거 약물이다. 저분자 약제로 노화 세포만 사멸시키도록 설계됐다. 최초로 세놀리틱 약물 개발에 성공한 사람은 미국 국립노화연구소 메이요클리닉의 제임스 커크랜드 박사다. 노화 세포 제거에 효과가 있는 분자를 쥐에게 투여하자 수명이 36퍼센트나 늘어났다. 세놀리틱 약물의 유효성은 현재도 전 세계에서 연구되고 있으며, 일주일의 투약 치료로 젊어지는 것은 물론이고 퇴행 관절증에 시달리거나 실명 우려가 있는 사람도 회복을 기대할 수 있다고 알려졌다. 인간을 대상으로 하는 임상시험도 2018년부터 진행 중이다. 회춘과 장수는 인간을 매료하는 단어다. 현재도 수많은 대학과 연구기관에서 연구에 착수 중이지만 실용화까지는 아직 많은 단계가 남았다.

예방감염증연구소도 대학과 공동 연구에 착수했고, 연구 중인 약물은 이 연구실에 있었다.

"세놀리틱을 사용하면 노화 세포를 없앨 수 있겠지. 하지만 과연 즉시 효력이 나타날까…… 그리고 인체에 어떤 악영향을 끼칠지도 모르잖아?"

"그래도 해볼 가치는 있어요."

시모무라가 말했다.

"물론 안정성이 증명된 것도, 즉효성이 있다는 데이터가 있는 것도 아니에요. 하지만 세놀리틱이 유효하다면 급격한 노화가 좀비화의 원인이라는 가설이 증명되는 거예요."

카츠키는 시모무라의 힘 있는 목소리에 압도당한 것은 물론, 그의 주장을 완벽히 이해했다.

게놈을 해석해서 좀비화 원인을 알아내기는 했다. 하지만 좀비의 몸에서 황색망사점균을 발견한 것도, 노화 세포가 신체를 잠식한 걸 실제로 확인한 것도 아니다. 체내에 무수히 많은 세포가 폭발적으로 노화한다고 해서 겉모습이 갑자기 달라지는 것도 아니니까. 물론 그 영향이 나타나기 쉬운 곳에는 금방 변화가 보이는 듯하다. 실제로 안구와 피부에는 노화의 징후가 생겨났다. 다만 이것도 황색망사점균 때문에 노화 세포가 급격히 증가한 탓이라는 근거가 될 수는 없다.

만약 세놀리틱 약물을 주입한 후 좀비에게 물려도 좀비로 변하지 않는다면, 노화 세포의 증가가 좀비화 원인이라는 명백한 증거가 된다.

세놀리틱 약물을 맞고 좀비에게 물린다. 이건 인체 실험이기도 하다.

"되도록 물리고 싶지는 않은데."

"그건 그렇죠."

시모무라는 웃었다.

"하지만 이게 원인을 밝혀낼 유일한 방법이에요."

과장이 아니라, 정말로 이 방법밖에 남아 있지 않다.

카츠키는 허리를 쭉 폈다.

"무기는 야구방망이뿐이네."

"액체 질소도 있는데요."

시모무라의 말에 카츠키는 고개를 저었다.

"액체 질소는 우리가 피해를 입을 우려도 있고, 좀비에게도 그다지 유효한 수단은 아니야. 그보다 최대한 빨리 달려서 좀비를 떼어내는 게 낫겠어. 그리고 인터넷이 연결된 컴퓨터를 찾아서 외장 하드에 담긴 데이터를 WHO에 보내는 거야."

한 사람이라도 살아남아서 임무를 완수한다.

그 말은 입 밖에 내지 않았다. 하지만 시모무라도 시로타도 이미 알고 있는 듯했다.

시모무라가 연구 중인 약제를 보관하는 보냉고에서 바이알을 꺼냈다. 라벨을 확인하고 고개를 끄덕였다.

"우리 연구소에서는 세놀리틱 약물의 후보 물질을 열다섯 가지로 선별했는데요. 이게 그중에서 제일 유효성이 높다고 추정한 물질이에요."

알코올 솜과 주사기 세 개를 준비하며 설명했다.

"아직 사람에게는 사용해본 적 없어요. 쥐로 실험했을 때는 나름 대로 효과를 거두었지만……, 당연히 인간에게 어느 정도 양을 사용해야 효과가 있는지도 모르고요."

시모무라는 카츠키를 보았다.

"분량은 맡길게."

"알겠습니다. 정맥주사로 놓을게요."

주사기로 세놀리틱을 빨아들였다.

"나부터 놔줘."

카츠키는 그렇게 말하며 자기 팔에 구혈대를 감았다. 시모무라가 반대했지만 여기서 논쟁할 시간이 아깝지도 않냐며 딱 잘라 말했다.

주사 놓을 곳을 알코올 솜으로 소독하고 주사침을 찔렀다. 약물이 일정한 속도로 천천히 체내에 주입됐다.

눈을 감은 카츠키는 세놀리틱 약물이 혈류를 타고 몸속에 퍼지는 걸 의식했다. 물론 실제로 느낄 수는 없지만, 약물이 무사히 흡

수됐을 거라고 마음을 안심시키고 싶었다.

잠시 상태를 지켜보았지만 별다른 이상은 없었다. 약의 부작용으로 즉시 죽거나 하지는 않는 모양이다.

다음은 시모무라, 그리고 시로타가 마지막이었다.

만약을 위해 한 시간쯤 시간을 두기로 했다.

한 시간이 적절한지도, 연구 중인 세놀리틱 약물이 정말로 효과가 있는 건지도 불확실하다.

"그러고 보니 시모무라의 아버님은 우리 연구소 소장이셨지."

움직이는 시곗바늘을 보며 카츠키는 말했다. 왠지 모르게 그 말이 입에서 나왔다.

"맞아요."

"사이 안 좋아?"

좀비가 발생한 당일, 부모님에 관해 물었을 때 시모무라는 마지막으로 대화를 나눈 게 몇 년 전이라고 대답했다.

"사이가 안 좋은 건 아니고요. 대신 서로 무관심하달까요. 아버지는 연구에 인생을 바쳤어요. 그야말로 모든 시간을 연구에 퍼붓고 싶어 했죠. 가족은 짐일 뿐이라, 저는 아버지에게 방해가 되지 않도록 살아왔어요. 딱히 그게 고통스러웠던 건 아니지만요. 어머니와는 사이가 좋았고, 아버지가 번 돈으로 하고 싶은 걸 할 수 있었으니까요. 어머니의 희생 덕분에 일단 가족이라는 형태는 유지했지만, 어머니가 돌아가신 뒤로는 거의 남 같은 느낌이에요. 핏줄이라는 걸 제외하면 완전히 남이죠, 뭐."

한숨을 푹 쉰 시모무라는 마음을 진정시키려는지 가슴 언저리를 가볍게 두드리고 나서 말을 이었다.

"하지만 어째선지 아버지와 같은 길을 걸으며 연구에 인생을 바치게 됐어요. 이렇게 아버지를 이해하려고 한 건지도 모르겠네요. 무의식적이긴 했지만…… 뭐, 얼굴을 못 뵌 지도 몇 년이나 지났지만, 지금이라면 조금이나마 속을 터놓고 이야기할 수 있을 것 같네요. 인생을 연구에 바친 아버지의 심정을 조금은 이해했으니까."

시모무라는 어색한 웃음을 지었다.

"꼭 다시 만나면 좋겠네요."

시로타의 말에 시모무라는 고개를 끄덕였다.

"뭐, 가능성은 없지만."

시모무라의 얼굴에 쓴웃음이 번졌다.

밖이 어떤 상황인지는 모르지만, 운 좋게 만날 확률은 낮으리라.

"카츠키 씨는 보고 싶은 사람이 계세요?"

시모무라의 말에 카츠키는 눈을 깜박였다.

보고 싶은 사람.

이렇다 할 사람은 없었다.

"음…… 보고 싶은 사람을 만들어가는 인생을 살고 싶달까."

꾸밈없는 말이었다.

보고 싶은 사람이 있는 인생. 이렇듯 미증유한 사태가 발생했을 때 진심으로 안부가 걱정되는 존재. 그건 그것대로 무거운 짐이겠지만, 이제는 그러한 존재가 있는 것도 나쁘지는 않겠다 싶다.

"그거 괜찮네요. 저도 그걸 목표로 할게요."

시모무라는 웃음을 지었다.

"정말? 다시 연구에 여념 없는 생활로 돌아가는 거 아니고?"

"아, 들켰나요?"

머리를 긁적인 시모무라는 약간 발개진 얼굴로 시선을 돌렸다.

"시로타는 밖에 나갈 수 있다면 당장 뭘 하고 싶어?"

카츠키의 질문에 시로타는 고개를 기울였다.

"저요? 글쎄요……. 일단 집에 있는 좀비물 영화와 드라마 DVD
를 몽땅 버릴 거예요. 이제 꼴도 보기 싫으니까."

웃음이 터졌다.

부드러운 분위기가 흘렀다.

죽음으로 향하기 직전의 신기한 한때.

마침내 한 시간이 지났다.

세 사람은 에어로크의 문 앞에 서서 얼굴을 마주 보았다.

"명심해. 물려도 달릴 것. 그리고 데이터가 담긴 외장 하드는 우
리 목숨보다 중요하다는 것."

카츠키의 말에 시모무라와 시로타는 고개를 끄덕였다.

첫 번째 문을 열고 기갑실로 들어갔다.

좀비가 문을 두드리는 소리가 들렸다.

역시 물러가지 않고 모여 있다.

문을 닫았다.

"자, 파이팅."

카츠키는 약간 감정에 북받친 목소리로 말했다.

이 상황에 어울리는 대사는 아니었지만, 이 정도가 딱 좋은 것
같기도 했다.

두 번째 문의 버튼을 누르자 문이 열리기 시작했다.

"아, 이거, 카츠키 씨가 가지고 계세요."

시모무라가 외장 하드를 카츠키에게 주었다.

"어?"

받아든 카츠키는 눈을 깜박였다.

"걱정하지 마세요. 저희가 지킬 테니까."

시모무라와 시로타는 웃음을 지었다.

그 순간, 문이 완전히 열렸다.

좀비는 네 마리.

모두 움직임이 느리다.

세 사람은 달려나갔다. 본동으로 이어지는 문까지 복도를 따라 똑바로 나아가야 한다.

앞장선 시로타가 제일 먼저 덤벼든 좀비의 머리를 야구방망이로 후려쳤다.

다른 좀비가 옆으로 쓰러진 좀비를 밟으며 손을 뻗었다.

그걸 몸으로 막은 시모무라가 팔을 물렸다. 물고 늘어지는 좀비를 걷어차고 큰 소리로 외쳤다.

"뛰어요!"

시로타가 몸을 던져 세 번째 좀비를 밀어냈다.

카츠키는 눈앞에 나타난 네 번째 좀비에게 손목을 물렸다. 심한 통증에 인상을 찡그렸다. 하지만 멈추지 않고 달렸다.

얕은 호흡을 되풀이하며 앞으로 나아간다.

별동과 본동을 분리하는 이중문 앞에 도착했다.

사원증을 대고 잠금장치를 해제했다.

문을 열고 연결복도를 달린다.

카츠키는 절망감에 휩싸여 눈을 부릅떴다.

여기에도 좀비 두 마리가 있었다. 그것도 달리는 좀비.

좁은 연결복도에서 그들을 피하기는 불가능하다.

돌파할 수 없다.

그렇게 생각했을 때, 양쪽에서 시모무라와 시로타가 카츠키를 앞질렀다. 피투성이가 된 두 사람이 좀비 두 마리를 향해 돌진했다.

시로타가 좀비 두 마리에게 몸을 날렸다.

돕기 위해 발을 멈추려 하자 시로타가 외쳤다.

"부탁해요!"

한껏 밝은 목소리였다.

연결복도를 나아간다. 옆에서 시모무라가 나란히 달렸다. 좀비 두 마리를 시로타 혼자 상대하고 있다는 뜻이다. 돌아보고 싶었지만 꾹 참았다. 어쨌거나 앞으로 나아가야 한다.

연결복도를 빠져나가기 직전에 좀비 한 마리가 또 나타났다.

"이 자식아!"

시모무라가 소리를 지르며 좀비가 뻗은 양손을 붙잡았다. 좀비의 이빨이 시모무라의 어깨를 파고들었다.

카츠키는 넘쳐흐르는 눈물로 시야가 흐려졌다. 왜 세상이 이렇게 되어버린 걸까. 왜 이런 꼴을 당해야 할까. 화가 나서 귀울림이 들렸다. 온몸에서 힘이 빠져나가고 시선이 아래로 내려간다.

"빨리 가세요!"

시모무라의 목소리에 카츠키는 고개를 들었다.

아플 텐데도 평소처럼 웃는 얼굴이었다.

"전에 말씀하셨잖아요! 세상을 구하기 위해 지금까지 열심히 공부하고 연구해온 거라고요. 바로 지금이에요! 지금 멋지게 세상을 구해주세요!"

카츠키는 이를 악물었다.

이렇게 질 수 없지.

로비에 다다르자 계단을 뛰어올라 자기 연구실로 들어갔다. 아무도 없는 연구실에는 좀비도 없다.

켜져 있는 컴퓨터를 조작했다.

카츠키는 좀비에게 물린 손목을 보았다. 살점이 뜯겨나갔지만 염증에 의한 경련은 없었다.

좀비로 변하지 않았다.

아직 인간이다.

가설은 틀리지 않았다.

원인 규명에 성공했다.

WHO 홈페이지에 접속해 검증 데이터를 첨부했다.

키보드를 두드렸다.

무슨 말로 이야기를 시작해야 할지는 이미 정해두었다.

"We have identified the cause of zombie formation."

우리는 좀비화 원인을 알아냈다.

일곱째 날

메일을 보내고 네 시간이 흘렀다.

카츠키는 공허한 시선을 천장으로 향했다. LED 조명의 불빛이 약해진 것 같은 느낌이었다.

이제 죽음을 기다릴 뿐.

세놀리틱 약물 덕분에 좀비로 변하지는 않지만, 단순히 좀비화가 느려졌을 가능성과 함께 여전히 좀비의 먹잇감이기도 했다.

언제 전기가 끊겨도 이상하지 않은 상황. 언제 좀비로 변할지도 모르고, 설령 인간의 상태를 유지하더라도 피를 많이 흘려 죽을 우려도 있다.

몸이 불타는 것처럼 뜨거웠다. 좀비화 징후일까, 아니면 세놀리틱 약물이 노화 세포와 싸우고 있는 걸까. 어느 쪽인지는 곧 알 수 있으리라.

좀비가 발생한 지 7일. 전 세계가 완전히 뒤집히고, 인류가 절망에 빠진 일주일.

그러고 보니 신은 6일간 천지를 창조하고 7일째 되던 날 안식을 취했다.

오늘이 딱 7일째. 쉬어야 할 날이 왔다는 건가.

"블랙 유머가 따로 없네."

카츠키는 인상을 쓰면서 눈을 감았다.

성취감과 절망감이 뒤섞여 밀려왔다.

둔중한 귀울림. 파도 소리 같은 잡음. 애매모호한 감각.

그것들도 사라졌다.

멀리서 목소리가 들린 것 같았다.

[에필로그]

카츠키는 거주 구역에 있는 공원 벤치에 앉아 하늘을 바라보았다.

투명하리만치 맑고 푸른 하늘.

공기는 차갑지만 햇살은 따뜻하다.

세계 곳곳에 좀비가 퍼져 수많은 희생자가 발생한 지도 벌써 반 년이 지났다.

괴멸적 피해를 초래한 좀비화로 처음 10일 동안 전 세계에서 사망자가 20억 명도 넘게 발생했다. 그 이전까지 가장 많은 사망자를 기록한 스페인 독감의 스무 배다.

좀비가 급격히 늘어난 열흘. 그 추세가 유지됐다면 한 달도 지나지 않아 전 인류가 좀비로 변할 상황이었지만, 열하룻날 이후로 피해가 줄어들었다.

그 이유는 명백했다.

세놀리틱 약물을 투여함으로써 좀비화 원인인 노화 세포의 폭발적 증가를 억제하는 데 성공했기 때문이다. 이로써 좀비화에 제동이 걸렸다.

임상시험을 거치지 않았지만, 일각을 다투는 사태였다. 부반응이 일어날 우려는 있었지만 치사율 100퍼센트인 좀비화를 억제하기 위해서는 어쩔 수 없었다.

일단 경찰과 군의 지원자들에게 우선적으로 약물을 투여해 좀비 퇴치 작전을 실시했다. 그러자 좀비가 증가하는 속도가 약간 줄어들었고, 점점 하향 곡선을 그렸다. 전 세계의 제약회사가 앞다퉈 세놀리틱 약물을 생산했고, 군과 의약품 도매회사, 물류회사가 유통을 담당해 지난 반년간 상황이 조금씩 개선됐다. 드디어 인류가 세계를 되찾기 시작했다. 좀비를 이 세상에서 완벽히 쓸어내지는 못했지만, 적어도 안전 구역을 만드는 데 성공해 일상의 소중함을 다시 되찾을 수 있게 됐다.

황색망사점균 제한효소에 의해 DNA가 마구 절단되자 노화 세포가 폭발적으로 증가해 신체와 뇌가 염증에 장악당하는 것이 좀비화의 원인이었다.

세놀리틱 약물로 노화 세포는 제거할 수 있지만, 제한효소를 방출하는 원인인 황색망사점균에는 효과가 없었다. 따라서 기존의 다양한 약제를 시험해 효과가 있는 것을 차례대로 투여하는 실정이었다.

전 세계의 모든 사람이 좀비화에 영향을 받았고 깊은 상처를 입었다. 하지만 인류는 지지 않았다.

처음 7일간을 떠올렸다.

WHO에 검증 데이터를 보낸 후 죽음을 기다릴 뿐이었다.

예방감염증연구소의 비상용 발전기가 멈추기 한 시간 전. 눈앞에 나타난 건 저승사자가 아니라 이치카와였다. 그는 통신이 복구됐다고 말했다. 그리고 생존자가 있다는 상황을 전화로 외부에 알렸다고 했다. 그로부터 30분 후, 자위대가 도착했다. 이치카와와 통화한 후생노동성 정무관 츠쿠이가 구조대를 보내준 것이다. 이치카와의 몸도 노화 세포에 잠식당했지만, 뇌가 파괴될 수준에는 이르지 않았다. 나중에 이치카와에게 들은 바로는, 아내와 사별한 후로 언제 죽어도 상관없다는 마음가짐이었다고 한다. 좀비가 퍼져서 죽음이 가까워졌을 때도 그 마음은 변함없었다. 죽음을 바라기까지 했고, 아내가 이런 세상을 보지 않아서 다행이라는 만족감마저 느꼈다고 한다. 그런 마음가짐이 스트레스에서 벗어나는 요인이었을 것이라고 카츠키는 추측했다. 카츠키와 함께한 사람들이 좀비로 변하지 않은 것도 스트레스에 내성이 있어서였다. 다만 스트레스 내성을 수치로 나타낼 수는 없으므로 어디까지나 가능성에 지나지 않는다.

어쨌거나 카츠키는 좀비로 변하지 않고 살아남았다.

예방감염증연구소에서 겪은 일로 정신적 문제가 생겼지만 전혀 이상할 게 없다. 현실미가 느껴지지 않았다. 직접 경험한 일인데도 남의 이야기를 들은 것처럼 막연한 기억으로 인식한다. 방어 기제가 작용한 걸지도 모른다. 정신건강의학과에 가면 외상후스트레스장애(PTSD)라는 진단이 나오겠지만, 다른 의사나 연구자와 마찬가지로 정신건강의학과도 전문의가 모자라는 상황이라 진료를 받으려면 그야말로 지구를 한 바퀴 돌 만큼 긴 줄을 서야 한다.

일단 생활에는 지장이 없다.

"오래 기다리셨죠."

시모무라가 손을 흔들며 다가와서 옆에 앉았다.

"춥네요."

몸에 맞지 않게 큰 다운재킷을 껴입고도 시모무라는 몸을 떨었다.

"……안 추우세요?"

묘하다는 시선이 날아왔다. 카츠키는 스웨터 위에 재킷만 걸쳤다.

대답하는 대신 어깨를 으쓱했다.

예방감염증연구소에서 죽음을 의식한 카츠키는 온몸이 불에 휩싸인 게 아닌가 착각할 만큼 몸이 뜨거웠다. 좀비로 변하려는 건지 세놀리틱 약물이 노화 세포와 싸우는 증거인지는 알 수 없었지만, 살아서 탈출했으니 후자일 거라고 생각했다. 하지만 세놀리틱 약물을 맞아도 그런 감각은 느끼지 않는다는 사실을 나중에 알았다. 그렇다면 그 열감은 뭐였을까. 지금도 수수께끼지만, 한 가지 가능성이 머릿속에 떠올랐다. 그건 황색망사점균이 인간을 학습하는 과정에서 발산한 열기가 아닐까.

황색망사점균이 인간을 절멸시키려고 했을지도 모르지만, 그 전에 해야 할 일이 있었던 것 아닐까. 황색망사점균은 위협적인 존재인 인간의 구조를 배우려고 한 것 아닐까. 인체는 열에너지를 만들어내는 구조를 갖추고 있다. 추위를 느끼면 목과 겨드랑이 아래, 신장 등에 수많이 존재하는 갈색 지방 세포 속의 미토콘드리아가 지방을 사용해 열에너지를 생산한다. 그 미토콘드리아를 활성화해서

열에너지를 생산하는 방법을 학습했다. 아니면 황색망사점균은 미토콘드리아를 활성화해 그냥 장난을 친 건지도 모른다.

약제를 투여했으므로 황색망사점균은 대부분 몸에서 사라졌지만, 열기는 남아 있었다. 장난이 아직 계속되고 있는지도 모른다고 생각하면서도, 어처구니없는 가설이라는 생각 또한 들었다.

근거 없는 공상.

현재 황색망사점균이 좀비화 원인이라는 건 분명하게 밝혀졌다. 다만 인류를 말살하는 것이 목적 아니었겠느냐는 논조를 지지하는 부류가 있는 한편, 황색망사점균에게 그런 생각을 할 능력은 없다고 주장하는 부류도 있었다.

어느 쪽이 맞는 걸까. 어쩌면 전혀 다른 목적이 있었는지도 모른다. 인류를 근절하려고 했을지도 모르는 황색망사점균이 언어 능력을 갖추게 된다면 꼭 물어보고 싶다.

지금도 여전히 수수께끼로 가득하지만 밝혀진 사실도 있었다.

전 세계에서 동시다발적으로 좀비화가 발생한 줄 알았지만, 실은 분쟁지역이 최초였다. 좀비가 대량으로 발생하기 7일 전이었다.

왜 그곳에서 일주일이나 빨리 나타난걸까. 환경설이나 최초의 좀비가 우연히 분쟁지역에 나타났다는 설도 있었지만, 그 지역이 분쟁 상태였던 것 자체가 원인이라고 카츠키는 생각했다.

인간과 인간이 서로를 죽이는 만큼 크게 다치는 경우도 많고, 평소와 달리 극도의 스트레스를 받게 된다. 이것이 좀비화를 촉진한 원인이라는 의견이 많았다. 하지만 세계 어디든 크게 다치는 사람은 생기고, 스트레스를 많이 받는 상황도 존재하는데 다른 지역에서는 왜 발생하지 않았느냐고 회의적인 의견을 내놓는 사람들도 있었다. 그에 관해서는 검증이 필요하지만, 인간은 자기가 죽을지도 모르는 상황보다 남을 죽여야 하는 상황에서 더욱 스트레스가 커지며, 남을 죽인다는 스트레스와 자신이 죽을지도 모른다는 스트레스, 거기에 큰 상처를 입는 등의 여러 가지 요인에 촉발되어 좀비화가 빨라진 것 아니냐는 의견에 카츠키는 제일 수긍이 갔다.

좀 더 일찍 원인을 규명했으면 어땠을까, 하는 가정이 가끔 나왔다. 분쟁지역에 이변이 생겼음을 알아차렸음에도 즉시 대처하지 않았던 WHO가 비판의 도마 위에 오르기도 했다. 분쟁지역에서 일어난 좀비화에 즉시 대처하고, 원인을 파악했다면 사태가 이 정도로 커지지는 않았을 테니까.

사람이 느닷없이 흉포해져 남을 죽인다는 보고를 WHO와 미국 질병통제예방센터는 애초에 진지하게 받아들이지 않았다. 사람이 사람을 죽이는 게 일상적인 지역이었기 때문이다.

분쟁지역에서는 당연하다는 듯 살육이 벌어진다. 그런 비극을 인류가 방치했기 때문에 좀비화 현상이 은폐된 것 아니겠느냐고 인류 전체를 비판하는 목소리도 적지 않았다.

"역시 누군지 밝혀내지는 않을 모양이에요."

시모무라가 말했다. 처음에는 무슨 소리인지 알아듣지 못했지만, 얼마 가지 않아 이해했다.

"좀비화 원인을 최초로 발견한 구세주가 누구인지 조사하지 않겠다고 표명했어요."

카츠키는 낙담한 듯한 표정을 짓는 시모무라를 힐끗 본 후, 저

멀리 있는 벽으로 시선을 돌렸다. 안전 구역은 장벽에 둘러싸인 새 장이었다.

카츠키가 WHO에 메일을 보낸 것과 비슷한 시기에, 다양한 국가와 기관 앞으로 좀비화 원인을 규명했다는 연락이 들어왔다. 대부분 연구기관이나 의료기관이었지만, 연구자가 단독으로 알아낸 사례도 있었다. 연락 방법도 다양해서 카츠키처럼 메일을 보내거나, 전화나 단파 통신, 모스 부호를 사용한 사람도 있었다. 어디서 누가 제일 먼저 연락을 했는지는 조사만 하면 알아낼 테지만, 그 사람을 공로자로 삼는 건 적절치 못한 처사라는 견해를 각 정부에서 발표했다.

애당초 한 가지 '해답'이 제시되어도 믿을 만한 연구 결과인지를 검증할 여유가 전혀 없었다. 하지만 똑같은 '해답'이 수없이 제시된 덕분에 검증 단계를 생략할 수 있었다.

수많은 연구자가 같은 결과에 다다랐다는 것이 진실을 진실답게 만든 것이다. 한 명이 아닌 수많은 사람의 두뇌가 모여 이뤄낸 성과다.

동시다발적으로 발생한 좀비라는 위협에, 동시다발적으로 제시된 '해답'으로 대항해낸 것이다.

이건 황색망사점균의 전략과 비슷하다고 카츠키는 생각했다.

하나하나는 작지만 많은 수가 뭉쳐서 목표를 향해 나아간다. 이것이야말로 큰일을 해내기 위한 최고의 전략 아닐까.

시모무라의 예측대로 황색망사점균은 주로 인간의 구강 안에 머물며 제한효소를 방출해 인간에게 영향을 끼쳤다. 입안의 황색망사점균은 제거할 수 있었지만, 요컨대 파종성이라 이미 온몸에 퍼진 뒤였다. 전부 제거하기는 힘들다.

"요즘 흰머리가 늘어났어요."

시모무라가 몸을 움츠리며 말했다.

"주름도 많아진 것 같고……, 어휴."

이 푸념은 누구나 하는 고민이었다.

인간은 황색망사점균에 감염되어 DNA가 계속 손상됐다. 기존 약제를 투여해 일정한 효과를 거두었지만, 앞서 말한 대로 황색망사점균을 완전히 제거하지는 못했다. 그러므로 원래보다 빠른 속도로 노화 세포가 증식해 늙는 속도도 빨라졌다. 현재, 인간의 수명이 줄어들고 있는 건 틀림없다. 황색망사점균이 전멸하지 않는 한, 노화 속도는 원래대로 돌아오지 않는다.

노화는 자연현상이 아니라 질병이라는 인식이 자리를 잡았다.

카츠키는 문득 생각했다.

인간은 100년 정도밖에 살지 못한다는 의견이 일반적인데, 어쩌면 옛날에 인간은 어떤 질병에 걸렸던 게 아닐까. 황색망사점균 같은 뭔가가 체내에서 병을 일으킨 탓에 100년밖에 살지 못하는 건 아닐까.

원래 인간은 좀 더 오래 살 수 있지 않았을까. 질병을 고치기만 한다면 200년이고, 300년이고.

"아, 왔네요."

시모무라가 손을 흔들었다. 시로타가 웃으면서 이쪽으로 달려왔다.

"늦어서 죄송해요."

숨을 헐떡이던 시로타가 힘겨운 듯 눈을 오므리며 기침을 했다.

카츠키와 시모무라와 시로타. 곧 이치카와도 올 것이다. 예방감염증연구소에서 살아남은 네 사람. 그때 좀비와 싸우느라 피투성이가 된 시모무라와 시로타를 구한 건 이치카와였다.

세놀리틱 약물을 맞지 않았는데도 이치카와는 방범봉을 들고 과감하게 좀비와 싸웠다고 한다.

오늘은 주류 배급이 있는 날이라 술자리를 가지기로 했다. 물론 세 사람이 자기 몫을 각출해서 생명의 은인인 이치카와에게는 몇 잔이라도 더 마시게 해줄 생각이었다.

"약속 장소를 잘못 잡았네. 꽁꽁 얼어붙겠어. 뭐 해?"

시모무라가 묻자 백팩에서 노트북을 꺼낸 시로타가 노트북 화면을 보여주었다.

"연구소에서 좀비에 관해 정보를 수집할 때 인터넷 방송을 이것저것 봤거든요."

엔터키를 누르자 동영상 사이트의 아카이브가 표시됐다.

"그 계기로 그들의 팬이 됐죠. 새로운 동영상이 올라오면 확인하는 게 취미가 됐어요."

그렇게 말하고 나서 인터넷 방송인을 한 명씩 소개했다.

삿포로시에 사는 마사루와 카즈라는 두 소년은 엄마를 만나러 가기 위해 집을 나섰다. 그들은 좀비에게 습격당할 뻔했지만, 삿포로 주둔지의 자위대원과 소방대원에게 구조됐다. 견원지간인 자위대원과 소방대원은 싸우면서도 소년들을 보호해 무사히 엄마를 찾아주는 데 성공했다. 현재 마사루는 **예비** 소방대원이고, 카즈는 **준**

자위대원으로 일하고 있다. 또한 카즈는 안전 지역에서 개최되는 달리기 경기에 선수로도 뽑혔다고 한다.

미국의 버튼은 다쳤지만 다행히 좀비로 변하지 않았다. 그리고 함께 있는 사람들을 구하기 위해 메트로폴리탄미술관에서 방어에 나섰지만 좀비가 건물에 침입했다. 그때 노숙자로 지내던 퇴역 군인 올리버가 미술관에 나타났다. 버튼과 올리버는 욕을 퍼부어가 면서도 서로 협력해 좀비를 격퇴했고, 광신자들의 공격까지 겨우 견뎌낸 끝에 주방위군에게 구조됐다. 그 후 버튼의 식당에 요리사로 들어온 올리버는 공동 경영자로서 연방군과 주방위군에게 식사를 제공하고 있다. 버튼은 메트로폴리탄미술관에서 구한 여성과 결혼했고 곧 아빠가 될 예정이다.

중국의 메이팡은 집에 좀비가 침입해서 허둥지둥 도망쳤지만 좀비에게 포위됐다. 죽음을 각오했을 때, 인민해방군의 한 병사에게 구조됐다. 인민해방군은 결사대를 조직해 좀비에 대항했다. 그들은 5인 1조로 행동하며 동료가 좀비화 징후를 보이면 즉시 사살한다는 규칙을 엄수했다. 군인의 숫자가 약 300만 명으로 세계 1위인 중국은 통제력과 머릿수로 좀비를 압도했다. 메이팡은 그 후 무사히 이모를 만났고, 현재는 의사가 되기 위해 전선에서 다친 병사들의 치료를 도우며 공부하고 있다.

한국의 수현은 같은 건물에 사는 남자와 함께 좀비와 싸웠다. 유준이라는 이름의 그 남자는 경찰이었다. 그 후, 한국의 경찰과 군대가 손을 잡고 좀비 퇴치 작전을 벌였다. 한때 열세에 몰렸지만 결사의 각오로 총공격을 퍼부어 좀비의 숫자를 줄였다. 수현은 그 후 안전지대에 가게를 차리겠다는 목표로 열심히 일하고 있다.

사람들은 저마다 온 힘을 다해 싸운 것이다.

이 세상에 살아남은 사람들이 카메라를 향해 웃음을 지었다.

예방감염증연구소 연구원들도, 이치조도, 카세마저 황색망사점균에 농락당하면서도 각자 싸움을 벌였다.

카츠키는 갑자기 뜨거운 것이 울컥 치밀어서 시선을 들었다.

안전 지역에는 거대한 위령비가 세워졌다.

일본 전체 인구의 40퍼센트 이상이 좀비로 변했다. 처음 열흘 동안 전 세계에서 사망자가 20억 명 넘게 나온 건 틀림없지만, 반 년이 지난 현재까지 사망자가 정확히 몇 명인지는 아무도 모른다. 50퍼센트가 넘게 죽었다고도 하고 80퍼센트 이상 죽었다는 말도 있지만, 위험 구역에 생존자가 있을 가능성이 있어 지금도 좀비 소탕 작전과 더불어 생존자 수색을 벌이고 있기 때문이다.

지금 세계를 좌지우지하고 있는 건 좀비다. 발생 직후에는 좀비의 겉모습에 개체차가 있었지만, 시간이 흐르면서 모조리 피부가 짓무르고 눈이 뿌옇게 변해갔다. 그 모습은 영화나 드라마에 나오는 좀비 그 자체였다. 그 좀비가 인간을 습격하기 위해 돌아다니고 있다.

일상이 밑바탕부터 뒤집힌 세계.

그런 세상에서도 사람들은 열심히 살아가려고 애쓰고 있다. 다양한 입장의 사람들이 서로를 도와가며 삶을 통해 절망을 극복하고자 한다.

현재 카츠키와 시모무라는 황색망사점균이 어떻게 지식을 획득하며 여기까지 이르렀는지를 해명하려고 노력 중이다.

뇌가 없는 황색망사점균의 사고력.

거기에 대항하려면 생각해야 한다.

생각하는 힘이 인간을 구한다. 인간을 구하는 힘은 생각에서 나온다.

그것만큼은 절대로 흔들리지 않는 진리리라.

K-좀비에 관하여

나는 좀비물을 좋아한다.

그리고 K-좀비를 경애한다.

하지만 좀비라는 장르가 이 정도까지 엔터테인먼트의 주류 콘텐츠가 되는 날이 오리라고는 상상도 하지 못했다. 그리고 그 업적을 세운 건 틀림없이 K-좀비다. 좀 더 구체적으로는 연상호 감독이 연출한 〈부산행〉의 공이라고 개인적으로 생각한다.

좀비를 창조한 건 좀비 영화의 아버지라고 불리는 조지 로메로다. 1968년에 개봉된 〈살아 있는 시체들의 밤〉은 B급 영화였지만 컬트적 인기를 끌었다. 그 후로도 좀비물은 계속 제작됐지만 B급이라는 틀에서 벗어나지 못했다(칭찬입니다). 물론 할리우드에서 블록버스터형 좀비 영화를 만들기도 했지만, 어디까지나 '돈을 많이 쓴 구태의연한 좀비 영화'였다(칭찬입니다).

그러던 중 〈부산행〉이라는 영화를 보고 나는 감탄한 나머지 한

동안 그 자리에서 꼼짝도 하지 못했다. 〈부산행〉은 약동감 넘치는 좀비를 잘 활용한 한편, 사회 비판적인 면모도 갖추었으며, 이기적인 인간 군상을 균형 있게 묘사함으로써 멋진 작품으로 탄생했다 (좀비 영화를 보고 울 줄이야……. 그날은 왠지 억울해서 잠도 오지 않았다).

그 후에도 〈킹덤〉, 〈#살아있다〉, 〈기묘한 가족〉, 〈지금 우리 학교는〉 등 K-좀비의 약진은 하나같이 빈틈이 없다.

매번 좀비라는 장치를 활용해 세태를 뚜렷이 반영함으로써 이야기가 성큼 다가오게 만들었다.

애당초 내가 좀비물을 좋아하는 이유 중 하나가 바로 훌륭한 균형감이다.

핵전쟁이 발발하거나 고도의 지적 생명체가 침략하면, 나는 뭘 어떻게 해보지도 못하고 죽을 것이다. 저항할 여지란 없다. 하지만 좀비의 출현은 아슬아슬하게라도 살아남을 수 있겠다 싶은 수준의 재해다. 그렇기에 인간을 묘사하기에 적합한 장치다.

또한 감염증이라는 키워드도 강조해야 할 점이다.

K-좀비는 아니지만 할리우드 영화 〈월드워Z〉의 원작 소설인 《세계대전 Z》에는 이런 대목이 나온다.

'지금 우리가 살고 있는 세상은 전혀 다르다. 더구나 그건 이웃, 더 나아가 한 국가에만 국한된 이야기가 아니다. 전 세계 어느 누구와 이야기하든, 모든 사람이 동일하고 강렬한 체험을 공유한다.'

이는 좀비 전쟁을 묘사한 말이지만 신형 코로나바이러스 감염증이 세계를 강타한 현재 상황에도 들어맞는 이야기다.

팬데믹을 경험한 우리는 감염증을 공통적인 경험으로 인식하고 있으며, 이는 좀비라는 현상 역시 밀접하게 느낄 배경으로 작용한다.

나는 K-좀비의 도약에 가슴이 두근거린다. 동시에 아주 속상하다. 뛰어난 좀비물이 척척 제작되는 이웃 나라가 부럽다. 나는 《좀비 3.0》 출간을 통해 한국 독자들에게 내 작품을 제대로 평가받고 싶다.

이 책은 소설이므로 영상에 담긴 K-좀비의 생동감 넘치는 표현력을 따라가지는 못 했다. 하지만 세세한 이론을 쌓아 올리는 과정을 영상으로 표현하기가 힘들 듯, 소설에는 소설만의 강점이 있다.

나는 《좀비 3.0》으로 좀비의 원인을 규명하는 이야기를 그려냈다. 이 이론을 구축하기 위해 방대한 양의 문헌을 읽었고, 의학적 오류가 없도록 검토에 검토를 거듭했다.

좀비 선진국의 독자들이 즐겨주시면 참 다행이겠다.

마지막으로 현대자동차가 12년 만에 일본에 재상륙한다는 뉴스를 보았다. 좀비 대책을 강구한 특별한 옵션의 자동차를 꼭 만들어주길 바란다. 열심히 돈을 벌어서 꼭 살 테니까.

2022년 10월

이시카와 토모타케

참고 문헌

- 《노화의 종말》 데이비드 A. 싱클레어, 매슈 D. 러플랜트, 이한음 옮김, 부키(2020)
- 《숙주인간》 캐슬린 매콜리프, 김성훈 옮김, 이와우(2017)
- 《科学者として》新井秀雄, 東洋経済新報社(2000)
- 《徹底攻略! 病理解剖カラー図解》清水道生, 金芳堂(2015)
- 《新しい免疫入門》審良静男, 黒崎知博, 講談社(2014)
- 《初めて学ぶ人のための微生物実験マニュアル》安藤昭一, 技報堂出版(2003)
- 《心を操る寄生生物》キャスリン・マコーリフ, インターシフト(2017)
- 《大学で学ぶゾンビ学》岡本健, 扶桑社(2020)
- 《ゾンビの小哲学》マキシム・クロンブ, 福田安佐子訳(2019)
- 《ゾンビ論》伊東美和, 山崎圭司, 中原昌也, 洋泉社(2017)
- 《ゾンビでわかる神経科学》ティモシー・ヴァースタイネン, ブラッドリー・ヴォイテック, 太田出版(2016)
- 《日本の有事》渡部悦和, ワニブックス(2018)
- 《ここまでできる自衛隊》稲葉義泰, 秀和システム(2020)
- 《陸上自衛隊「装備」のすべて》毒島刀也, SBクリエイティブ(2012)

그 밖에도 많은 서적과 인터넷 홈페이지를 참고했습니다. 참고 문헌의 취지와 본서의 내용은 별개임을 말씀드립니다. 무엇보다 흔쾌히 취재를 맡아준 마츠다 카즈나리 씨에게 감사를 표합니다.

ZOMBIE

3.0

좀비 3.0

2022년 10월 17일 초판 발행

저자 이시카와 토모타케
역자 김은모

발행인 정동훈
편집인 여영아
편집국장 최유성
편집 양정희 김지용 김혜정 박수현
디자인 스튜디오243

발행처 ㈜학산문화사
등록 1995년 7월 1일
등록번호 제3-632호
주소 서울특별시 동작구 상도로 282
편집부 02-828-8833
마케팅 02-828-8962~4

ISBN 979-11-6947-171-8 03830

값 14,800원

북홀릭은 ㈜학산문화사에서 발행하는 일반 소설 브랜드입니다.